MISIÓN EN PARÍS

LAS AVENTURAS DEL CAPITÁN ALATRISTE

ARTURO
PÉREZ-REVERTE

MISIÓN EN PARÍS

ALFAGUARA

Primera edición: septiembre de 2025

Printed in Colombia – Impreso en Colombia

ISBN: 978-84-204-7944-6

A Augusto Ferrer-Dalmau,
pintor de batallas.

Tierras lejanas que en su frío seno
cubren los nobles cuerpos derribados
de aquellos españoles que, esforzados,
gritaron su bravura al mundo entero.

Fernando de Herrera

I. LA CASA DEL SEÑOR DE TRÉVILLE

Sonaba la medianoche en los relojes de París cuando entraron por la puerta de Saint-Jacques cuatro jinetes tan seguros de sí mismos como el trote firme de sus caballos. Habían mostrado pasaportes en regla a los soñolientos centinelas de la barrera, y franqueada ésta se internaron por las calles sombrías de la orilla izquierda del Sena, peligrosas a tan menguada hora, para cruzar el río por el puente de Notre-Dame. Dormía en silencio la ciudad, un ápice de luna turca troquelaba negros tejados y chapiteles, y a veces, al pasar junto a alguno de los pocos faroles y hachotes que alumbraban un portal o la boca de un callejón, su débil luz bruñía reflejos en el metal de las armas que los viajeros cargaban al cinto y en los ojos prevenidos, suspicaces, que escudriñaban la oscuridad bajo la ancha falda de los sombreros.

Así los vi doblar la esquina de la rúa o calle de Tirechape y adentrarse despacio, flojas las riendas y uno tras otro, en la pequeña plaza cercana al Louvre. Llevaba desde el atardecer esperando su llegada y bostezaba de sueño, y verlos me alegró el corazón. Dejé el libro que leía junto a la ventana, me ceñí la espada y la daga, cogí el candelabro encendido y fui a la planta baja. Al abrir la puerta los encontré detenidos delante: cuatro bultos negros bajando de los caballos que resoplaban de fatiga. Con sendos puntapiés desperté a dos criados que dormitaban en el zaguán para que se hicieran cargo de los animales y abracé al primero de los viajeros que se adelantó hacia mí. Olía éste a viaje, polvo y cansancio, y hasta casi a oscuras, como estábamos, se le reconocía la forma de cojear.

–Bien venido, don Francisco.

–Bien hallado, Íñigo. Mi querido chico.

Ya no lo era tanto. Tenía de sobra cumplidos los dieciocho, desde hacía seis meses vestía la honrosa casaca negra y amarilla de los correos reales del rey católico, y para entonces había recorrido a uña de caballo, haciendo tal oficio, tres mil leguas de buenos y malos caminos entre la corte de Madrid y Lisboa, Milán, París y Bruselas. Pese a mi corta edad, en aquel año veintiocho del siglo era viajero hecho, jinete plático y mozo bregado tanto en Flandes como en las galeras del Mediterráneo, así como en golpes de mano dados a la sorda, de los que no se fían a boca de pregoneros y requieren buen acero y pocos verbos. Todo eso lo había vivido, al comienzo como mochilero y después como amigo y camarada, siguiendo al segundo jinete que esa noche desmontaba ante la posada

Le Cygne d'Or; que en parla gabacha, como sabrán vuestras mercedes, significa El Cisne Dorado, o de oro. Nombre del todo exacto por ser, como era, una de las mejores de la ciudad.

El segundo hombre del que hablo había cogido el portamanteo de la grupa de su caballo, daba las riendas a los criados y se dirigía al portal con tintineo de espuelas y acero. Y al detenerse ante mí, la luz del candelabro que yo sostenía en alto iluminó sus ojos glaucos y tranquilos sobre el espeso mostacho de soldado.

–Íñigo –se limitó a decir.

–Capitán –respondí.

Nos dimos un abrazo por el lado derecho, como solíamos los españoles, por la costumbre de cargar espada en el izquierdo.

–Estás fuerte –comentó al fin, palmeándome los hombros.

–Llevo una vida sana.

–Pues procura que te dure.

Detrás del capitán Alatriste sonó una interjección aragonesa y en ella reconocí de inmediato a Sebastián Copons. Pequeño, recio y callado como siempre, el veterano soldado me dio otro abrazo que casi me troncha las costillas. Como ocurría con el capitán, no había vuelto a verlo desde que a finales del año anterior nos habíamos separado en Milán, tras el fracaso en el intento de asesinar, en interés de España, al dogo de Venecia. Yo había regresado de allí a Madrid, provisto de cartas de recomendación y al amparo de don Francisco de Quevedo, que me acogió en la Corte como a un hijo mientras el capitán y Copons permanecían en el norte de Italia, participando en el asunto de la Valtelina, la invasión del Monferrato y el asedio de Casal con novecientos hombres del tercio de Nápoles.

Había un cuarto jinete, y a la luz del candelabro comprobé que me era desconocido. Se había destocado para sacudir el polvo del chapeo y advertí su aspecto flaco y ajado del camino. El cabello rubio, largo, recogido en la nuca con una coleta, y la barbita rala del mismo color contrastaban de modo notable en su rostro moreno, agitanado. Tenía ojos oscuros y desconfiados y un par de marcas en la cara de las que salta a la vista que no son de nacimiento. Yo estaba asaz acuchillado para reconocer gente peligrosa al primer vistazo, y aquél era pura flor de chanfaina: a tiro de arcabuz olía a soldado o bravonel de estocada, tal vez ambas cosas a la vez o una tras otra; y la mano que estrechó la mía al hacer las presentaciones se notaba firme pero cauta, acostumbrada a desnudar la toledana.

–Juan Tronera –lo nombró el capitán, y de momento eso fue todo.

Un rato después estábamos en una habitación del piso alto con los jubones desabrochados y refrescándose los viajeros con unas botellas de vino de Borgoña mientras se nos ponía al corriente de lo que nos congregaba en tal día, hora y lugar. Pues la cita en París, cuidadosamente preparada en esferas superiores –pronto íbamos a averiguar por quiénes y para qué–, era semejante a una jugada de ajedrez que combinase varios movimientos: el viaje desde Madrid de don Francisco de Quevedo, escoltado por Juan Tronera, y el hecho desde la fortaleza española de Milán por el capitán Alatriste y Sebastián Copons, unos por Burdeos y la orilla del Loira y otros por Turín, Lyon y Nevers, hasta encontrarse todos en Orleans y seguir desde allí, juntos, camino a la capital de Francia. En cuanto a mí, órdenes terminantes me retenían en París después de haber entregado, días atrás, unos despachos secretos a Álvaro de la Marca, conde de Guadalmedina, a la sazón embajador temporal extraordinario ante la corte del rey Luis XIII de Francia y su poderoso ministro el cardenal Richelieu. Esperar a los viajeros tras disponerles acomodo eran mis instrucciones; y una vez llegados, unirme a ellos y escuchar lo que don Francisco debía confiarnos. Así que en eso estábamos. Encaminados, como pronto comprobaríamos a nuestra costa, a nuevas aventuras y peligros.

–Francia se juega su futuro en estos tiempos –dijo don Francisco–. Y España tiene un papel difícil en eso... Muy delicado.

En pocas palabras, con el tono claro y preciso que gastaba, nuestro viejo amigo nos ponía al corriente de la situación. Después de las guerras civiles que por la religión habían agitado Francia, los protestantes de allí, llamados hugonotes, habían conservado territorios cuya obediencia escapaba al monarca –Luis XIII era apellidado *rey cristianísimo*, como nuestro Felipe IV era conocido como *rey católico*–. Hartos de rebeliones, resueltos a conseguir a toda costa la unidad política y religiosa, el rey y el cardenal habían puesto sitio militar a La Rochela, enclave maestro de la resistencia rebelde, socorrido por una Inglaterra siempre dispuesta a incomodar a Francia como lo hacía con España. Eso acercaba entre sí los intereses de las cortes de Madrid y París, haciéndoles aplazar los graves asuntos pendientes entre ellas.

–Hay en marcha algo que hasta hoy no convenía contar a vuestras mercedes –prosiguió Quevedo mientras se ajustaba los anteojos–, y ni siquiera yo penetro el fondo último del asunto... Baste, de momento, con decir que han sido enviados para una función especial relacionada con la presencia en París del conde de Guadalmedina.

–¿Por qué nosotros? –quiso saber el capitán Alatriste.

Hizo Quevedo un ademán evasivo.

–Es Álvaro de la Marca quien responderá a eso, porque él los requirió. Para ser exactos, exigió vuestro concurso personal, señor capitán, y el de otro hombre de vuestra confianza que conociese un poco la parla francesa... Vos mismo incorporasteis a vuestro amigo Copons a la partida, y lo de Íñigo se nos ocurrió al conocer sus idas y venidas como correo real –miró Quevedo al otro viajero–. En cuanto al señor Tronera, nos fue recomendado en Madrid: se maneja con la lengua, es hombre prudente y tiene experiencia en lances de estocada.

–¿Habrá estocadas? –quise confirmar.

–Puede haberlas.

–¿Y cuándo no las hubo, rediós? –sonrió Copons.

El capitán Alatriste escuchaba atento, pero de vez en cuando dirigía intensas miradas al llamado Juan Tronera, que se las sostenía con mucha calma.

–Desde que nos juntamos en Orleans –acabó por decir el capitán– llevo pensando que conozco de algo a este señor camarada.

–Y no os engañáis –repuso el otro con el mismo sosiego–. Aunque han pasado los años.

–¿Andaluz?

–Mucho... Soy cordobés.

–¿Soldado?

Asomó a los labios del tal Tronera una mueca fría.

–Lo fui largo tiempo, y supongo que se nota.

–¿Flandes?

–No, Italia. Nápoles, por más señas.

–¿Amigos comunes?

–Uno con voacé... Pascual Angulo.

Vi que palidecía el capitán, cosa extraña en él. A la luz de las velas que iluminaban la habitación, el verde de sus ojos se había tornado metálico. Pero no dijo nada. Tras un momento se limitó a asentir despacio, se pasó dos dedos por el mostacho y volvió a mirar a Quevedo.

–¿Y vuestra merced, don Francisco? –lo interrogó muy tranquilo–. ¿Qué chifle toca en esta galera?

Encogió los hombros el poeta. Sus anteojos habían resbalado y colgaban del cordón sobre la cruz de Santiago que llevaba bordada en el lado izquierdo del pecho. Había sacado su tabaquera y disponía una pulgarada de tabaco molido.

–Mi posición cerca del conde-duque de Olivares no es mala en los últimos tiempos, como sabéis –hizo una pausa para aspirar el polvo por la nariz–. Además, el rey me ve con buenos ojos y soy del agrado de la reina. Esa privanza, quizá sólo temporal, me trae satisfacciones y también compromisos a los que no puedo sustraerme. Éste es uno de ellos.

–¿No podéis precisar más?

Sonrió Quevedo, estornudó y volvió a sonreír.

–Digamos que ayudo a engrasar los goznes –repuso tras sonarse en un pañizuelo–. También hablo la lengua de aquí, y la reina Ana de Austria, que como sabéis es española y hermana de nuestro Cuarto Felipe, me tiene afecto desde que era princesita soltera y leía mis versos. Así que alguien pensó que mi presencia sería útil durante los primeros días.

–¿Y qué va a ocurrir en los segundos? –intervine yo.

Tras decir eso fui objeto de una larga y reflexiva ojeada por parte del poeta. Se había encajado de nuevo los lentes y me miraba de arriba abajo, cual si apreciase los cambios en mi aspecto –ya me afeitaba en serio y era buen mozo– y la seguridad de mis palabras. Has crecido, decían sus ojos. Mucho.

–Todo se contará a vuestras mercedes según acomode –dijo al fin–. Pero si de algo pueden estar seguros es de que no se aburrirán en Francia.

A las ocho y cuarto de la mañana, la residencia –el hotel, llamaban allí a eso– del señor de Tréville, situada en la calle o rúa del Vieux Colombier, era un ir y venir de gente de aspecto marcial. Una treintena de hombres armados ocupaban la puerta, el patio y las amplias escaleras que conducían al interior, conversando en ruidosos grupos o mirando las musarañas, y casi todos llevaban una casaca de paño azul o una cruz de ese color cosida en la ropilla o el herreruelo.

–Mosqueteros del rey –dijo Quevedo.

–Pues no veo ningún mosquete –comentó Diego Alatriste.

–Es una forma de llamarlos. Solamente los llevan cuando salen a campaña.

–Ah, pardiez... Será eso.

Cruzaron el patio sintiendo numerosas miradas fijarse en ellos. El austero vestido negro de Quevedo, con el lagarto rojo bordado al pecho, delataba nación hispana a tiro de escopeta. Y por contraste con los concurrentes del lugar, que como franceses alindaban la ropa con encajes, cintas y prendas de color, la sobria vestimenta de Alatriste, botas altas, calzón gregüesco y ropilla de paño gris con la única nota frívola en la pluma roja del sombrero, así como el fiero mostacho, la espada que cargaba al cinto y la daga atravesada en los riñones lo identificaban como español, y no de los que consentían les alzasen la voz. Por eso los hombres del patio y la escalera, aquellos azulones mosqueteros sin mosquete, cesaban en sus conversaciones para mirar a Quevedo con curiosidad y a su acompañante con recelo.

Un ujier los hizo esperar en lo alto de la escalera, desde donde Alatriste observó de nuevo el patio y a quienes lo ocupaban. No le gustaban los franceses, a los que –lo mismo le ocurría con los ingleses– consideraba enemigos naturales como español y soldado viejo que era. No había en ello encono personal, sino simple prevención ecuánime y hostilidad técnica. Desde muy mozo, primero como mochilero y luego con plaza sentada en los tercios de infantería, se había batido contra ellos en Francia misma, en Flandes y en Italia, y conocía sus virtudes y defectos: corajudos, vociferantes y animosos en el ataque, aunque de escaso fuelle en empresas prolongadas. Desprovistos, en fin, de la tenacidad silenciosa, impávida, que hacía a los españoles tan temibles en la defensa como implacables en el asalto, a la manera que había contado el poeta Fernando de Herrera:

Esos bravos que al turco en cruda guerra,
al moro, al anglo y al escoto airado,
derrotan al tudesco y al dudado
francés, y al belga en su brumosa tierra.

Les dieron paso, por fin, a través de pasillos adornados con pinturas, tapices y cortinas de terciopelo. No era aquélla la casa de un soldado, observó Alatriste, sino la de alguien que gozaba del favor del rey, así como de la fortuna que eso proporcionaba. El señor conde de Tréville, le había contado Quevedo cuando los dos venían de camino, era amigo de juventud del rey Luis XIII, con quien jugaba de vez en cuando al piquete, y sus mosqueteros constituían una especie de guardia personal del monarca, del mismo modo que el ministro Richelieu tenía la suya propia.

No era Alatriste de los hombres que hacen preguntas; y en aquel viaje, obediente a las órdenes como acostumbraba, había hecho muy pocas. Pero al entrar detrás de Quevedo en el despacho del señor de Tréville sabía lo suficiente para que no le sorprendiera encontrar allí, en conversación con el ilustre capitán francés, a su viejo conocido Álvaro Luis Gonzaga de la Marca y Álvarez de Sidonia, conde de Guadalmedina.

El mundo en general y París en particular, pensó mientras se inclinaba destocado y con el sombrero en la mano, eran un concurrido pañuelo.

Se desempeñaba Alatriste lo suficiente con la parla francesa, como con la italiana –treinta y dos años acuchillando a media Europa daban mucho de sí–, para comprender lo que allí se hablaba y para responder a las preguntas que de momento nadie le hacía. Así que se mantuvo descubierto, prudente y sin meterse en baraja. Guadalmedina, que había respondido a su saludo con un escueto alzar de cejas, presentó Quevedo a Tréville como poeta ilustre y hombre cercano a la casa real de España, y luego mencionó a Alatriste con el breve título de escolta y acompañante; aunque no pasó inadvertido a éste que al decir su nombre Guadalmedina había sumado el título de capitán, pretendiendo sin duda darle una categoría que justificase su presencia. Le dirigió Tréville –que vestía una elegante bata doméstica y era alto y fuerte, pintando ya algunas canas en el bigote y en el cabello cortado en media melena– una ojeada rápida y experta, de las que saben calibrar a los hombres en un solo golpe; y tras detenerse brevemente en los arañazos y marcas de la cazoleta de su espada retornó a la conversación con el conde y el poeta.

–Todo, pues, según lo previsto –dijo.

–Todo –confirmó Quevedo, palmeando la cartera de cuero que traía bajo un brazo.

–¿Y lo necesario?

–A disposición de vuestra excelencia. Y hay en París quien se ocupa del resto.

–En cuanto al embajador español...

Intervino Guadalmedina. Lucía, como era su estilo, bigote y perilla finamente cincelados. Calculó Alatriste que frisaba ya los cuarenta, que llevaban dos años sin verse y que el aristócrata no había perdido un adarme de apostura ni arrogancia. En ese momento apoyaba, negligente, un puño en la cadera, sobre un hermoso vestido de raso verde con cabos de plata.

–El marqués de Mirabel sigue ajeno al negocio y prefiere mantenerse así –sonrió con elegante desdén–. Soy yo, con mi embajada extraordinaria, quien lo dispone todo.

Asentía el señor de Tréville, tranquilizado en apariencia. Quevedo le pasó la cartera al francés y éste empezó a abrir los documentos rompiendo el lacre de los sellos. Se veía satisfecho, y aún más después de desliar un paquete que contenía cuatro gruesos cartuchos de piezas de oro.

–Ningún recelo por parte de nadie, entonces –comentó complacido.

–Ninguno, como veis.

Así que era eso, comprendió Alatriste a medida que advertía la tramoya. En el triángulo de intereses y rivalidad entre Francia, España e Inglaterra, todos tallaban fuerte sobre el tapete; y Felipe IV y su ministro Olivares no se quedaban atrás. En aquel tiempo a menudo venal, las dádivas o regalos no eran inusuales. Si se veía corriente que una dama escotase su bolsa –o la del marido– al hombre que la encandilaba, también era común cortejar con pródiga mano la indulgencia y favor de los poderosos, incluso ministros y monarcas, y nadie se avergonzaba de encajar dinero cuando no implicaba traición a la patria o al rey. Con oro español se fraguaban por toda Europa cimientos de innumerables palacios, se abrían puertas y propiciaban aficiones. Gracias a las minas de México y Perú –y también a los banqueros genoveses que adelantaban caudales–, España practicaba sin disimulo esa forma de atraer voluntades, tan comentada por el propio Quevedo en algunos de sus famosos versos:

¿Quién hace de piedras pan
sin ser el Dios verdadero?
El dinero.

De tal modo, con gesto ostentoso o discreto según el caso, los embajadores del rey católico sembraban de doblones las cortes de Europa en procura de buena cosecha, incluso aquellas con las que España se encontraba en guerra o se iba a encontrar. En el caso de Francia, a nadie escapaba que, resuelto el asunto de La Rochela, la guerra sería estocada de conclusión. Ya lo era aunque a la sorda en el norte de Italia, en el famoso Camino Español que iba de Milán a Flandes, donde Diego Alatriste había estado bregando hasta unas semanas atrás. Lo que no dejaba de tener su siniestra gracia, pensó. A unos les adeudaban medio año en pagas –ni Sebastián Copons ni él habían visto un maravedí desde enero– y a otros les metían doblones hasta por las orejas. Que mejor le iría a la austríaca monarquía, con el oro y plata derrochados –hasta en afirmar la inmaculada concepción de María se gastaba en Roma dinero–, pagar mejor a los soldados y armar galeones.

–Demasiados gabachos –dijo Copons, mirando en torno.

Me eché a reír al escuchar eso.

–Estamos en la capital de Francia, Sebastián... Es natural que los haya.

–Demasiados, digo –insistió el aragonés, que apuntaba codicia de soldado–. Nada que no solucionen unos tercios españoles y un saqueo en regla. Porque ciudad rica sí parece.

–Lo es –repliqué divertido–. Capital de un país fértil, abundante en ríos y campos benditos por Dios.

Movía la cabeza el veterano, admirado de cuanto veía. Paseábamos por la isla situada entre los dos brazos del Sena. Yo le mostraba lo que conocía de la ciudad, su grandiosa edificación y aquella multitud de gentes, artes y oficios que la afamaban como una de las urbes más admirables de Europa.

–En eso tienen suerte –dijo Copons–. No como la infeliz España, donde cada mendrugo hay que pelearlo.

–De ahí los buenos soldados que nos salen –concluí.

–No nos queda otra: lobos somos, y el lobo come de lo que hurta... En mala hora íbamos a andar acuchillando el mundo por cuatro maravedís, si tuviéramos una parra que nos diera sombra, un buen guiso humeando en la cocina y un mazo de naipes de Orihuela para entretener el ocio.

–O un buen libro, Sebastián –reí.

–Bueno, sí. También un libro, claro... Para el que lea.

–De todas formas –añadí tras pensarlo un poco más–, tampoco España está tan mal: encuentra el pícaro ocasiones, recurre el sosegado a los hábitos y a los corazones valientes no faltan campañas. Nadie se muere de hambre aunque el hambre quiera matarnos a todos.

–Pues sí... Es una forma de verlo.

Le hice volverse hacia nuestra izquierda, donde se alzaban las dos grandes torres de la catedral.

–Mira qué iglesia, anda. ¿Qué te parece?

–Pues como la iglesia mayor de Huesca, ¿no? –arrugaba el entrecejo con arrogancia española–. Sólo que un poco más grande.

Indiqué un lugar al otro lado del río.

–Allí está la plaza que llaman de la Grève, donde ajustician a los condenados a muerte.

Advertí que se tocaba instintivamente las medallas de santos que llevaba al cuello, parrilla de San Lorenzo incluida.

–Pues que nunca nos veamos en ella, ¿no?

–Amén –coincidí.

De vez en cuando mi camarada se volvía a observarme con admiración.

–Conoces bien París. ¿Cuántas veces has venido?

–Ésta es la tercera.

–Cagüenla –miró el cuerno y la corona que yo llevaba bordados en el hombro derecho–. Eso de los correos reales te hace viajar, por lo que veo.

–Mucho.

–Es bueno ver mundo, y no siempre entre zurrear de arcabuces.

Sonreí evocador. Cinco años con el capitán Alatriste daban de sí.

–Algo he visto de las dos maneras –dije.

–¿Y cómo fue que entraste en el cuerpo?

Se lo conté en pocas palabras. Don Francisco de Quevedo me había recomendado en la Corte después de lo de Venecia; y como el conde de Guadalmedina tenía comprado el cargo de correo mayor del reino desde la muerte del conde de Villamediana –sólo por revender los cargos subalternos se embolsaba diez mil escudos por año–, todo pudo hacerse con facilidad.

–¿Y estás a gusto?

–Lo estoy.

–Debe de ser agradable viajar con privilegio real, prioridad en las postas y todo eso –me guiñó un ojo–. Seguro que las mozas de las ventas gotean agua de limón cuando bajas del caballo, y que no te es ajena la coplilla:

Las blancas y las morenas,
todas me parecen buenas;
pero ninguna mejor
que las mujeres ajenas...

Canturreó por lo bajini, amagando palmas. Sonreí, desengañándolo.

–No hay tiempo para eso. Ir de Madrid a Bruselas o Milán en dos semanas deja pocos ratos libres. Y llegas con los huesos molidos, buscando una cama donde tumbarte.

–Pues como la iglesia mayor de Huesca, ¿no?

–¿A solas?

Reí, divertido.

–Casi siempre.

–¿Cuántas postas haces por jornada cuando llevas despachos?

–Unas treinta leguas en veinticuatro horas.

–Rediós... ¿Lo pagan bien?

–Cinco reales por legua.

–Nada mal, entonces.

Sonreí escéptico.

–Eso cuando cumplen, que no es siempre. A los que tienen el cordón de la bolsa les cuesta soltar uno de a ocho más que a un turco un avemaría.

–Conozco la música, chico. A mí me lo vas a contar.

–Pues calcula los atrasos que tengo pendientes... Por menos es capaz de amotinarse un tercio de infantería.

–¿Y no topas con salteadores de caminos y otra gente bellaca?

–Procuro evitarlos. En zonas malas me escoltan, y siempre llevo dos pistolas, espada y daga. Nunca tuve malos encuentros hasta ahora.

Movía Copons la cabeza, impresionado.

–Te admiro, zagalico.

–Pero os echo de menos, Sebastián –admití–. A ti, al capitán y a los otros camaradas.

–Tonterías... Como simple soldado acabarías en carne de cañón igual que Alatriste y este que ves. Ahora tienes un futuro... Lope Balboa, que en gloria ande, estaría orgulloso de ti.

Sonreí agradecido por el recuerdo de mi padre, muerto combatiendo en Jülich.

–Hago cuanto puedo porque así sea.

–Habla un buen hijo –aprobó satisfecho Copons–. Bendita la rama que al tronco sale.

Llegábamos a la obra magnífica que los franceses llamaban Pont Neuf, o Puente Nuevo. La estatua ecuestre de Enrique IV, llamado el Bearnés, padre del rey Luis de Francia, estaba en su parte media, rodeada de una verja para mantenerla apartada de los vendedores de libros allí apostados y del gentío que llenaba el lugar, embotellado de carruajes. Corriente abajo se alzaban las dos torres que vigilaban el río: la de Nesle en la orilla izquierda y la del Louvre en la derecha. Había embarcaciones por todas partes y los rayos del sol centelleaban en las innumerables ventanas del palacio real.

–Ese rey fue protestante antes de ser católico, ¿no? –se interesó Copons.

–Sí –confirmé–. Le era obligado para acceder al trono, así que cambió de caballo en mitad de la carrera... París bien vale una misa, dijo.

–Nada tonto, el mozo.

–No lo era. Acabó siendo popular, aunque no para todos. Un fanático llamado Ravaillac le dio de puñaladas.

–Mala suerte, oye. Pero a fin de cuentas era un rey francés. Que se joda.

–Sí –sonreí–. Es una forma de verlo.

–¿Y qué fue del asesino?

–Lo descuartizaron ahí donde te dije, en la Grève.

Miró Copons en torno, suspicaz, y bajó mucho la voz.

–Lo mismo habrían hecho con nosotros en Venecia si hubiéramos conseguido despachar al dogo. ¿Te acuerdas?

–Sin duda –confirmé–. ¿Cómo olvidarlo?... Por cierto, ¿qué tal anda el moro Gurriato?

–Bien, que yo sepa. En Casal lo dejamos bueno de salud con el tercio de Nápoles, degollando a mantuanos y calvinistas... Lo único que lo incomoda es el frío que hace allí.

–Gran personaje.

–Sí que lo es –Copons pareció recordar algo–. Y ya que hablamos de viejos conocidos... ¿Tienes noticias de Gualterio Malatesta?

Se me oscureció el ánimo al recordar al sicario italiano.

–Ninguna –repuse–. Desde la isla de los Esqueletos parece habérselo tragado la tierra... Alguien dijo haberlo visto en Madrid o Sevilla, pero nada más.

–Espero que lo que nos trae a París no sea como lo de Venecia... Me fastidiaría acabar hecho cuartos para jolgorio de los gabachos.

Habíamos dejado la estatua ecuestre a la espalda, y tras admirar el ingenio de agua y el reloj de la Samaritana, que los franceses decían único en el mundo, nos internamos en la plaza Dauphine, donde estaban los comercios elegantes de la ciudad, joyeros, sederos, tapiceros y otros oficios de mucho momento: un ambiente parecido a la calle Mayor y la puerta de Guadalajara de Madrid, pero más espacioso y concurrido. Había carruajes haciendo la rúa o detenidos ante las tiendas, con damas y gentilhombres de calidad entrando y saliendo de ellas. A diferencia de las ciudades de España, donde hasta los barberos ceñían espada y todos se daban aires de hidalgo, pocos parisinos iban armados.

Copons lo miraba todo con avidez. Deslumbrada, a contrapelo, su sencillez de rudo soldado.

–Ridiela, vaya ciudad –admitió al fin con un suspiro–. Ni Madrid, ni Bruselas, ni Milán... Sólo Nápoles se puede comparar, y aun así queda lejos.

Se volvió a señalar la estatua del caballo.

–¿La rebelión de los herejes calvinistas tiene que ver con que estemos aquí?

–Eso insinúa don Francisco. Pero no sé más que tú.

Chascó el aragonés la lengua, receloso.

–Sea lo que sea, huele a danza de temerarias. Y en eso tengo el rabo pelado. No traen a gente como nosotros para bailar la zarabanda, o lo que diablos bailen en Francia... Ni va a ser sebo de cabrito ni miel de Leganés.

–Pronto lo sabremos.

Dejamos atrás la plaza y salimos de la isla por el puente de Saint-Michel, tan bordeado de casas y tenderetes que impedían ver el río.

–Ese Juan Tronera... –comenté, preocupado.

Se sorprendió Copons de mi tono. Habíamos dejado a nuestro compañero de viaje en la covacha de un boticario próxima a la posada, en procura de remedio para un dolor de muelas que, según dijo, parecía partirle el alma.

–¿Qué pasa con él?

Moví la cabeza, dubitativo.

–Tuvo algo en Nápoles relacionado con el capitán Alatriste, o eso parece.

–Ya lo oí, pero no recuerdo al fulano.

–Ni yo tampoco.

Dimos unos pasos en silencio, rumiando el asunto.

–En cualquier caso –concluyó Copons–, se barrunta hombre de hígados.

–Lo es –repuse–. Y eso puede ser bueno, pero también puede ser malo.

Guardó el señor de Tréville oro y documentos en un cofre con cerradura, se metió la llave en un bolsillo y pasó a una plática más ligera, interesado en conocer noticias de la corte de Madrid. Su tono con Guadalmedina seguía siendo amistoso, casi familiar; y supo de ese modo Alatriste que el padre del señor de Tréville y el del conde español, el viejo don Fernando Gonzaga de la Marca, habían trabado amistad en la batalla de Ligny, durante las guerras de la Liga Católica del pasado siglo, cuando el francés fue hecho prisionero por el español y éste se condujo con hidalguía haciendo curar sus heridas y facilitándole un pronto rescate.

Durante la charla entre Tréville, Guadalmedina y Quevedo, el primero había estado dirigiendo miradas a Alatriste, que permanecía de pie en un ángulo del despacho y sin despegar los labios. Al fin expresó su curiosidad por él; y Guadalmedina, por primera vez desde que el capitán había hecho acto de presencia, pareció dedicar a éste su atención.

–Le cuida las espaldas al señor de Quevedo en este viaje –dijo fríamente–. Es hombre conocido por nosotros, serio y de fiar.

–Muy de fiar –apostilló rotundo Quevedo, con más entusiasmo.

Al oírse nombrar, el silencioso Alatriste había posado sus ojos tranquilos en Guadalmedina, advirtiendo que esa mirada incomodaba al aristócrata. Llevaban sin verse desde que se desbarató la conjura contra el rey Felipe IV en El Escorial, y era obvio que al amigo y favorito del monarca español no le complacía recordar ese mal trago. Sin embargo, pese a la despareja posición de cada cual, el conde no era insensible a ciertos puntos de honor; y tras un momento de reflexión pareció arrepentirse de su propia sequedad.

–Conozco al capitán Alatriste desde hace quince años... –dudó un momento antes de proseguir–. Me salvó la vida siendo yo mozo, en las Querquenes.

–Soldado viejo, entonces –confirmó Tréville.

–Y de los buenos –apostilló Quevedo.

Una rápida sonrisa cruzó los labios del capitán de los mosqueteros de Luis XIII.

–*Mordieu*... Se habrá batido contra franceses, imagino.

Todos miraban a Alatriste, así que éste no tuvo otra que hablar por primera vez.

–Así es, excelencia.

–¿Muchas veces?

–Desde el año noventa y seis he tenido el honor de hallarme en casi todas las funciones.

–¿La última?

–Hace cuatro semanas aún estaba en Casal, con las tropas de don Gonzalo Fernández de Córdoba.

Frunció Tréville el ceño. En la guerra todavía no declarada que se libraba en el norte de Italia y los pasos alpinos, las tropas francesas socorrían a la guarnición de la plaza cercada por los españoles; aunque de modo oficial ni unos ni otros hicieran semblante de saber nada.

–¿Y cómo veis aquello –se interesó–, pues de allí venís?

–Difícil, excelencia. Incierto tanto para los vuestros como para los míos.

–¿Creéis que acabará habiendo guerra abierta entre Francia y España?

Miró Alatriste de soslayo a Quevedo y Guadalmedina.

–Hacer pronósticos no es mi oficio –repuso, cauto–. Como soldado, me limito a combatir cuando me lo ordenan.

Volviose Tréville a Guadalmedina con aire satisfecho.

–Es hombre discreto el vuestro –opinó–. Y su condición de veterano salta a la vista... Debe de manejar bien la tizona que lleva al cinto.

–Absolutamente –confirmó el conde–. De eso doy fe.

Movía Tréville la cabeza, pensativo, cruzadas las manos a la espalda sin apartar los ojos de Alatriste.

–¿Realmente es tan diestro como decís? –inquirió al fin.

–Y aún mejor –intervino Quevedo.

Emitió el francés una risa queda.

–Me gustaría verlo tirar con alguno de los míos... Con espadas negras, por supuesto.

–Me cuadra –dijo Guadalmedina con sonrisa de lobo.

–Podemos apostar cincuenta pistolas a los tres primeros botonazos –se animaba Tréville–. Para el que venza, naturalmente.

–Me sigue cuadrando –volviose el conde hacia Alatriste–. ¿Qué opinas tú, capitán?

Atendía éste impasible, sin mover un músculo de la cara. No asamos y ya pringamos, pensaba sombrío.

–No soy un mono de feria, excelencia.

–Cincuenta doblones no es ninguna tontería. Tu bolsa...

–En mi bolsa, aunque esté vacía, mando yo.

Las últimas frases las habían intercambiado con rapidez, en español, y Tréville, aunque no hablaba la lengua, advertía el tono. Moduló una mueca orgullosa, casi despectiva.

–No importa, olvidémoslo... Quizá hace bien vuestro hombre en no aceptar el desafío.

Fue la sonrisa lo que picó a Alatriste. La mirada reprobadora de Quevedo y el despecho de Guadalmedina se le daban un ardite, pues ambos lo conocían de sobra; pero el sarcasmo del gabacho era flor de otra maceta. Sintió subirle un golpe de calor a la cara y un hormigueo familiar en la punta de los dedos. De no ser de tan diferente condición, le habría gustado invitar al propio Tréville a verse ambos en un prado discreto, cuya hierba estuviera pidiendo a gritos que alguien se tumbara en ella. Pero cada uno era cada cual, lo alto arriba y lo demás abajo, y nada podía hacerse con eso.

–En tal caso... –empezó a decir Guadalmedina.

Se pasaba Alatriste dos dedos por el mostacho, pensativo, y al cabo sacudió la cabeza. Al diablo todo, se dijo. Bien venga el mal si viene solo.

–Nada de espadas negras –dijo apoyando la mano izquierda en la empuñadura de la suya–. Si hay que batirse, yo lo hago con ésta.

Pestañeó Guadalmedina, cogido a contrapelo, y se alarmó Quevedo. Eran conscientes de que Alatriste y su espada estaban en París para asuntos de otra índole, pero ya era imposible volverse atrás. Por su parte, el francés se mostraba complacido. Todavía escrutó a Alatriste un momento, con sorprendida fijeza. Después hizo sonar una campanilla, moviose la cortina de entrada y apareció un secretario.

–Buscadme a Athos –ordenó Tréville.

II. UN LANCE DE ESPADA

El hombre que se encontraba ante Alatriste debía de contar treinta y pocos años, tal vez algunos más. Era flaco y elegante, de frente despejada y tez muy pálida como solían tenerla algunos franceses. El bigote rizado y el modo negligente con que llevaba la casaca azul acentuaban lo distinguido de su expresión seria, el aire tranquilo y la calma con que se movía. Al llegar había saludado con mucha política y, de no haberse limitado el señor de Tréville a llamarlo con el insólito nombre de Athos, cualquiera se inclinaría a considerarlo de buena cuna, sin que desencajase un título de nobleza. Gentilhombre sin duda, o lo parecía; y eso era lo asombroso: pese a las nobles hechuras, propias de un refinado oficial de los mosqueteros reales, su actitud era de simple subalterno. De esa manera obediente, respetuoso y sin alterar el gesto, había escuchado a Tréville mientras calibraba a Alatriste con una lenta ojeada que recorrió al español de las botas al mostacho, idéntica a la que el propio Alatriste le dedicaba a él. Dos peones estudiándose en un tablero cuyas piezas movían otros.

Salieron, cediéndose mutuamente el paso sin despegar los labios, a un patio interior deslumbrado a medias por el sol de la mañana, en compañía del capitán de mosqueteros, Guadalmedina y Quevedo. En tono festivo y ligero, como quien plantea una travesura divertida, Tréville había establecido las condiciones del asalto: espadas de verdad, blancas en vez de negras ya que el señor español así lo deseaba, aunque procurando que nada fuese a mayores. Quedaría vencedor quien primero diese tres piquetes de punta al adversario o le hiciera verter la primera sangre. Para limitar el riesgo de una mala estocada, ambos llevarían petos de cordobán grueso –un sirviente apareció con ellos– e iban a batirse en mangas de camisa, de manera que cualquier herida en los brazos, únicas permitidas, fuera inmediatamente visible y detuviera el combate. Quedaba prohibido tirar tanto al rostro como de cintura para abajo. A la primera voz ordenando alto, las espadas retornarían a sus vainas, los contendientes se estrecharían la mano y las cincuenta pistolas irían al bolsillo del vencedor.

–¿Todo claro?... Pues a su asunto, señores.

Se habían retirado los testigos a un lado del patio para despejar el terreno, que era empedrado y permitía afirmar los pies. Libre de sombrero, ropilla, jubón y daga –Quevedo se había hecho cargo–, en mangas de camisa y con el peto bien ajustado, Alatriste desnudó doncella, e inmóvil, sin pestañear siquiera, observó acero en mano a su adversario. Se conducía el mosquetero con la misma calma y aire medio ausente, cual si estuviera pensando en otra cosa; saltaba a la vista que no era su primer lance y que el hábito le daba un aplomo singular, inexpresivo, donde no había desprecio ni aprecio por su adversario. Uno más, parecían decir aquellos ojos serenos y la elegante sangre fría con que, alzando la espada con la guarnición de lazo a la altura del mentón, tras intercambiar el saludo protocolario se ponía en guardia, puño izquierdo en la cadera, con impecable postura de ducho esgrimista.

Por ahí te voy a entrar, pensó Alatriste. Por las maneras. Su ojo avezado había hecho ya balance del hombre que tenía enfrente y su instinto trazaba con rapidez el plan adecuado. Tenía cuarenta y cinco años muy bregados y había matado a una veintena de hombres en duelos y desafíos –unos por dinero y otros gratis–, sin contar los acuchillados o arcabuceados en la guerra. Conocía el oficio hasta por las tapas, y le bastaba un acero ante los ojos para adivinar al que lo manejaba. El tal Athos, o como se llamara de verdad el francés elegante, dominaba el menester, y era evidente que habría hecho tumbarse a estocadas a más dc uno y más de dos, o de seis. Pero se le traslucían las formas, el hacer linda figura, el qué dirán y los etcéteras. Y todo eso a Diego Alatriste se le daba un carajo.

Alzó cauto la durandaina, tintinearon las hojas, y lo primero que hizo Alatriste, con dos fintas básicas y moviéndose en semicírculo, fue situar a su adversario en la parte del patio donde daba el sol y con éste en la cara –al que madruga Dios lo ayuda, o es más fácil que lo haga si le apetece hacerlo–. Se dio cuenta el otro, que no era lerdo, y para cambiar de sitio reaccionó con una estocada en tercia alta muy bien dirigida, que a quien no fuera Alatriste habría puesto en aprietos; pero éste paró firme, con un quite circular, y respondió con dos antuviones rápidos como relámpagos, uno de punta y otro de filo, que retuvieron al francés con el sol en los ojos. Hizo entonces el capitán amago de irse atrás, le vino el otro creyendo que flaqueaba, y recurriendo a una vieja treta –en verdad poco elegante pero que buenos resultados había dado otras veces–, esquivó Alatriste el acero, lo sujetó bajo el brazo izquierdo, y arrimándose al oponente lo golpeó con la cazoleta de la espada en pleno rostro.

Sonaron, simultáneas, la interjección censora de Tréville, la carcajada de Quevedo y la admonición –que apenas disimulaba un íntimo placer– del conde de Guadalmedina.

–Pardiez, Alatriste, no me avergüences –lo increpó con poca convicción, pues le bullía el gozo en la voz–. Tiene que ser un lance honorable.

No respondió el interpelado. Se mantenía en guardia dándosele todo un ardite, con la espada a medio levantar, muy tranquilo y a la espera. Viendo cómo el tal Athos se limpiaba con el dorso de la mano izquierda la sangre que le goteaba de la nariz.

–Está prohibido herir en el rostro –gruñó irritado Tréville.

Se mordía el bigote con toda razón. Alatriste respondió sin mirarlo, pues seguía tenso el cuerpo, prevenida la espada, pendiente de lo que hiciera el adversario.

–Mis disculpas, excelencia –dijo con toda su sangre fría–. Y también aquí, al señor... Fue un accidente, en el calor del asalto.

–¿Accidente? –se indignaba el jefe de los mosqueteros–. Voto a Dios que reconozco una treta sucia cuando la veo.

El espadachín francés no perdía de vista a Alatriste. Estaba aún más pálido que antes, con la sangre que le manchaba el bigote y había goteado en la porción de camisa que asomaba sobre el peto. Fue entonces cuando habló por primera vez.

–Cada cual tiene sus maneras –dijo con altiva calma–. Este señor se bate a la española y yo me bato a la francesa.

Era el suyo un tono sereno, educado, muy de su nación. Asintió Alatriste sin dar por advertido el agravio.

–No suelo batirme en los salones.

Torcía el otro la boca, desdeñoso.

–Eso salta a la vista.

Le resbaló también esa otra zumba a Alatriste, o hizo semblante de que así fuese. No eran las palabras lo que podía darle allí pesadumbre, sino las cuchilladas. Para lo otro siempre habría tiempo.

–¿Seguimos? –se limitó a preguntar.

De nuevo en guardia, tras observarse con detenimiento un poco más, se acometieron con firmeza. Tintineaban las espadas y el cling, clang de acero llenaba el patio. Esta vez el francés había logrado zafarse del sol y apretaba despierto y valiente, a fondo, combinando quites y peligrosas estocadas. Era realmente hábil en eso, y Alatriste tuvo que recurrir a pies firmes y buena mano para esquivar acometidas que habrían puesto en mal brete a uno menos diestro. Aun así recibió dos puntazos en el peto a cambio de uno en el de su oponente, aunque era obvio que la destreza de éste se basaba en mucha esgrima de salón; y que, resuelto a hacer buena figura, el tal Athos se batía tan pendiente de los que miraban como del adversario. En el mundo de Alatriste, donde cinco cuartas de acero servían ante todo para comer, medrar y matar, aquello era tan menguado como poco práctico. En un asalto de verdad, pensó fríamente, con un adversario como él mismo, al elegante mosquetero le habrían arrojado la capa para trabarle la espada, echado tierra a la cara, tajado una corva con la daga o deslumbrado con la luz de una linterna si era de noche. Y el tal Athos, o como infiernos se llamara, ya estaría desangrándose con un gentil ojal abierto en el pecho. Que a ser español nacido, rezaba el viejo dicho, supiera reñir mejor.

Acabemos, decidió, harto de aquella pantomima. Hizo fingimiento de que se fatigaba y bajó el acero como para pedir tregua o retirarse; así que, por cortesía caballeresca, el otro vaciló un instante. Eso bastó para que Alatriste, ladeándose de improviso, acortara de pronto distancia, metiese un hombro para empujar, y en el mismo movimiento, rehaciéndose de salida, le deslizara una bellaca cuchillada en el brazo izquierdo. Después retrocedió cuatro pasos, bajó la espada y se quedó mirando con mucha flema cómo la manga de la camisa del francés se mojaba de sangre.

–No ha sido un lance de caballeros –protestaba Tréville, contrariado.

Sonrió Guadalmedina.

–¿Seguimos?

–Pero vale cincuenta pistolas.

–*Mordieu*.

Discutían los dos, oponiendo razones, y terciaba Quevedo mientras al otro lado del patio Alatriste y el mosquetero estaban callados y quietos, mirándose muy fijo. Tras un momento, el francés, que hasta entonces no había prestado atención a su herida, dejó la espada en el suelo y se comprimió con la mano la sangría. No parecía profundo el corte: sólo una cuchillada, superficial. Sacó Alatriste un pañizuelo limpio y se lo ofreció al mosquetero, que lo tomó sin decir nada y lo apretó sobre el brazo. Seguían mirándose a los ojos.

–No aprendí mi oficio en lugares como éste –insistió Alatriste a modo de excusa.

Asentía el otro, comprensivo.

–La próxima vez –dijo en voz baja.

–Sí –confirmó Alatriste en el mismo tono–. Será la próxima vez.

Se indicó el tal Athos la herida.

–Estaré bien de aquí a dos días... ¿Seguiréis para entonces en París?

–Es posible.

–¿Conocéis el foso de la puerta de Nesle?

Frunció Alatriste el ceño.

–¿Se trata de un lugar discreto?

–Puede serlo, según la hora del día o la noche.

–Bien... No lo conozco, pero daré con él.

–¿A las seis, con la primera luz?

–Me acomoda.

Lo pensó un poco más el mosquetero.

–Si no os parece mal, me haré acompañar de un par de amigos... ¿Tenéis con quién?

–Tengo, sí. Intentaré llevar a los míos.

Dejando atrás la calle Saint-Honoré subí por la ancha escalinata de piedra gris, y amparado en mi uniforme de los correos reales entré en la embajada de España con tanto desahogo como si no hubiera hecho otra cosa en mi vida. Ya era conocido allí, así que los guardias saludaron el cuerno y la corona real bordados en mi hombro y el conserje apenas levantó la cabeza de su mesa. Al secretario particular del marqués de Mirabel lo encontré en la galería superior, bajo el enorme retrato de nuestro rey que presidía el rellano. El secretario era un funcionario joven y despierto llamado Agustín Uralde: prematuramente calvo, más grueso que flaco, barbita en punta, ojos inteligentes y cansados. Vestía con la ropa negra habitual en su oficio. Nos habíamos visto otras veces y yo lo intuía un poquito bardaje –a fin de cuentas, no hay vasija que mida gustos ni balanza que los iguale–. Es el caso que yo le era simpático por mi mocedad y porque ambos éramos nacidos en Oñate. En ocasiones, entre sonrisas cómplices, habíamos cambiado alguna palabra en vascuence.

–Don Antonio Dávila está en una reunión –miraba el sobre lacrado que yo tenía en la mano, y al fin extendió una de las suyas, de uñas pulidas y cuidadas–. ¿Puedo hacerme cargo?

Me excusé con una sonrisa en extremo amable. Mis instrucciones eran entrega personal con firma de vuelta. Ocurría en ocasiones, ésa era una de ellas, y Uralde, que como digo me tenía en grande estimación, no se ofendió por eso. Dijo que debería esperar en la antesala del despacho del embajador y me acompañó solícito hasta allí.

–Habéis hecho un viaje rápido, querido amigo –comentó mientras caminábamos entre los tapices de la galería–. Nos vimos hace sólo una semana.

–No he salido de París –lo desengañé–. Este despacho lo traen otras personas.

Dirigiome una ojeada perspicaz.

–¿Tiene que ver con la embajada extraordinaria del conde de Guadalmedina?

–Podría ser –me limité a decir, y el secretario asintió con gesto avisado.

–Ah, claro... Sí, por supuesto. Comprendo.

No parecía sorprendido, pues no lo estaba en realidad. Tampoco era la primera vez. En aquel tiempo de guerras larvadas o expresas, alianzas cambiantes y diplomacia secreta, las embajadas extraordinarias españolas o de otras naciones, incluidos el papa de Roma y el Gran Turco, no eran cosa rara. Con ellas se procuraban extremos a los que embajadores ordinarios no podían o no deseaban llegar; y dábase el caso de que incluso en guerra abierta, cuando se retiraban los representantes diplomáticos, legaciones secretas seguían manteniendo contactos entre las enfrentadas cortes de Europa.

Me quedé solo en la antesala, sentado y esperando, con mi sobre lacrado encima de las rodillas. Había en la pared, a ambos lados de un tapiz que representaba la victoria de Lepanto, otro retrato de Felipe IV y uno de su esposa, Isabel de Borbón. Y mientras me entretenía contemplándolos pensé en las raras combinaciones de intereses en los matrimonios reales: nuestro rey había desposado a una francesa, hija de aquel Bearnés cuya estatua ecuestre adornaba el Puente Nuevo de París; y el hijo de éste, Luis XIII de Francia, se había casado con la hermosa Ana de Austria, hermana del rey español. Matrimonios de conveniencia todos ellos: princesas como moneda de cambio, monarcas que eran cuñados entre sí –*beau frère*, bello hermano, decían los franceses–, en procura de una amistad nunca del todo sincera en el juego de pelota de la diplomacia y la guerra. Y lo que son las cosas: en ese momento, sentado en la antesala del embajador de España mientras reprimía un bostezo de aburrimiento, yo estaba lejos de imaginar que tres décadas más tarde, firmada entre España y Francia la llamada Paz de los Pirineos, aquel correo real de dieciocho años iba a acabar, ya capitán de la guardia española, escoltando a un achacoso Felipe IV a la isla de los Faisanes; allí donde nuestra pobre nación, arruinada y exhausta por treinta años de guerras infelices, entregaría una nueva infanta a otro rey francés, en un acto que ya no sería alianza entre iguales sino claudicación amarga, ocaso triste de un imperio donde se ponía el sol.

Sonó la puerta del despacho al abrirse, salió quien había estado dentro con el embajador, y al pasar por mi lado me deslizó una mirada superficial, distraída, antes de seguir camino y alejarse por el corredor. Y yo me quedé clavado en el asiento, estupefacto, paralizado como si un relámpago de hielo hubiera entrado por la ventana para congelarme el corazón y la cabeza. Pues si aquel individuo de fisonomía antipática y vulgar, ruin pelo escaso con bigote y perilla grises, vestido de negro y con la cruz de Calatrava cosida al pecho no me reconoció –en dos años había cambiado mucho mi aspecto–, yo lo había reconocido a él: era Luis de Alquézar, antiguo secretario real. El peor, más vil e infame enemigo que el capitán Alatriste y yo teníamos sobre la faz de la tierra.

Recibido que fui por don Antonio Dávila y Zúñiga, marqués de Mirabel, le entregué el despacho secreto que don Francisco de Quevedo había traído desde Madrid, respondí a varias preguntas irrelevantes que quiso hacer y me retiré en cuanto obtuve licencia, tan ofuscado y absorto en otras cosas como al entrar; que milagro fue encontrar sosiego para responder con tino a lo que se me preguntaba, pues tenía el ánimo revuelto por el personaje al que había visto en la antesala. Saludé y quise irme al fin, tan desbaratado de cabeza que olvidaba el acuse de recibo; y antes de llegar a la puerta me vi obligado a volver sobre mis pasos y reclamárselo al embajador, cosa que hizo tras requerir papel, pluma y tintero. Apenas echó arenilla de la salvadera, enjugó la tinta y puso el escrito en mi mano, lo guardé en un bolsillo y salí del despacho sin saber dónde ponía los pies, cual si el piso se moviera bajo mis pasos.

En lugar de tomar la escalera me asomé a la oficina de Agustín Uralde. El secretario, metido en carpetas y legajos, alzó el rostro al verme aparecer, sorprendido por lo demudado del mío.

–¿Se encuentra bien vuestra merced? –inquirió.

Procuré quitarle importancia con el oportuno disimulo.

–Es sólo un vahído, sin duda por el calor –señalé una jarra y un vaso que estaban sobre su mesa–. Me iría bien un poco de esa agua, si tenéis la bondad.

–Por supuesto.

Bebí un buen trago, di las gracias e hice, en tono casual, la pregunta que me quemaba la boca.

–¿Ese caballero con quien me crucé en la antesala es Luis de Alquézar, el antiguo secretario real?

–El mismo –se sorprendió–. Lo conocéis, según veo.

–Ah, no mucho. Superficialmente, nada más. Lo vi en Madrid hace dos o tres años, pero creía que ahora estaba en las Indias. Y no en buena posición, tengo entendido.

Uralde adoptó un aire íntimo, de confidencia, y se inclinó sobre la mesa con una de sus cuidadas manos cerca de la mía.

–Eso cuentan. Por lo visto incurrió en el desagrado del rey, o del conde-duque, o de ambos –me dirigió un pestañeo confianzudo, cómplice–. Pero como era persona influyente, se limitaron a enviarlo al otro lado del mar, a una especie de destierro.

–¿Y cómo está aquí?

Suspiró el secretario, melancólico. Seguía con su mano próxima, delicadamente apoyada en la mesa. Yo no retiraba la mía y eso pareció animar sus confidencias.

–Según parece, Alquézar se las arregló muy bien con las minas de plata de Nueva España... Hizo dinero con rapidez, y ya sabe vuestra merced que no hay nada como eso para recuperar el favor perdido –miró hacia la puerta, aunque estaba cerrada, y bajó la voz–. Se rumorea que hizo envíos de dinero a las personas adecuadas, siendo generoso incluso con el rey.

Parpadeé de asombro.

–¿Os referís al de Francia?

–No, aunque tampoco me sorprendería. Me refiero al nuestro.

–Entonces, ¿por qué París?

Lo vi hacer un mohín de cautela. El de quien dice menos de lo que sabe, pero le gustaría poder decir más.

–Vino directamente, y no sé cómo lo consiguió, de Veracruz al puerto francés de Burdeos –me miró con mucha trastienda y bajó el tono casi hasta el susurro–. Algo tiene que ver con lo que negocian Richelieu y nuestro conde-duque de Olivares –se demoró en una corta pausa intencionada–. Asunto al que no parece ajena la embajada oficiosa del conde de Guadalmedina.

Al escuchar eso me quedé callado, pensando. Que me llevara el diablo.

–Es, entonces –concluí–, asunto de dinero.

Uralde me dedicó una sonrisa larga y significativa.

–No os sorprendáis –repuso–. Alquézar se ha convertido en un hombre muy rico, y a ésos nunca faltan cireneos –en ese punto se encogió de hombros–. Es cuanto puedo deciros, porque es cuanto sé.

–¿Y conoce vuestra merced dónde se aloja?

–Alquila el hotel de la baronesa de Chesnel, plaza de Saint-Jacques. Muy cerca de aquí.

–Os lo agradezco –titubeé en busca de un tono despegado, indiferente–. Creo recordar que tenía una sobrina.

–Oh, sí. Y lo acompaña... No he tenido ocasión de verla, pero dicen que es muy jarifa. Bien linda.

Se me cortó el aliento y ya no pude decir palabra. Sentía la boca tan árida como estremecida el alma. Preocupado por mi semblante, Uralde se puso en pie, rodeó la mesa y me atendió solícito, tomándome una mano con gentil afecto.

–Volvéis a estar pálido, querido amigo... Os iría bien un poco más de agua.

–Ni lo sueñes, Alatriste –dijo Guadalmedina.

–No fui yo quien empezó el asunto.

Movía la cabeza Álvaro de la Marca, recalcitrante. Estaba en mangas de camisa, estiradas las piernas sobre un escabel –zapatos con hebilla de oro y medias de seda– y con una copa de vino en la mano, sentado entre el capitán y Francisco de Quevedo. Por la ventana abierta llegaba el ruido de voces y caballerías un piso más abajo, en la calle de Tirechape. No se alojaba el conde en El Cisne Dorado como Alatriste y los otros, ni tampoco en la residencia habitual de los embajadores extraordinarios, próxima al Luxemburgo, sino en un hotel particular de la calle Mont-Marthe. Estaba en París a sombra de tejados, sin sirvientes ni séquito oficial; aunque se comportaba, según solía, como si en todas partes estuviera en su casa.

–Me da igual quién empezara, ¿comprendes?... Ganaste cincuenta doblones.

–De los que sólo me embolsé veinticinco, porque vuestra excelencia se quedó con la mitad.

–¿Y qué?... Setenta y cinco escudos no está mal para un soldado. Es la paga de un capitán de caballos.

Encogió Alatriste los hombros con indiferencia y volvió al asunto.

–El francés me dio cita para continuar la conversación.

Hizo el conde un ademán desdeñoso, bebió un sorbo de vino y torció el rizado bigote con superioridad agria.

–Una cita a la que te guardarás mucho de asistir –replicó, severo–. No estás en París para batirte en duelos estúpidos.

–Me ha desafiado, excelencia.

–Voto a Dios que se me dan un carajo tus desafíos... ¿Sabes que el duelo está prohibido en Francia por edictos reales?

–Lo sé.

–Tú qué diablos vas a saber. ¿Conoces la historia de Bouteville y Chapelles?

–No.

–Aristócratas eran los dos. Deja que te la cuente.

Y Guadalmedina la contó. El año anterior, uno de los duelistas más contumaces de la aristocracia francesa, el conde de

Bouteville, había desafiado en la plaza Royale al marqués de Beuvron. La costumbre era que también los testigos de un duelo se batieran entre ellos, y así lo hicieron éstos: el caballero Bussy d'Amboise por parte de Beuvron y el conde de Chapelles por parte de Bouteville. Amboise resultó muerto y los dos desafiadores huyeron de París, pero fueron apresados. Llevados a la Bastilla, los procesó el Parlamento y fueron decapitados en la plaza pública –hacha y no soga era privilegio de su ilustre calidad– pese a las súplicas hechas por la nobleza francesa al rey y al cardenal.

–Los dos murieron con mucho valor, como era de esperar –concluyó Guadalmedina–. Pero si eso se les hizo a ellos, imagina lo que pueden hacer contigo. Y tú no has venido a París para que te cuelguen en la plaza de la Grève.

–Vuestras órdenes son otras, capitán –intervino suavemente Quevedo–. Os necesitamos vivo y coleando.

Se removía incómodo Alatriste.

–Aún no sé qué órdenes son ésas.

–Las conoceréis pronto.

–Con órdenes o sin ellas, si no acudo a la torre de Nesle creerán que tornilleo.

–Me da igual lo que crean –dijo desabrido Guadalmedina.

Los ojos claros de Alatriste se posaron fríamente en el aristócrata.

–No es ésa mi costumbre.

–Se me dan un ardite tus costumbres –le sostenía el otro la mirada por encima de la copa que tocaba sus labios finos y pálidos–. Pones en peligro asuntos de importancia capital, y hay negocios de mayor enjundia que tu vanidad de matasiete.

Lo dijo alzando un punto la voz y con más rigor del tolerable, advirtió Alatriste mientras sentía la mirada inquieta de Quevedo. Prudencia, querido capitán, decía aquel gesto. Pero ciertas prudencias se veían reñidas con la música que tocaban; así que, con tranquila resignación, se puso lentamente en pie. Aún tenía la espada al cinto y se limitó, como por descuido, a rozar la cazoleta con el dedo pulgar de la mano izquierda.

–Señor conde...

Lo miraba con mucha flema el otro desde su asiento.

–¿Qué, Alatriste?

–Ruego a vuestra excelencia que no aproveche su condición, que tan por encima está de la mía, para que se le escapen verbos que tal vez no pudiera sostener en otro lugar.

Entornó los párpados Guadalmedina.

–¿Y eso?

–Yo no tengo sesenta y cuatro escudos de armas en el libro de familia, como vuecelencia; pero considerad que todos somos hombres y cada cual se tiene, títulos aparte, por hijo de su padre.

–Vaya... –echó atrás la cabeza Guadalmedina–. ¿Comparas, señor soldado?

–Matizo, señor conde.

–¿Y qué más?

–Pues que el inconveniente de ciertas palabras es que a veces se las devuelven a uno envueltas en una estocada.

Palideció el aristócrata, de pronto destemplado.

–Vive Dios –exclamó.

Volvía a encogerse de hombros Alatriste.

–Vive Dios, viva el diablo o quien sea.

–Mide lo que dices, pardiez.

–A partir de cierto punto, excelencia, suelo medir en palmos de acero.

Dejó el otro la copa en la mesa. No llevaba la espada, pues se la había desceñido al acomodarse y estaba sobre un diván. La miró un momento, sombrío, y luego otra vez a Alatriste. Se puso en pie.

–Sostengo cuanto digo.

–Siento deciros que yo también, señor conde.

Se agitaba Quevedo, escandalizado.

–Señores, por favor, mostremos cordura –protestó–. Hay demasiadas cosas en juego.

Se miraban el soldado y el conde a dos cuartas uno de otro, chispeando de ira los ojos de Guadalmedina, fríos como escarcha los de Alatriste. Sé que en este momento me haría ahorcar si pudiera, pensó muy sereno éste, si estuviéramos en sus tierras de Andalucía o Extremadura, e incluso en su casa de Madrid. Pero también él sabe que, antes de que abriese la boca para dar la orden, yo le tajaría la garganta.

–Excelencia, capitán..., señores –insistía conciliador Quevedo–. Tengamos seso.

Fuera por cálculo o por el viejo afecto –todo era posible en Guadalmedina, incluidas ambas razones a la vez–, se adelantó el conde en mudar semblante. Suspiraba de pronto, breve, como para vaciar los malos humores, y un relámpago tibio pareció aclararle el rostro.

–Ahí lo tenéis, señor de Quevedo –dijo en tono más frívolo–. Ved esa mirada de hielo y decid si no vale uno de vuestros sonetos.

–A fe que lo vale –dijo el poeta, aliviado por el sesgo.

–La primera vez que la vi era yo mozo apenas hecho, y estaba a punto de dejar la piel en el desastre de las Querquenes, o de hacer palmas con los grilletes en un remo turco, como esos versos vuestros que dicen:

Amarrado al duro banco
de una galera turquesca,
ambas manos en el remo
y ambos ojos en la tierra...

Al decirlo había guiñado un ojo a Alatriste, súbitamente cómplice. Saltó muy picado Quevedo.

–No son míos, diantre –quiso rebatir–, sino de ese sodomita culterano de Góngora, al que mala pascua le dé Cristo.

–¿De veras?... Como realmente son buenos, creí que eran vuestros.

–Voto a Dios.

Aún con la sonrisa traviesa en la boca, indicó de nuevo Guadalmedina a Alatriste.

–El caso –dijo– es que de allí logró sacarme, entre un diluvio universal de mosquetazos y estocadas, este llamado capitán sin serlo, que hoy tiene el cuajo de sostenerme el gesto. Más de una vez me ha hecho dar con los huevos en la ceniza, pero no puedo olvidar aquello...

Se interrumpió el conde en ese punto, como inseguro de ir más allá; y al fin pareció decidirse.

–Tampoco olvido –añadió– que la última vez que lo vi, en El Escorial, cuando un infame sicario iba a disparar contra el rey, este espadachín impolítico e insolente se interpuso gritando: «A mí esa bala» –volviose a medias hacia Quevedo–. ¿Lo sabía vuestra merced?

Atendía con asombro el poeta.

–No por lo menudo, excelencia –confesó.

–¿Nunca os lo contó nuestro amigo el capitán?

–Ya lo conocéis... Él no es de contar esas cosas sino de los que creen, no sin acierto, que callando se es dueño de todas las razones.

–Pues lo sabéis ahora. Y lo curioso es que cuando se me apitona, como hace un momento, a este buscavidas no le faltan motivos para retorcerse con desahogo el mostacho. Ahí donde lo veis, durante el tiempo de un credo y haciéndolo cubrirse ante él con mi sombrero, nuestro gran Filipo lo hizo grande de España.

–Primera noticia –dijo Quevedo, aún más estupefacto.

–No son cosas de publicar en las gacetas.

–Oh, ya... Desde luego que no.

Indicó Guadalmedina a Alatriste con un gesto del mentón.

–Que os lo cuente él, cuando haya espacio para ello.

Sonreía avisado Quevedo.

–No lo hará, lo conozco.

–Tenéis razón... Un día de éstos os lo contaré yo.

Escuchaba Alatriste con el estoicismo que le era propio, mientras sentía diluirse poco a poco su tranquila cólera. Inclinado sobre la mesa, el conde vertió más vino en la copa y se la ofreció de propia mano, amigable. Bajo el bigote rizado la sonrisa era ahora distinta, relajada, franca en apariencia. Quizá fuese artificiosa y de coyuntura, o tal vez sincera. En todo caso, la del Álvaro de la Marca al que Diego Alatriste recordaba, reconocía y apreciaba.

–Reservemos tu espada, capitán, para el asunto que te ha traído aquí. Y empeño mi palabra en que no van a faltarte ocasiones para eso.

Más tarde, cuando Álvaro de la Marca hubo regresado a su residencia, a sus ocupaciones o a lo que fuera, don Francisco de Quevedo nos informó de todo –aunque después sabríamos que estaba lejos de ser todo– a los miembros de la gavilla. Nos hallábamos reunidos en la misma habitación de la posada el capitán Alatriste, Sebastián Copons, Juan Tronera –aún dolido de la boca, luego de que un barbero le sacara la muela estropeada– y yo mismo; que, como saben vuestras mercedes, tenía agrias noticias que referir sobre la presencia en París de Luis de Alquézar. Pero la edad y la experiencia me habían graduado de prudente, así que resolví esperar y comentarlo en privado con el capitán y don Francisco.

Desde el año anterior, nos recordó Quevedo, Luis XIII y Richelieu asediaban La Rochela, último gran bastión de la religión reformada en suelo francés; y la Inglaterra de Carlos I y su ministro el duque de Buckingham procuraban socorrer la plaza con tropas, navíos y suministros. Para estorbárselo, Richelieu había refrescado en el historiador romano Quinto Curcio los pormenores del asedio de Tiro por Alejandro; así que a las dos leguas de circunvalación en torno a la ciudad añadía un dique hecho con barcos hundidos, piedras y maderos, que cuando estuviese acabado impediría el paso de los barcos ingleses. Desde que el cerco se estrechaba de tan ingeniosa forma, el hambre y la miseria crecían en la ciudad y la moral de los rocheleses era cada vez más baja.

–España juega con naipes contrahechos –siguió contando el poeta–. Como se trata de luchar contra protestantes, el conde-duque de Olivares apoya de boquilla la empresa francesa y mantiene nuestra flota de Dunquerque a disposición de Richelieu, aunque no haya disparado un cañonazo ni tenga intención de hacerlo; pues no acomoda que Francia resuelva sus problemas, igual que a ella tampoco le conviene que los españoles ganemos la guerra en Flandes, donde tenemos a los tercios medio amotinados por falta de pagas...

–Diez meses sin ellas –dije yo.

–Pues eso. De modo que nuestros diplomáticos hacen encaje de bolillos, prometiendo a todos y sin comprometerse con nadie.

–Entre Pinto y Valdemoro –reí.

–Exacto. Fíjense vuestras mercedes en los ingleses, que no perdonan el desaire que les hicimos negándoles la mano de la infanta hace cinco años, y desde entonces nos tienen en estado de guerra... Sin embargo, a excepción del intento sobre Cádiz, donde tan mal capado les salió el gorrino, no hay hechos de armas entre ellos y nosotros. Sólo sus piraterías en las Indias, junto a los holandeses.

Había comprado don Francisco diez escudos de bocados de Génova y otros confites a los que era aficionado, pues en París los hacían muy buenos, y nos obsequiaba con ello y media garrafa de un clarete gabacho suave y agradable.

–¿Y cuál es la misión del conde de Guadalmedina en París? –preguntó Juan Tronera, que, hinchado todavía un carrillo, miraba con envidia, sin atreverse a llevarlo a la boca, un almendrado de limoncillo con alcorza.

Observé a nuestro compañero de aventura. Era el único de nuestro grupo del que yo no conocía historial ni carácter. A diferencia de Sebastián Copons –viejo y leal amigo, camarada en Flandes y el Mediterráneo–, de Tronera sólo alcanzaba su acento de Córdoba, el pelo rubio que llevaba largo aunque recogido en la nuca, y la apariencia de hombre crudo y seguro de sí, fácil de armas, previsible a la hora de mover las manos pero dudoso para mí en otros aspectos. Y sobre todo, no me gustaba la forma en que el capitán Alatriste y él se miraban de vez en cuando.

–La función de Guadalmedina –respondió don Francisco– no se limita a París. Su objetivo es ir a La Rochela, al campo francés, y observar con detalle la situación.

–¿Espionaje? –inquirí.

Sonrió Quevedo. Más bien, repuso, toma de temperatura. Lo previsto era que Álvaro de la Marca con su reducido séquito, que éramos nosotros, viajara en los próximos días. El campamento rochelés se había convertido en corte de Francia, pues el rey y el cardenal se personaban en el asedio.

–La buena relación del conde de Guadalmedina con el señor de Tréville os facilitará el acceso –añadió el poeta–. Y como no todo es *gratis et amore*, y desde que se formó el mundo el oro ciega la voluntad más lince, ensebar la palma del jefe de los mosqueteros –miró con intención a Alatriste– ayuda mucho en la empresa.

–Eso me pareció –dijo el capitán, ecuánime.

–También vuestras mercedes están bien pagadas, ¿no?... O lo estarán cuando se les satisfaga lo prometido.

–A mí no me han prometido nada –dije.

–Porque tú cobras tu paga de correo real –respondió Quevedo.

Tomé una ciruela confitada y me la llevé a la boca con filosófico consuelo.

–Será cuando la cobre, porque tampoco hay manera.

–Pardiez, chico, eso no es cosa mía –miraba el poeta al resto de la concurrencia–. Pero estos señores, aparte la ayuda de costa que embolsaron para el viaje, serán recompensados en su momento.

Chispearon irónicos los ojos claros del capitán Alatriste. Había bebido ya dos vasos de vino y mojaba el mostacho en el tercero.

–Espero que no ocurra –ironizó– como con los trescientos doblones de nuestra última Navidad en Venecia; que medio año después nadie ha cobrado completos.

Procuraba don Francisco zafarse del asunto.

–Volviendo a lo nuestro –quiso retomar el hilo–, se dan varias felices coincidencias, o van a darse, que aconsejan la presencia de Guadalmedina en La Rochela...

–¿Qué coincidencias? –pregunté tras escupir el hueso de ciruela.

–Las conoceréis en su momento. Baste hoy con saber que es de todo interés que el conde y su escolta de españoles os encontréis allí en una fecha determinada –nos dirigió una ojeada de inteligencia–. ¿Comprenden vuestras mercedes?

–A medias –repuse.

–Algo –apuntó Tronera.

–Nada –dijo Copons.

–Pues ya lo comprenderéis del todo.

El capitán Alatriste parecía estar pensando en otra cosa.

–Antes dijo vuestra merced *os facilitará* y no *nos facilitará* –comentó–. ¿Acaso no viajáis a La Rochela con nosotros?

Negó Quevedo con mucha naturalidad.

–Mi obligación termina en París, donde hay asuntos por resolver. Una vez que hayáis partido volveré a Madrid para poner mis negocios en razón... La poesía da fama, pero es el teatro el que llena la bolsa; y si no, que se lo pregunten a Lope. Yo soy más hombre de crédito que de caudales. Tengo una obrita de teatro comprometida con el corral del Príncipe y me urge meterle mano:

Una madre y una hija
mi salud y hacienda acosan,
pudrió la hija mi cuerpo,
vació la madre mi bolsa...

–¿Qué os parecen los versos del comienzo del primer acto? –concluyó esperanzado, paseando la mirada.

Copons y Tronera se encogieron de hombros con la estolidez de hombres más sensibles a la pólvora que a la rima. Yo asentí complaciente, y bajo el mostacho de Alatriste asomó una mueca zumbona.

–Los habéis hecho peores –dijo con impostada seriedad, alzando su vaso de vino francés–. Aunque Ruiz de Alarcón, para mi gusto...

Se amostazó picado el poeta, como cada vez que le mencionaban a un enemigo en la turbulenta república de las letras hispanas. Tal como Luis de Góngora –Quevedo había comprado su casa para darse el gusto de expulsarlo de ella–, el mejicano Alarcón era otro de sus enemigos.

–Voto a tal, y que el diablo tueste a ese lerdo Corcovilla... No empecemos otra vez, señor capitán.

–Creí que... –seguía embromándolo Alatriste.

–Un ardite se me da lo que creáis.

Yo pensaba muy despacio, ajeno a la chanza, procurando digerir cuanto don Francisco nos había contado antes; pero encontraba excesivos enigmas en todo aquello.

–¿Y cuál será, una vez en La Rochela, nuestra función como séquito de Guadalmedina? –quise saber.

–Ésa no es mala pregunta –apostilló Tronera mesándose la barbita rubia y rala.

–No –dijo Alatriste.

Permaneció callado Quevedo, considerando lo que acababa de oír, y por fin hizo un ademán ambiguo.

–No me corresponde desvelarlo a mí... Lo sabréis en el momento oportuno.

–Ésa no es mucha luz –opinó Tronera.

–Pero es la que hay. Sólo puedo decir que en este asunto corren a rienda suelta las tretas y los engaños.

Observé que el capitán Alatriste y Sebastián Copons, soldados viejos y acuchillados, se daban de ojo como quien entiende la mácula, sin necesidad de palabras, igual que tantas veces los había visto mirarse en las trincheras flamencas o en las galeras de Levante. Llevaba tanto tiempo con ellos que los conocía hasta en los silencios, y me era fácil imaginar lo que en ese momento rumiaban. Por oficio y natural experiencia, uno y otro podían adivinar humo de mechas y brillo de aceros a una legua de distancia. Y en aquel viaje, eso era naipe tan fijo como que había Dios.

Todos se habían retirado: a dormir Quevedo y a remojar Copons y Tronera la calle del trago en un cercano y famoso cabaret, que así era como llamaban allí a las tabernas. Yo había intentado conciliar el sueño, pero me era imposible. Saber que Luis de Alquézar estaba en París y que su sobrina Angélica venía con él me desasosegaba hasta el punto de perder el oremus. Saben vuestras mercedes que en ese tiempo era yo un mozo templado, hecho a rebatos, incertidumbres y sobresaltos tras haber puesto muchas veces la gorja al tablero. El problema era que, aunque la vida de mochilero y soldado junto al capitán Alatriste me había acostumbrado a afrontarlo todo, nada prevenía en lo referente a sobresaltos del corazón, cual acababa de descubrir muy a mi costa.

Ya hablé en otros episodios de mi pasado con Angélica de Alquézar, y no me extenderé más. Baste recordar que aquellos ojos azules como el cielo de Madrid en el más frío invierno –lo de frío invierno no lo digo a humo de pajas–, aquellos tirabuzones rubios como el oro recién acuñado, aquella piel blanca y suave que yo había poseído para mi felicidad y mi desdicha seguían presentes en mi vida y peligros como un cuchillo clavado en el pecho, que si ahí lo dejas duele, y si lo sacas, mueres. Yo había gritado el nombre de Angélica como voz de guerra en campos de batalla, en combates victoriosos o sin esperanza, en el molino Ruyter, en el reducto de Terheyden y en las bocas de Escanderlu; y si me hubiera visto pelear por mi vida y por mi rey habría sabido que también peleaba por ella, por su imagen grabada en mis ojos, en mi carne, en la cicatriz de daga que yo tenía en la espalda y que Angélica misma me había hecho dos años atrás, cuando tras apuñalarme, sentada a horcajadas sobre mí, medio desnuda y abiertos sus muslos sobre mi cintura, besó mi herida sangrante, acariciándola con la lengua mientras murmuraba «me alegro de no haberte matado todavía».

Saber que ella estaba ahora en París me trastornaba. Dormir pensando en eso me era imposible y sentía una sed atroz. Había agotado el agua de mi jarra, así que me levanté y en camisa, descalzo, fui a buscar más. La habitación del capitán Alatriste, comprobé al pasar ante su puerta, estaba a oscuras y silenciosa, y supuse que dormía. De ahí mi sorpresa al verlo en el salón de huéspedes, sentado a la luz mortecina de los últimos leños de la chimenea.

Como yo iba descalzo y no hice ruido, pude contemplarlo sin que se percatara de mi presencia. Estaba tal como lo había dejado al retirarme, desabrochado el jubón, las botas sobre un taburete y el arnés con la espada y la daga en el respaldo de una silla, bebiendo despacio y sin pausa, de aquel modo contumaz, tan suyo, que ya dejaba dos botellas vacías sobre la mesa y mediaba una tercera. Más de un azumbre de lo fino, calculé, se había metido en el cuerpo; pero según su costumbre nada le asomaba al ademán ni al semblante. El perfil aguileño, semejante al de una audaz ave de presa, se recortaba en la claridad rojiza de la chimenea, y sus ojos claros, fríos como el hielo, permanecían absortos en la penumbra que lo rodeaba, en mudo diálogo con los demonios familiares que, en su particular infierno, lo acompañaban cada uno de los días de su vida y sólo descansarían con él quince años más tarde, en Rocroi, cuando el sol de España se puso en Flandes y la vida del capitán Alatriste se extinguió al tiempo que una singular clase de hombres: los arrogantes tercios de infantería española, portentoso seminario de soldados que durante siglo y medio acuchillaron el mundo. Pues con la España que dejaban atrás –o dejábamos, lo dice a vuestras mercedes quien de cerca lo vivió– no quedaba sino coger espada y arcabuz para caminar resignados, duros, peligrosos, en pos del tambor y la bandera. Que harto, como ya dije en otra ocasión a vuestras mercedes, lo reflejó en tercetos Andrés Rey de Artieda, que fue soldado, al referir el diálogo de dos veteranos que tras renegar durante treinta versos de la miseria que ser español supone, maldecir de España y del rey, y jurar que no se los verá en la próxima batalla, acaban por hacer lo que señala el poema:

Pues estos dos que osaron decir esto,
ha seis días, cobradas cuatro pagas
y conforme razón, puestos a gesto,
con solas sus espadas y sus dagas,
pasando a nado un foso hicieron cosas
que plegue a Dios que en ocasión las hagas.

Apenas me moví un poco más, aunque hice menos ruido que un ratón con patas de fieltro, Diego Alatriste se volvió a mirarme. Ni siquiera el vino empañaba su instinto de soldado.

–¿Qué diablos haces ahí, Íñigo?

–Me falta el sueño.

–Ven aquí, entonces. ¿Quieres un trago?

–No, capitán. Sólo agua.

–Sírvete, entonces.

Bebí y fui a sentarme al calor de la lumbre. Me observaba, pensativo.

–Voto a Dios que has crecido, zagal –dijo de pronto.

Siguió bebiendo, y el único rastro del vino era cierta turbiedad que afloraba en su mirada glauca.

–Hay un problema –dije.

–¿Cuál?

–Luis de Alquézar ha vuelto. Está en París.

Me miró sin despegar los labios, y al fin lo hizo para mojar de nuevo el mostacho.

–Lo sé... Me lo contó don Francisco.

Me quedé de piedra.

–¿Estabais al corriente?

Ni se molestó en confirmar o negar nada.

–¿Lo has encontrado en persona? ¿Te reconoció?

–No creo, he cambiado. Aunque él no.

–Hizo mucho dinero en las Indias. Es listo y lo consiguió rápido. Y con eso abres cualquier puerta, incluso las que parecen cerradas.

–Pero anduvo en una conjura contra el rey nuestro señor...

Compuso mi antiguo amo un ademán fatalista.

–Oro y plata son lima sorda que corta barrotes y trueca opiniones; pueden convertir a un culpable en inocente. Según don Francisco, el primer beneficiado de la nueva fortuna del que fue secretario real ha sido nuestro propio Felipe Cuarto, a quien Alquézar ha colmado de finezas y dádivas.

–¿Y qué hace en París?

–Va camino de España, pero antes viene a repartir dinero entre gente bien situada, a fin de ganar voluntades. Los nobles franceses son todavía más venales que los nuestros... El antiguo secretario real actúa ahora por cuenta del conde-duque de Olivares, así que con eso está dicho todo.

–¿También lo ha engrasado a él?

–Todo es posible en España, donde antes te mueve del sitio un doblón que un toro.

–¿Y tiene que ver con nuestro viaje?

–En eso estoy a oscuras. Álvaro de la Marca debe de saberlo, pero dudo que nos lo confíe a nosotros.

Bebió más, vació el vaso, se pasó el dorso de una mano por el mostacho y volvió a llenar el vaso con lo que quedaba en la botella, hasta el borde.

–Sabes que Alquézar no ha venido solo, ¿verdad?

–Lo sé.

Me miraba con mucha intensidad y mucha fijeza. Me conoce mejor que yo mismo, pensé. Después de tantos años y tantas aventuras juntos.

–No hagas ninguna tontería, Íñigo... Es mucho lo que arriesgamos aquí, y todavía no sabemos cuánto.

–Confiad en mí, capitán.

–Picar demasiado alto tiene sus riegos –parecía no haber oído mis palabras–. Tu Angélica está otra vez demasiado arriba, me temo.

–Insisto en que confiéis en mí.

Miraba su vaso de vino cual si leyera en él cosas que yo no podía ver. Al fin esbozó una sonrisa extraña, torcida, que le había visto muy pocas veces.

–Una cosa que aprendí en la vida es que, cuando hay mujer de por medio, hasta el hombre más sólido deja de ser fiable.

Me erguí, un poco picado. Insolente en mi juventud.

–¿Es vuestro caso, capitán?

–Lo fue –había encajado la pregunta como lo más natural del mundo, pero se desvaneció su sonrisa–. Puedes preguntar a Juan Tronera, si te place.

–¿A él? –el desconcierto me hacía parpadear–. ¿Tiene algo que ver con vuestra merced?

–Sí, algo tiene. El azar esconde episodios curiosos, zagal... Pregúntale por Nápoles, si se tercia.

III. UNA VISITA AL LOUVRE

A lo lejos, río arriba, podían verse las formas todavía grises del Puente Nuevo, la isla y las torres remotas de Notre-Dame. Cuando Diego Alatriste, envuelto en su capa, pisó tierra después de dar dos sueldos al barquero que lo había llevado hasta allí, el primer rayo de sol no despuntaba aún sobre los tejados de París. La torre de Nesle –siniestra, medieval, adosada a otra más alta y estrecha– se alzaba en la claridad gris del amanecer sobre la orilla misma, cerrando el extremo de la muralla que circunvalaba el lado oriental de la ciudad. Excepto el barquero y otros dos que dormían en los botes amarrados al embarcadero, el lugar estaba desierto, y aún lo pareció más cuando Alatriste rodeó la base de la torre y se encontró en el foso: sin agua, tan seco que se podía caminar por él, como hizo sin necesidad de alejarse mucho; pues después de pasar bajo los arcos del puente que comunicaba con una de las puertas de la ciudad, cerrada a esa temprana hora, vio a cuatro hombres que, cubiertos como él con sombrero y capa, conversaban sentados en unas piedras desprendidas de la muralla.

Se acercó a ellos despacio, aprovechando para observar primero el terreno y luego a los individuos hacia los que se dirigía. Ambas cosas las hizo con ojo avezado a estudiar los lugares para conocer sus desventajas y aprovechar la oportunidad que negaban u ofrecían, y también para calibrar a quienes el azar o el oficio le ponían enfrente. El lugar no era malo, con suelo firme, adecuado para asentar los pies si bailaban temerarias. En cuanto a los hombres, reconoció en uno de ellos al llamado Athos, su adversario del hotel del señor de Tréville. A los otros no los conocía: uno era alto y fuerte, otro de aspecto delicado, casi gentil, y un tercero más joven. Al ver acercarse a Alatriste interrumpieron la conversación y el tal Athos se puso en pie despacio, casi con desgana.

–¿Venís solo?

Parecía decepcionado y los otros se miraban entre ellos con parecido semblante.

–Me daría fastidio –añadió el francés sin aguardar la respuesta de Alatriste– que, al no traer padrinos ni testigos, alguien crea que he venido a asesinaros.

Hablaba mesurado, seguro de sí, con educada altivez. Era obvio que no se trataba de la primera vez que tenía esa clase de lance. Alatriste, que había llegado a su altura, se detuvo ante él mientras lo contemplaba tan detenidamente como en su primer encuentro: pálido de tez, bigote y perilla elegantes, ojos tranquilos. Manos que, aunque con marcas y cicatrices de esgrimista, no habían perdido cierta aristocrática finura.

–¿Cómo está vuestro brazo? –preguntó Alatriste, cortés.

Su parla francesa, aprendida en las trincheras o campamentos y no en los salones, bastaba para esa clase de diálogo. Hizo el otro un movimiento de cabeza que denotaba indiferencia.

–Muy bien, gracias... Por suerte es el izquierdo.

Se había soltado la capa, y vuelto a medias la entregó con el sombrero al acompañante alto y fuerte, que se levantó a recibirlos.

–La idea era que os hicierais acompañar –insistió con cortés hosquedad.

–Hay un problema –dijo Alatriste, y apenas dicho eso vio una sombra de desdén cruzar los labios pálidos del mosquetero.

–Confío –dijo éste– en que ese problema no os impida batiros.

–A vuestra merced corresponde juzgarlo.

–Oh, vaya –dirigió el francés, de soslayo, un vistazo irónico a sus camaradas–. Oigamos despacio eso.

–Estoy en París cumpliendo órdenes y mi voluntad no es por entero mía.

Arrugaba el ceño el oponente, pasándose una mano por el cabello, que llevaba más largo y ondulado que los españoles, a la moda francesa.

–Y eso quiere decir...

–Las personas con las que me visteis en casa del señor de Tréville prohíben que me bata.

Se sorprendió el otro.

–¿Lo prohíben, decís?

–Terminantemente.

–Eso es ridículo –intervino el amigo corpulento–. Cuando uno se bate, se bate porque se bate.

Alzó una mano el tal Athos, pidiendo silencio. Seguía mirando con burlón interés a Alatriste.

–¿Y habéis venido a acatar su prohibición o a transgredirla?

–Eso depende de vuestra merced.

Hizo un mohín de extrañeza el otro.

–Aclaradme ese punto, señor español. Lo veo un poco oscuro.

–Tanto como el punto diecinueve de san Agustín –comentó, mordaz, el amigo de aspecto delicado–. *Aliter graece, aliter latine sonant*, etcétera.

Volvió el llamado Athos a levantar una mano y calló el otro; que olía a pomada para el pelo y afeites caros, lo que no era en absoluto incompatible con una sonrisa peligrosa. Impasible por su parte, resignado a lo que había y podía haber, Alatriste les sostuvo la mirada.

–No acudir lo habríais tomado por lo que no es –dijo con sencillez.

–Cierto.

–Traer a los amigos de que dispongo en París, que son pocos y están bajo las mismas órdenes que yo, sería comprometerlos.

–Es posible... ¿Y qué?

–Pues que no me quedaba otra que venir, aunque fuera solo, y exponeros mi situación.

Cruzó el rostro del francés una sonrisa altanera.

–¿Debo entender que os estáis excusando para no batiros?

–De lo que me excuso es de que mi francés no sea lo bastante fluido para explicarme bien. Me limito a describir lo que hay y someterme a vuestra voluntad.

Se pinzaba el otro el labio inferior con dos dedos, apoyado el codo en la otra mano.

–¿Y si opto por batirme?

Se soltó la capa Alatriste, dejándola caer por detrás, a sus pies. Luego apoyó la palma de la mano izquierda en el pomo de la espada.

–Sois dueño de optar por lo que se os antoje, señor –dijo con mucha calma–. Por lo que se os ponga en la gola... Mas permitid que alivie mi conciencia contándoos el caso.

Le miraba el otro la espada.

–¿No vais a desenvainar, entonces?

–Os he dicho que no puedo. Otra cosa es que vuestra merced o alguno de estos señores me acometa. En tal caso no me quedará sino defenderme, y ahí las cosas serían diferentes.

–No puedo acometeros sin más, con vuestra espada en la vaina. No sería decoroso.

Tamborileó Alatriste con los dedos en la cazoleta.

–Entonces tenemos un dilema, señor. Vos y yo.

–A mí no me importa ser quien acometa –dijo el tercer amigo, el más joven.

Lo miró Alatriste: como de veinte años, moreno de tez, nariz grande y ojos vivos. Bajo la capa entreabierta asomaba una casaca que no era azul de mosquetero, sino de color grana. Como joven que era, resolvió, resultaba el más impredecible de todos; así que, mentalmente, le asignó la daga vizcaína de mano izquierda que llevaba en el cinto, a la espalda: primero él, con un tajo a la garganta, y luego que el diablo quedara bien servido. Con esa idea en el instinto varió la posición, a fin de tenerlo más fácil, y por el rabillo del ojo comprobó que al llamado Athos no le pasaba inadvertido el movimiento.

–Sería un placer verme acometido por vuestras mercedes, uno a uno o los cuatro a la vez –dijo Alatriste a este último–. Y debo decir, sin que lo toméis a mal, que ya se me fatigan las ganas de esperar.

Asentía el otro, valorativo. Volvió a pinzarse los labios.

–Sois hombre impaciente, señor español –concluyó.

–A veces. Sobre todo cuando no he desayunado.

–También valiente, por lo que veo y recuerdo.

–Tampoco os conceptúo de cobarde, señor francés.

–Un poco marrullero, si permitís que lo diga –se tocó el mosquetero el brazo izquierdo–. Pero hay maneras y maneras de batirse, e imagino que ésa es la vuestra.

–Cada cual se bate como quien es y según como vive. No todos tenemos la fortuna de vestir una elegante casaca de su majestad el rey de Francia.

Asomaba una sonrisa al rostro del mosquetero, que pareció pensarlo un poco más.

–Quizás haya otra ocasión, señor español –dijo al fin.

–Me gustaría que la hubiera.

–¿Tendréis la cortesía de decirme vuestro nombre?... No lo retuve la otra vez.

–Me llamo Diego Alatriste.

Le miraba el francés con mucha atención las cicatrices del rostro y la mano izquierda, así como los arañazos y melladuras en la cazoleta de la espada.

–Muchos años de campañas, diría yo.

–Treinta y dos –indicó Alatriste a los otros–. Desde antes que estos señores nacieran.

–¿También contra franceses?

–También.

Se le acentuó al otro la sonrisa.

–Yo soy Athos... Y ellos son Porthos, Aramis y Artagnan.

–Recordaré sus nombres, os lo aseguro. No siempre voy a estar sujeto a las órdenes de alguien –palmeó suavemente la espada–. Y me gustaría poder agradecer algún día vuestra fineza.

Inclinó el otro un poco la frente.

–Eso espero, señor español.

Quitose Alatriste el sombrero y volvió a ponérselo.

–En eso confío, señor francés.

Don Francisco de Quevedo se había engomado el mostacho y vestía muy elegante el paño negro habitual, cepillada su mejor ropa, con gola a la antigua, sencilla pero bien almidonada, que parecía trasunto de un lienzo de Velázquez. Hasta el cabello, que acostumbraba desordenado y largo, se veía esa mañana limpio, peinado con esmero. Y remataba el indumento un chorro de agua de olor, comprada el día de antes en la plaza Dauphine.

–Disfruta de la ocasión, chico –me dijo, festivo–. No todos los días ocurre lo que va a ocurrir.

Obediente, yo me había aliñado lo mejor que estaba en mi mano; y debo decir que tampoco mostraba mala estampa, con medias grises, zapatos de calle y un cuello abierto y puesto por fuera, limpio y blanco de azulete, que me hacía caer como un guante aquello de Ruiz de Alarcón:

Al fin el galán quedó
tan otro del que solía
que no lo conocería
la madre que lo parió.

Había dejado Quevedo sus armas en la posada y exigido que yo hiciera lo mismo, de modo que ni siquiera mi vieja daga llevaba encima cuando, tras caminar hasta la orilla del Sena, llegamos a un portillo discreto donde un sirviente nos esperaba. El rey estaba con el cardenal en La Rochela y eso parecía relajar el rigor en el acceso al Louvre, pues nadie se interpuso en nuestro camino. Sin más trámite nos condujo aquél a través de un pequeño patio desierto, y luego hízonos subir dos pisos por una escalera mal iluminada por estrechas

–Yo soy Athos... Y ellos son Porthos, Aramis y Artagnan.

saeteras, atravesar un largo corredor y descender otro piso hasta dejarnos, por fin, en una habitación sin otros muebles que dos largos bancos de madera arrimados a las paredes. Y allí sentados aguardamos durante buen rato, que gracias a las campanadas de un reloj oídas por la ventana pude calcular en más de media hora.

–No tienes que hacer ni decir nada, que eso es cosa mía –me aconsejó el poeta–. Basta con ser respetuoso y prudente, manteniendo la boca cerrada. Que la lengua, en su flaqueza, mucho nos desbarata.

También yo iba cepillado y limpio, pues, como dije, don Francisco me había hecho asearme a fondo, y a eso añadía una gentil ropilla de terciopelo azul, casi nueva, que él mismo había adquirido para mí en un ropavejero de la calle Bouillerie. No es pertinente, dijo justificándolo, que pasees por el palacio el emblema de los correos reales españoles.

–La discreción es una virtud, chico. Y más en casos extraordinarios como éste:

Y en esto conocí que me engañaba,
y que todo mi bien fue breve sueño,
pues yo, pobre y humilde, lo alcanzaba.

Dijo chascando luego la lengua, muy complacido de su propio ingenio. Y lo cierto es que así me sentía yo, joven vascongado tan pobre y humilde como el prójimo del verso, en una habitación de aquel palacio. Que me decepcionaba harto, pues conocía el sobrio Alcázar Real de Madrid, donde el lujo nunca fue excesivo, y al tratarse ahora de la residencia de los reyes de Francia había esperado muebles lujosos, alfombras y tapices fantásticos; pero hasta el momento sólo encontraba pasillos oscuros, suelos fríos y paredes desnudas. Y es que una cosa piensa la mula y otra quien la cabalga.

En eso estábamos, en paciente espera, y se entretenía el poeta en contar con los dedos algún endecasílabo que le ocupaba la cabeza cuando se abrió una puerta, apareció el sirviente de antes, hizo un gesto para que dejáramos los sombreros en el banco, y sin decir palabra nos condujo hasta otra puerta tapada con pesada cortina. Compuse mi ropa lo mejor que pude mientras la cruzaba. Y allí, sentada junto a una ventana con un gato a los pies, un abanico en una mano y un libro en la otra, estaba Ana de Austria, reina de Francia.

Se parecía un poco a su hermano, aunque era más guapa. Aparte la nariz grande y el labio ligeramente prognático de los Ausburgo, el resto era agraciado, con una piel blanca finísima y unos ojos inteligentes que parecían adentrarse en el fondo de las personas y las cosas. Vestía a la francesa, no a la española, lo que era natural en una reina de esa nación, con rico vestido de seda color limón –algo más escotado, aprecié, de lo que en Madrid aconsejarían las costumbres–, con un hilo sencillo de perlas al cuello, gemelo del que le recogía por atrás el cabello rizado con gracia en torno al óvalo casi perfecto del rostro.

Nos recibió su majestad con serena y afable sonrisa, invitando a don Francisco a sentarse en un escabel de vaqueta de Moscovia al tiempo que yo permanecía de pie, respetuosamente retirado tras inclinarme con la mayor cortesía y gracia de que fui capaz. Por deferencia al poeta lo había recibido la reina con un libro de éste sobre la falda, y se lo mostró divertida y con gran placer por parte del autor. Y mientras ella y Quevedo intercambiaban saludos y anécdotas comunes, pues la reina lo recordaba de sus tiempos de infanta en Madrid, y mientras el gato me daba vueltas alrededor frotándose en mis zapatos, yo tuve cumplida ocasión de estudiar con detalle a Ana de Austria, pasando revista a cuanto de su persona sabía: reina infeliz, incomprendida, todavía sin dar un heredero a la corona, marginada por un marido que desconfiaba de ella y la atormentaba separándola de sus amigas, primero compatriotas –sólo le habían dejado una dama de honor española– y luego francesas, a las que Luis XIII zahería y enviaba al destierro. La turbulenta política de la corte francesa, las intrigas con la reina madre y el hermano del rey, la sospecha justificada, pues ese día fui testigo, de que mantenía inteligencia secreta con España creaban en torno a ella una asfixiante madeja de conspiraciones y malentendidos. Era el cardenal Richelieu, que procuraba hacerse con el poder absoluto –ella lo detestaba y el odio era mutuo–, la fuente principal de tales dificultades. Y en cuanto al supuesto romance con el inglés Jorge Villiers, duque de Buckingham, tan rumoreado en París como en Londres y Madrid, no poseo conocimiento para afirmar nada, así que lo dejo a juicio de los lectores.

Traía don Francisco para la reina unas cartas que ella leyó detenidamente, y algunos mensajes de palabra que no podían fiarse a tinta y papel. Después conversaron en voz tan queda que la mayor parte del tiempo no alcancé lo que decían, aunque me pareció que trataban asuntos graves y de mucha confidencia, procedentes tanto de nuestro rey Felipe IV como del conde-duque de Olivares. Asentía ella, se inclinaba Quevedo para atender preguntas o respuestas, y todo transcurría en un ambiente de confianza y discreción extremas. Acabada la parte seria de la conversación parecieron relajarse, hizo Quevedo un par de chanzas sutiles de las que le eran propias y rio Ana de Austria mientras se cubría los labios con el abanico.

–No río hace semanas, señor de Quevedo –la oí decir–. Gracias por conseguirlo.

Después fue ella quien preguntó por mí e hizo que me acercase, cosa que hice con extrema prudencia, inclinada la cabeza, manteniéndome siempre respetuoso, callado y en pie. Con el gato, que parecía haberme tomado afición, pegado como una lapa a mis talones.

–Este buen mozo –me presentó generoso el poeta–, hijo de un soldado heroicamente muerto en Flandes, es como un ahijado para mí, e incluso como un hijo... Pese a su juventud ha prestado importantes servicios a España y a vuestro augusto hermano.

–¿Tan joven? –se admiró la reina.

–Sí... Por eso creí de justicia recompensarlo con esta visita.

Me observaba Ana de Austria con aire indulgente.

–¿Vuestro nombre, caballero?

Enrojecí hasta las orejas, pues me costaba arrancar las palabras.

–Íñigo Balboa, mi señora –repuse al fin.

–Parecéis aplomado –me sonreía con dulzura–. Poco os impresiona una reina, por lo que veo.

Tragué saliva, no queriendo torcer el rostro a la ocasión. O más bien lo intenté, pues sentía la lengua tan seca como la mojama.

–Hago lo que puedo para que no me tiemblen las piernas ante vuestra majestad... Y mis fatigas me cuesta.

Se volvió la reina a Quevedo.

–Despejado de ingenio, a lo que parece.

–Y de valor –apostilló el poeta–. Aquí donde lo veis, casi en los diecinueve años, ha hecho cosas que no están en los mapas.

–Qué me decís.

–Lo que os digo, mi señora. Flandes y las galeras de Levante, en la costa turca... También algunos golpes de mano de los que no se dan al pregonero.

–¿Con esa cara de buen muchacho?

–Con esa misma que ve vuestra majestad. Y la espada que hoy no lleva al cinto la maneja como el diablo –hinchó Quevedo el pecho, no sin vanidad–. Ha tenido buenos maestros.

Alargó la reina una mano –fina, delicadísima– hacia la campanilla de la mesita y la hizo sonar. Al momento apareció una dama de mediados años, vestida con mucha sobriedad, a la española.

–Doña Estefanía, traed el cofrecillo.

Obedeció la dama, acercándole una arquilla de madera preciosa donde la reina hurgó un momento hasta sacar un anillo sencillo de oro, con una piedra azul que no era de mucho valor, doscientos escudos a lo más, pero se veía bellamente tallada y engastada. Y haciendo un gracioso ademán para que me acercase, cuando me arrodillé a sus pies lo puso en el anular de mi mano izquierda, dándome luego la suya a besar, cosa que hice con toda la devoción y respeto imaginables.

–Os deseo suerte, Íñigo Balboa, en esa vida turbulenta que os adivino. Que sigáis sirviendo con honra a nuestra querida España.

–Hasta la muerte, mi señora –respondí con despejo.

Me miró a través de una tristeza suave, delicada, que veló un instante sus hermosos ojos.

–Sí –suspiró–. Hasta la muerte misma.

Salimos de allí, orgulloso Quevedo, a quien el gozo le reventaba, cervantino, por las cinchas de un imaginario caballo, y flotando yo en el aire como si pisara en un blando vacío. Caminaba así incrédulo de mi fortuna, admirando el anillo que acababa de regalarme la soberana de Francia. Pues a las mercedes que no se pretenden se debe siempre mayor estimación.

En cuanto a la reina, no volví a verla hasta treinta y dos años después, en la isla del Bidasoa, durante las nupcias de su hijo Luis XIV con nuestra infanta María Teresa; cuando Francisco de Quevedo y el capitán Alatriste y tantos amigos y enemigos habían muerto ya, y era yo jefe de la guardia de su hermano el rey de España. Aquel 3 de junio de 1660, pese a que estuvimos muy próximos uno al otro, Ana de Austria –que para entonces ya era viuda y reina madre– no me reconoció en el cabello y mostacho grises o en las cicatrices adquiridas durante esos años, ni tampoco reconoció su anillo, que tuve el cuidado de conservar durante toda mi vida.

El día era soleado y la temperatura agradable, por lo que se estaba bien en la calle. Sentado bajo la muestra de una hostería, al extremo de la rúa de Saint-Antoine, el capitán Alatriste contemplaba los muros de la Bastilla.

–Rediós –se admiró Sebastián Copons–. Son más altos que los del Castelnuovo de Nápoles.

–O por ahí deben de andar –confirmó Juan Tronera.

Bebían vino en compañía de huevos estrellados, queso y pan, pues el paseo desde el otro extremo de la ciudad les había despejado el apetito –ya ausente y olvidada la muela enferma, Tronera mascaba por ambos carrillos–. Y realmente estaba siendo un día agradable: después de visitar los puentes de la isla curioseando por los tenduchos que cubrían sus pretiles, los tres españoles habían estado en Saint-Germain l'Auxerrois para ver la esbelta torre y luego en la plaza Royale, cuya armonía y perfección parecían no tener igual en el mundo. La idea de llegarse luego hasta la Bastilla, que estaba cerca, había sido de Copons.

–Allí sólo encierran a los príncipes y otra gente de calidad –había dicho–. Es novedad ver una cárcel en la que no van a meternos nunca.

Asentía Alatriste disfrutando del vino, que era muy bueno. A Copons, en quien lo ordinario eran las pocas palabras, París lo tornaba parlero. Se volvía a uno y otro lado con la boca abierta, rascándose la cicatriz de la sien –combate del molino Ruyter, en Breda, tres años atrás– que apenas ocultaba el sombrero.

–Es más ciudad que Madrid, Diego, reconócelo.

Llenaba otra vez Alatriste los vasos.

–Sin duda. Pero tiene peores tabernas.

–Eso te lo concedo.

–Y peores hembras –apuntó Tronera.

–También –sonreía a medias Copons, evocador–. Aunque para eso, hermanos en Cristo, siempre Italia y siempre Nápoles.

Alzaron vasos e hicieron la razón por Italia, por Madrid, por Huesca y por Córdoba.

–Parece chacota, ¿no? –comentó el aragonés–. Los españoles tenemos el oro de las Indias y apenas nos luce. Sin embargo, estos gabachos muertos de hambre, que no tienen casi nada por ahí afuera, parecen dueños del Perú.

–Nosotros lo gastamos en otras cosas –dijo Alatriste.

Le dirigió Copons una ojeada zumbona.

–Claro... En llenar los bolsillos de ministros, nobles, funcionarios, jueces, alguaciles, escribanos y demás cuervos.

–Y en defender la verdadera religión –encajaba Alatriste otro trago, sarcástico, requiriendo de nuevo la botella–. No olvides eso.

Escupió Copons recio y lejos, casi acertándole a un perro que pasaba.

–Hay que joderse, Diego... Y nosotros siempre con los pies fríos y la cabeza caliente. Haciendo el trabajo peligroso, o bajo tres palmos de tierra en el confín del mundo.

–Terratenientes al fin –apuntó guasón Tronera–. La que te echan encima ya no te la quita nadie.

Sonrió lejano Alatriste.

–No hay otra... El que nace jabato muere verraco.

–Cagüendiela y cagüentodo –apostilló Copons.

–Sí.

Apuró el aragonés su vino, llenó el vaso y siguió contemplando la Bastilla: los ocho siniestros torreones y el foso sucio de inmundicias que la circundaba.

–¿Para qué diablos nos han traído a Francia? –espetó de pronto.

–No lo sé, Sebastián –repuso Alatriste–. Pero últimamente haces demasiadas preguntas.

Sonrió apenas Copons, duro y seco.

–Nos hacemos viejos y me duelen las costuras, camarada... Será eso.

–Será.

–Alúmbrenos Dios, que él puede.

Había observado Alatriste que cada vez que se mencionaba Nápoles, Juan Tronera le dirigía miradas oscuras. Y él adivinaba la causa, pero no los detalles. Se le escurría la relación directa del cordobés con el lejano episodio que, trece años atrás, le había hecho desertar de Italia –lo consiguió gracias a su amigo Alonso de Contreras– para correr tres años de miseria y mala vida en Sevilla y Madrid a costa de su espada, a falta de otra cosa.

–Nápoles –dijo de pronto.

Después espulgó con detenimiento a Tronera, que le sostuvo los ojos. En diferentes circunstancias habría tratado el asunto con más paciencia, en espera de la ocasión adecuada para poner negro sobre blanco; pero el vino ingerido, que no era poco, le barajaba el mal talante. Y el recuerdo fresco del amanecer en la torre de Nesle, su desairado papel en el desafío inconcluso, en nada contribuía a mejorarle el ánimo.

–Nápoles –repitió ácido.

Lo miraron los otros: sorprendido Copons, receloso Tronera.

–¿Qué hay con eso? –preguntó el aragonés.

Alatriste miraba al otro con extrema fijeza.

–Este señor camarada tiene algo que decir sobre Nápoles –expuso tranquilamente–. Algo que se relaciona conmigo.

–No creo que sea momento –repuso incómodo el aludido, esquivando ahora la mirada–. El señor Copons...

–El señor soldado Copons –le cortó la palabra Alatriste– sabe más de mí que yo mismo. Completémosle el memorial.

Miraba el aragonés a uno y otro con desconcierto.

–¿De qué va esto, Diego?

–Tú calla y escucha.

Puso Alatriste la mano izquierda sobre la mesa, junto a su vaso. En el dorso era visible la cicatriz que Gualterio Malatesta le había hecho en el portillo de las Ánimas; y un poco más arriba de la muñeca, junto al zigzag de otra vieja señal, la marca de la quemadura que él mismo se había hecho en Sevilla, cuando el interrogatorio de Jerónimo Garaffa.

–El otro día mencionasteis un nombre –dijo.

Afirmó sereno Tronera.

–Pascual Angulo.

–Ése, sí... ¿De qué lo conoció vuestra merced?

–Era amigo mío. Galeras del tercio de Nápoles.

–¿Servisteis en ellas?

–Tres años: del trece al quince.

–De allí nos conocemos, entonces.

–De lejos, pero de allí.

–¿Y qué tuvo que ver Pascual Angulo?

–Lo mató un tal Alatriste.

–O sea, yo.

–O sea, voacé.

–¿Conocéis las circunstancias?

Se encogió de hombros el otro, casi con indiferencia.

–Pascual era inclinado a especiar ollas ajenas, y quiso que le almidonara la camisa quien no debía. Según parece, voacé lo sorprendió a la vuelta de un viaje, acostado en una cama donde tampoco le convenía estar.

–Así fue –confirmó fríamente Alatriste.

–Eso me dijeron.

–Fue un asunto limpio. De hombre a hombre, con las mismas armas. Sin equívocos.

–Sí, hubo testigos... Lo que ya no fue tan limpio fue lo de la mujer.

Siguió un silencio espeso. Copons ojeaba de uno a otro con cara de asombro.

–Se llamaba Emilia Gattapone –dijo el cordobés al fin.

–Sé cómo se llamaba.

–Yo la conocí... Tenía gentil figura y mejor rostro. Hasta que vuestra merced lo cruzó con un tajo de daga –se recorría con el índice un lado de la cara, desde la sien a la barbilla–. Desde aquí hasta aquí.

Se detuvo ahí como si aguardase un comentario de Alatriste, pero éste no dijo nada.

–Después de aquello –prosiguió Tronera– los hombres la rehuían, porque la marca la afeaba mucho... Terminó de puta en Montecalvario.

–Lo sé.

Retiraba Alatriste, sin percatarse de ello, la mano próxima al vaso, acercándola al respaldo de la silla donde tenía colgado el cinto con la espada y la daga. Sin deliberación, por mero instinto. Y al percatarse, detuvo el movimiento. Tronera pareció advertirlo, pues se erguía en su asiento, tenso, apartadas también las manos de la mesa, resuelto a encarar lo imprevisto. No era, confirmó Alatriste, un hombre cobarde.

Se pasó dos dedos por el mostacho.

–¿Queréis alguna clase de satisfacción por vuestro amigo Angulo?

–Ninguna –Tronera movía con dignidad la cabeza–. Se atestiguó limpio, como decís. Un lance propio del lugar y de nuestro oficio. No es razón quitársela a quien la tiene.

–¿Y por parte de la mujer?... ¿Os va algo en eso?

–Tampoco, nada. Ella no era asunto mío.

Tras decirlo, atento a la expresión de Alatriste, Tronera pareció relajarse. Había vuelto a poner las manos sobre la mesa.

–No soy yo quien trae a colación el asunto ni soy amigo de remover caldos –miró brevemente a Copons–. Pero quizá no haya sido apropiado hablarlo aquí, ante el camarada.

–Este camarada me conoce de toda la vida.

–Pero ésa no la sabía –comentó Copons, sombrío.

Se había puesto de pie Alatriste. Muy despacio se ciñó la espada y la daga, y tras vaciar el vaso dejó unas monedas sobre la mesa, manchada de un vino tan rojo que parecía sangre.

–Pues ahora ya la sabes –dijo.

–Cagüentodo, Diego.

–Sí.

Anduvo largo rato por la ciudad, aunque después fue incapaz de recordar durante cuánto tiempo. Caminaba rápido, con decisión, arriscado el sombrero, cual si pretendiera llegar de inmediato a alguna parte; o tal vez dejar atrás, alejándose de ello, algo que se mantenía tan cosido a sus talones como la sombra. Le habría gustado tropezar con un inoportuno, armado a ser posible, y que éste respondiese de malas maneras. Sentía una cólera antigua, familiar, muy fría y peligrosa, y el vino ingerido no contribuía a aplacarle el ánimo. En otro trance y a otras horas habría buscado con deliberación, eligiéndolos al paso, lugar y persona adecuados para sin dar explicaciones, de antuvión y con un pretexto cualquiera, acuchillar con saña, echando al parche la vida del otro o la suya propia, pues en ese momento el género humano entero, desde Adán a él mismo, se le daba un ardite. Ya había ocurrido antes, y lamentó no haberse sentido así al amanecer, cuando estaba frente a los cuatro franceses en el foso de la puerta de Nesle.

Al cabo, templado por la caminata, fue consciente de sí mismo y refrenó el paso hasta detenerse. Había llegado sin saber cómo al otro lado del río tras dejar atrás uno o dos –del número no estaba seguro– puentes de madera. Vio cerca unos molinos que movían despacio sus aspas en la brisa de la mañana, una orilla fangosa con barcas varadas y media docena de mujeres arremangadas que enjabonaban ropa en un lavadero. No muy lejos, más allá de un lienzo de muralla arruinado y los tejados de las casas, se alzaban la flecha y las torres de la iglesia mayor de París.

Había próxima una fuente donde una anciana llenaba un cántaro. Era un pilar de piedra sin adornos: sólo un caño de cobre y una pequeña pileta. Se encaminó allí Alatriste, esperando a que la mujer terminase su tarea. Al marcharse ésta, cántaro sobre la cabeza, le dirigió unas palabras que él no llegó a comprender, limitándose a sonreír de modo forzado. Después, cuando estuvo solo, se quitó el sombrero, bebió hasta saciarse, y tras colocar la cabeza bajo el delgado chorro de agua la mojó, restregó y sacudió intentando desvanecer, sin lograrlo del todo, las brumas en que se hallaba envuelto.

El Nápoles que la conversación con Juan Tronera reavivaba en su memoria no era el lugar luminoso y fértil de la mejor Italia, el paraíso de buen clima y mujeres liberales donde todo soldado español soñaba con vivir y medrar. Para Diego Alatriste, el ángulo de su memoria revisitado aquella mañana trocaba la hermosa ciudad italiana en paisaje de dolor y remordimiento. Trece años atrás, quizá por única vez en su vida, él había amado allí a una mujer: no a lo soldado en plan hola y adiós, pasiones inmediatas confundidas con verdaderos sentimientos como solía ser el caso, sino de un modo tranquilo, sereno, consciente de sí, donde se entreveraban conceptos precisos como felicidad, tiempo y futuro, considerados con la confianza de quien, ingenuamente afortunado, creyó tener en la faltriquera las llaves del paraíso. Promesas, juramentos, caricias, ternezas inagotables habían edificado para él, en torno a esa mujer determinada, un remanso de paz y calma donde retornaba después de cada campaña, de cada incursión hacia Levante en busca de fortuna con las galeras del tercio de Nápoles. Y así, viaje tras viaje, le había ido entregando a ella, una por una, cada pieza de oro y plata, cada dobla o maravedí ganados con sus riesgos y su sangre saltando al abordaje de naves turcas o esguazando playas enemigas. Para esa mujer había sido, entero, el botín de los miedos y las incertidumbres, las muertes causadas, los peligros corridos y las ambiciones por satisfacer; en cuya procura, apenas cumplidos trece años, había salido de la casa paterna para ser soldado. Para conseguir con una espada lo que la vida le habría negado de otra manera.

Volvió a poner la cabeza bajo el caño, y sacudiéndose el agua como un perro mojado miró de nuevo alrededor. Dos velas de un blanco sucio se deslizaban casi fláccidas por el Sena, corriente abajo. Apenas quedaba un soplo de aire y las aspas de los molinos habían dejado de girar. Alzó el rostro al cielo con los ojos cerrados, dejando que el sol que a intervalos asomaba entre las nubes lo secase un poco. Después se puso el sombrero y caminó por la orilla en dirección al puente de Saint-Michel. Al pasar ante la boca de un callejón donde se amontonaban desperdicios reconoció el olor a matadero próximo, vísceras y sangre de animales. Eso le hizo pensar, instintivamente, en el hedor de un campo de batalla una vez disipado el humo de la pólvora. Sólo faltaba el relinchar de caballos desventrados, el gritar de los heridos y el gemir de los infelices que agonizaban. Y pensó que en ocasiones, con una biografía como la suya, uno llegaba a ver, donde otros eran incapaces de advertir nada, cosas que nunca habría querido ver.

Recordó sin esfuerzo; pues nunca, ni un solo día, se había desvanecido aquello en su memoria: la cólera que lo cegaba, el rostro de la mujer tajado en una mejilla de arriba abajo, el estupor de ella, el grito aterrado mientras se llevaba las manos a la cara y la sangre le corría entre los dedos. El hombre incorporado en la cama, pálido como la muerte que barruntaba inmediata, sorprendido y suspenso cuando Alatriste, helado el rostro y duros los ojos igual que puntas de acero, le había dicho que tomara sus armas y bajara a la calle, o lo degollaba allí mismo como a un puerco. Y luego, siempre con los chillidos de la mujer resonando arriba, las escaleras, el patio, los vecinos asomados a las ventanas, el cruce veloz de aceros y la estocada inmediata, inapelable, que pasó al otro de parte a parte sin darle tiempo a pedir confesión. Y mientras Alatriste se alejaba presuroso para ponerse en cobro –primero acogiéndose en la Trinità y luego de noche, espada y daga en mano, hasta las galeras del puerto–, seguía oyendo el grito de la mujer a su espalda y en su cabeza; el mismo que resonaba ahora en su conciencia pese al agua del caño, en esa ciudad extranjera que recorría sin rumbo, tan nítido como cuando lo oyó por primera vez. Inmune al tiempo transcurrido desde aquel día de desesperanza, abyección y muerte.

Una mujer lo llamó desenvuelta, con mucho descaro, desde un portal oscuro: una daifa de medio manto que, entreabierta la ropa, dejaba ver un corpiño mal anudado sobre una carne fácil, de a sueldo la onza. Se detuvo frente a ella mirándola desconcertado, cual si aquella irrupción en su camino y pensamientos lo confundiera en extremo. La mujer interpretó el titubeo como disposición favorable, así que hizo un movimiento obsceno con las caderas, invitándolo a reunirse con ella. Entonces él soltó una carcajada seca, violenta, tan cruel que hizo estremecerse a la mujer hasta el punto de que, asustada, sin dejar de mirarle a los ojos cual si súbitamente le inspirasen pavor, retrocedió para guarecerse en las sombras del zaguán.

Sucia vida, pensó Alatriste andando de nuevo tan rápido como si tuviera prisa en llegar al infierno. Mierda de Dios, blasfemaba para facilitarse el camino. Y puerca sangre de Cristo.

No fue difícil averiguar el sitio, pues el mismo secretario de embajada, Uralde, hízome la diligencia. La casa estaba en la plaza de Saint-Jacques, frente a la iglesia: un hotel particular, lujoso aunque sin excesos, con cinco chimeneas, una puerta cochera de entrada al patio y una docena de ventanas a la calle, propiedad de una baronesa que, según Uralde, solía alquilarla a viajeros con buena bolsa. Había animación en el lugar, pues su proximidad al Châtelet y al Palacio de Justicia convertía el cuartel en uno de los más concurridos de la ciudad: peatones, sillas de mano y carruajes iban y venían desde las calles confluyentes en la plaza y el cercano puente de Change. La puerta de la iglesia estaba abierta, muy transitada por quienes acudían a hacer sus devociones, importunados por media docena de mendigos que ocupaban los escalones de la entrada.

Yo estaba, como otros ociosos, sentado en el zócalo de una cruz de piedra que se alzaba en la esquina de la calle de la Heaumerie. Me hallaba en la grada alta, apoyada la espalda en el fuste de la columna, y desde allí tenía una excelente visión de la plaza, la iglesia y el hotel frontero. Vigilaba desde hacía rato sin que mi constancia diese fruto: nadie entraba ni salía de la casa, yo me mordía los labios de impaciencia, y el pensamiento de que el capitán Alatriste o don Francisco de Quevedo podían necesitarme en Le Cygne d'Or me atormentaba mucho. Sin embargo –a un hombre enajenado le son blandas la perdición y la deshonra, aun percatándose de ello–, una maligna parálisis me mantenía inmóvil, vigilando con avidez, consciente de que faltaba a mis deberes y a mis amigos; pero incapaz de sustraerme a un arrebato que, para mi felicidad y mi desdicha, era dulce y amargo a la vez. Al fin y al cabo, como saben vuestras mercedes, el demonio da malos consejos porque tal es su oficio.

Iba a desistir, ya escasa mi confianza, cuando vi abrirse el portón y salir por él un coche tirado por dos mulas, con un criado sin librea en el pescante. Era imposible ver quién iba dentro; pero en mi estado, el de abrazar toda oportunidad como quien se agarra a un clavo ardiendo, fue suficiente. Dispuesto a averiguarlo me puse en pie, acomodé la espada, incliné el ala del sombrero para disimular el rostro y seguí al coche por el puente de Change, que era de madera, apretando el paso con intención de llegar a su altura y echar un vistazo al interior. Pero no fue necesario, porque antes desembocó en el Palacio de Justicia, deteniéndose ante unos corredores que llamaban la Galerie del Palais. Y allí mismo, paralizado como si un rayo del cielo me hubiera suspendido el ánimo, cortado el aliento y clavados los pies en la tierra, vi bajar del coche a Angélica de Alquézar.

El amor, que hiere por los propios filos, convierte a los miserables en pródigos y a los cobardes en leones. No sé si alguna vez vuestras mercedes conocieron tal sentimiento; pero apuesto mi biografía, mis trabajos y mis viejas heridas, expongo lo que poseo y cuanto tengo en el alma y la memoria, a que nunca amaron como yo amé a esa niña, a esa joven, a esa mujer peligrosa y mortal. Que también, hasta su temprana muerte –y que me fulmine Dios si lo que afirmo no es tan verdad como el Evangelio–, me amó con la misma intensidad que yo a ella, combinando de modo asombroso un sincero sentimiento con las muchas maldades de que en su vida me hizo objeto; con su naturaleza fría y deliciosamente pérfida, siempre al servicio de causas que el destino, aficionado a burlarse de los humanos afanes, convirtió en empresas enemigas, opuestas a las mías. Y así, cada gota de veneno, cada maquinación, cada cuchillada real o figurada que Angélica de Alquézar dirigió a mi cabeza y mi corazón

–que fueron innumerables, como narro en estas honradas memorias–, se contrapuso y diluyó de modo asombroso en cada caricia, cada terneza, cada destello azul de aquellos ojos donde coexistían, para mi goce y tortura, todos los demonios y todos los ángeles del infierno y del paraíso, de modo harto semejante al que Jerónimo de Herrera describió en unos celebrados versos:

Aquella mi enemiga, que procura
suspiros de mi pecho lastimado,
jamás de atormentarme se ha cansado;
antes de mí pretende más locura.

Es el caso que aquel día, cuando al fin reaccioné después de ver a Angélica bajar del coche escoltada por una doncella y entrar en la Galerie del Palais, no dudé en irle detrás, siguiéndola entre la multitud que llenaba ese paraje extraordinario, único de lo que yo había visto en mi vida e imposible de superar allí o en otro lugar del mundo. Se daba en París, como en todas las grandes urbes, el comercio agrupado por calles y gremios, como los espaderos del puente de Saint-Michel, los pañeros del puente de Notre-Dame o los sederos del Petit Pont; pero la Galerie era un compendio de lo más selecto y elegante del comercio y la moda. El patio del Palacio de Justicia estaba rodeado por unas arcadas que albergaban más de doscientas tiendas de todas clases, de manera que en un solo espacio podía encontrarse, en materia de lujo, lo que habría requerido correr toda la ciudad para comprar: cueros finos, sedas, guantes, encajes, perfumes, orfebrería, libros, relojes... Hasta una tienda, llamada L'Arche de Noé, vendía exóticas curiosidades de Las Indias y Europa: marfil, porcelana, peces y mamíferos disecados, insectos en cajas de cristal, conchas marinas y cuanto imaginarse pueda.

Tanta gente llenaba la Galerie que no fue difícil seguir a Angélica y su acompañante sin ser visto. Menudeaba el lugar de gente que iba a mirar y dejarse ver: lindos y gentilhombres de valona de randas, sombrero con pluma y espada, así como damas de ilustre condición ricamente vestidas, de ésas muy sofisticadas de aspecto y parla que los franceses empezaban entonces a llamar *précieuses*, pues así pronuncian allí la palabra *preciosa*. Señoras aquellas, en fin, que el autor Molière llevaría luego a las tablas de los teatros con notable ingenio; pues de justicia es reconocer que el gran siglo teatral español, imitado en todo el mundo gracias al grandísimo Lope, a Calderón, Tirso y los demás –en eso, como en tantas cosas, nos sobró la gloria–, tuvo la cortesía de dejar algunas migajas, a manera de limosna, a la invención extranjera.

Vi al objeto de mis cuidados detenerse ante el mostrador de una tienda de encajes y puntillas, y seguir adelante sin comprar nada; y luego, con semblante muy de bachillera, propio de ella y que reconocí con la natural emoción, consultar el cartel de títulos que un librero tenía colgado encima de su comercio: Plutarco, Maquiavelo, filósofos griegos. Compró uno cuyo título no alcancé a ver y se lo entregó a la doncella, que era joven y morena de tez sin llegar a negra, de rasgos aindiados, por lo que supuse era mujer traída con ella de la Nueva España.

No parecía mi corazón caber en su sitio, de los golpes que me daba. Y es que describir aquí a esa renovada pero eterna Angélica sería ocioso, y seguramente imposible. Otra vez remito a vuestras mercedes al retrato que pintó Diego Velázquez cuando ella contrajo matrimonio –extraños golpes depara el azar, y es una historia que contaré alguna vez, o quizá no lo haga nunca–. El caso es que la Angélica de Alquézar a la que encontré en París, dos años después de nuestra común aventura en El Escorial, no tenía nada de jovencita, pues era una hermosa mujer de diecisiete a dieciocho, en la que la belleza adolescente terminaba de cuajar, espléndida, en su rostro y figura sin necesidad de aguas, efectos ni mudas con que pretenden las mujeres jóvenes adelantar sus años y aplazar su edad las que ya no lo son. Aquellos ojos azules seguían teniendo la límpida transparencia y la fría dureza del remoto Ártico, la tez era blanquísima, y el cabello que asomaba bajo la corta pañoleta de encaje que lo cubría, muy a la moda de Francia –francesa era también la manera del vestido, sin el incómodo guardainfante español–, dejaba a la vista, para goce del universo entero, unas delicadas calabacillas de coral entre los tirabuzones rubios que enmarcaban la belleza de su rostro, haciéndome sentir lo que el gran poeta Garcilaso había escrito casi un siglo antes:

Cuanto tengo confieso yo deberos;
por vos nací, por vos tengo la vida,
por vos he de morir y por vos muero.

No era yo mozo de lágrima fácil; pero en aquel momento, espiando a Angélica en la Galerie del Palais, estuve a punto de romper en llanto: de hacerlo por el pasado y el presente, por lo posible y lo imposible, por la larga ausencia y el amor que me arrebataba, encarnizado al contemplarla de nuevo. De llorar también por mí mismo, por todas mis penurias y peligros; por las veces que, pese a mi juventud, me había enfrentado a la muerte con su imagen en la cabeza, resuelto a que fuera lo último que llevase conmigo de mi vida en la tierra. Y ahora que estaba tan cerca, yo no podía, o no debía, o me faltaba el valor y la ocasión para acercarme a ella, hincarme de rodillas y, dándoseme un ardite la doncella, los tenderos y la gente alrededor, gritarle otra vez mi amor. En eso andaba, estremecido por tales reflexiones, cuando advertí que de modo casual ella paseaba la vista en torno, deslizándola un instante sobre mí; que por suerte, cubierto por el ala ancha del sombrero, mantenía mi rostro oculto. Aun así me llevé una mano a la cara queriendo disimular más, aparté la vista y al cabo de un momento miré de nuevo hacia la tienda del librero. Pero sólo vi a la doncella, pues Angélica había desaparecido.

Me quedé suspenso, con mucho estupor, buscándola sin encontrarla, pues parecía desvanecida por arte de magia. En ese momento sentí en un hombro, por detrás, los golpecitos

de un abanico, y al volverme la vi ante mí, a menos de
dos cuartas. Olía su perfume y sentía el azul cla-
várseme en los ojos cual si un rayo de sol
desvaneciera el frío de mi vida.
–Hola, soldado
–dijo.

IV. MUERTOS BOCA ARRIBA Y MUERTOS BOCA ABAJO

Tardé en encontrar verbos, y me refiero a los adecuados. Consideren vuestras mercedes mi estado de ánimo, parecido a caminar por un sueño que el alma anhelase interminable. Nos movíamos sin rumbo entre la gente y las tiendas de la Galerie del Palais igual que dos paseantes más: un caballero joven que acompañaba a una linda dama en sus compras. Todo sucedía entre nosotros con naturalidad pasmosa, cual si los dos años transcurridos se trocaran, o resumieran, en un breve par de días. Hasta nos deteníamos ante algún mostrador –o más bien se detenía Angélica y yo la secundaba– para que, con una desenvoltura que me helaba la sangre, ella admirase unas puntillas flamencas o preguntara por unos guantes de ámbar de Grenoble. A veces se dirigía a mí en demanda de parecer sobre la calidad o el precio de un objeto; y yo respondía muy en corto –la voz me salía seca y ronca– con poco más que monosílabos. Ni siquiera nos mirábamos, y parecía que la familiaridad fuera tan cercana o quizá tan íntima que apenas teníamos necesidad de intercambiar palabras.

No fue hasta que dejamos atrás la galería y salimos al patio cuando Angélica se detuvo para dirigirme –asestarme, sería la palabra– una mirada tan detenida y perspicaz que me dejó quieto, tenso como si aguardase una rociada de arcabuz o el abordaje de una galera turca.

–Os sienta bien ese uniforme –dijo.

–Es de los correos del rey Felipe Cuarto.

Movió la cabeza con desdén y los tirabuzones dorados oscilaron con suavidad bajo la pequeña pañoleta de encaje.

–Sé de qué es, me he informado sobre vuestra merced –vaciló un instante de forma casi imperceptible–. O sobre tu persona.

Y dicho eso, recitó en tono encantador que me trastornó el sentido:

Correr la posta a Flandes desde España
confirma la lozana gallardía
que a los valientes años acompaña.

–Yo, sin embargo, sé poco de vos –repliqué cuando me repuse de escucharla–. De todo este largo tiempo.

–Te escribí una carta, creo recordar... ¿Llegó a tus manos?

–Sí.

–Nunca recibí contestación.

No repliqué a eso. Hizo un ademán frívolo mientras dirigía una ojeada en torno.

–Qué bien hacen las mujeres lisonjeadas en no creer a los hombres, pues nunca les tratan verdad... Bajo buen rostro, malas mañas.

–No es mi caso –opuse al fin.

Aparentó no haber oído mi protesta mientras observaba a los gentilhombres y damas que paseaban cerca.

–Es singular en extremo –dijo– ver cómo aquí los hombres tratan a sus esposas como si fueran sus amantes, mientras que en España lo hacen como si fuesen sus sirvientas...

Tampoco respondí a eso, que me pareció atrevido en una joven de su edad. Pero era cierto, por lo que yo había visto en París y otras ciudades francesas, que la situación de las mujeres parecía mucho más libre allí que en nuestra nación, algo que también había observado en Flandes.

Angélica caminaba sin prisa, muy cerca de mí, y advertí que en ocasiones me observaba de reojo, a hurtadillas.

–Viajé, conocí lugares nuevos –dijo como sin darle importancia–. Y tal viaje os lo debo a ti y a tu amigo, ese capitán Batiste, o Triste.

–No digáis eso –protesté–. Nada hicimos contra vos.

Me miró de pronto, con fría malicia.

–¿Ni siquiera contra mi tío?

–Tampoco. Sólo defendimos a su majestad el rey.

Aún mantuvo aquella mirada un poco más, sin decir nada. Al poco, un amago de sonrisa entibió el azul de sus ojos.

–Te cuadra eso de defender al rey... No es posible esperar menos de un hidalgo como tú.

Cruzamos la explanada casi hombro con hombro, seguidos a distancia por la doncella. Y como quien no parece al fin perece, debo confesar que mi joven vanidad se crecía al cruzarnos con ociosos que paseaban como nosotros y ver a algún galán –puntas de encaje, bigote engomado y cabello con rizos a la moda, tan distintos a las sobrias maneras españolas– reparar en la belleza rubia que a mi lado caminaba. Apoyé al advertirlo, más hueco que calabaza añeja, el arrogante puño izquierdo junto a la empuñadura de mi espada, y dirigí fieras miradas en torno, como las de quien está dispuesto a hacer pedazos a cualquier impertinente. Gestos que, por fortuna, nadie tuvo en agravio.

–El camino da muchas vueltas, Íñigo Balboa –seguía diciendo Angélica–. Nuestro rey es magnánimo y sabe perdonar... O más bien deshacer equívocos, ya me entiendes. Penosos malentendidos.

Mantuve enjaulada la lengua para no opinar al respecto. Calificar de malentendido una conjura para asesinar al rey de España, en la que Luis de Alquézar había estado más o menos envuelto, era jugar de vocablo en exceso. Pero la sobrina seguía hablando con mucho desahogo.

–Son extrañas las paradojas de la vida, ¿verdad? –añadió imperturbable–. Lo que aparentaba ruina de mi familia fue nuestra fortuna. En la Nueva España, mi tío pudo enderezar sus asuntos... Las minas de plata son fabulosas y el dinero todo lo puede, igual que el amor a todo se atreve y la muerte todo lo acaba.

Volviose a mirar de soslayo a la doncella, que nos seguía a diez o quince pasos. Era joven, como dije, de no más de veinte años, y vestía de negro y toca blanca, a la castellana.

–De allí traje a mi sirvienta Mencía: mestiza de Tlaxcala, hija de español y de indígena... La gente de las Indias es muy delgada en malicias, pero ella es oro puro, fiel como una perra, sujeta a mi voluntad. No como la vieja dueña a la que conociste en la fuente del Acero, que era bruja bien bellaca, de la que Dios me libró mediante unas tercianas sincopadas.

–¿Os acordáis de aquello? –me maravillé–. ¿De la fuente del Acero?

–Pues claro, soldado. De eso y mucho más. Para lo bueno y lo malo tengo memoria cuando quiero tenerla.

Habíamos dejado atrás el Palais con su larga hilera de coches y criados aguardando delante, y tras recorrer una avenida bordeada de castaños pasamos junto a la iglesia de Sainte-Geneviève. En el suelo sin empedrar había charcos de barro con inmundicias –París, pese a su gentil fábrica, era ciudad más sucia que Madrid– y Angélica se levantó el ruedo de la falda para evitarlos. Le ofrecí mi brazo, galante, y se apoyó en él. El contacto hizo que me diera vueltas la cabeza.

–¿Tardaste en sanar de mi cuchillada en la espalda?

–Algo tardé.

–Imagino que te dejó una gentil cicatriz –me soltó el brazo e hizo una pausa pensativa–. No me desagradaría verla.

Lo dijo con una ligereza que me pareció encantadora. Tuve presencia de ánimo para sonreír mientras señalaba alrededor.

–No es lugar apropiado, me temo.

–Oh, claro –me miraba de forma enigmática–. No es lugar.

Seguimos camino hasta la iglesia mayor. Las torres de piedra blanca de Notre-Dame se alzaban a uno y otro lado de la grandiosa fachada, y el rosetón parecía un ramo de flores abiertas bajo el sol. Ni siquiera las muchas casas de dos y tres plantas apiñadas en torno a ella, ni las chimeneas cercanas que la ensuciaban deslucían su magnificencia; siendo todo de tan enorme y acabada fábrica que nada en el mundo parecía poder destruirlo. Angélica seguía hablando en tono desenvuelto.

–Las Indias son un mundo fascinante, adecuado para gente audaz: selvas inexploradas, aventureros, comerciantes, soldados... ¿Sabías que nuestros conquistadores bautizaron aquello con nombres sacados tanto de sus lugares natales como de los libros de caballerías?

–Lo ignoraba –confesé.

–Es una tierra todavía incógnita, prodigiosa. Deberías probar allí fortuna, pues parece hecha para ti.

–Quizá lo haga.

Relampaguearon los ojos azules, no sé si burlones o cómplices.

–Avísame en tal caso. Sería interesante acompañarte.

Parpadeé, a punto de quedarme sin aliento.

–Bromeáis.

–Por supuesto... Pero es divertido bromear.

Nos habíamos detenido y nos mirábamos fijamente. Muy serios. Pese a sus últimas palabras no advertí nada jocoso en la expresión de Angélica. Estaba a punto de subirme a los labios una inconveniencia cuando ella, que pareció adivinarla, habló de nuevo.

–Lo malo de ir a las Indias son los viajes de ida y vuelta... Nunca lo pasé tan mal. El océano hace tanta violencia en el estómago y la cabeza que se te pone color de difuntos y arrojas por la boca cuanto llevas dentro, hasta el punto de que casi das el alma.

–Lo sé –sonreí al fin–. Lo he vivido.

–Tampoco faltaron aventuras.

–Contádmelas –rogué.

–En el camino de vuelta, entre Veracruz y La Habana, unos piratas holandeses vinieron sobre nuestro convoy, que iba muy embarazado de mercancías y volumen hasta ochocientos mil ducados. Y aunque yo me manifesté dispuesta a reñir con rodela y espada, fui enviada abajo con las mujeres, los viejos y los frailes. Así que me perdí la función.

–¿Y cómo acabó?

–Bien, pues aquí me ves. Se trabó cruel combate y los piratas se fueron con el rabo entre las piernas, dejando cadáveres suyos en el agua con algunos nuestros. Y vi algo asombroso: que los católicos flotan vueltos hacia arriba, mirando a Dios, y los herejes con las espaldas al cielo, pues aun muertos no tienen arrepentimiento.

Yo tenía mis dudas al respecto, ya que no en vano había visto en el mar buena copia de muertos boca arriba, boca abajo y en todas las posturas imaginables; pero no era momento para desmentir nada, así que hice semblante de atender muy crédulo a eso que Angélica contaba.

–¿Y tú, soldado?... ¿Alguna vez pensaste en mí durante estos años?

Habría querido tener la elegancia e invención de don Francisco de Quevedo para decir con más levantado ingenio lo que me turbaba el ánimo y la lengua: el amor, en fin, que siempre robó la hacienda, hurtó la fama, ofuscó el entendimiento, quebró el color, abrevió la vejez, llamó a la muerte y fue, como será siempre, anzuelo de todos los males y ocasión de todos los daños. Pero me faltaba elocuencia, de modo que me limité a pronunciar la palabra *siempre* mientras Angélica me observaba, un poco fruncido el adorable ceño.

–¿Muchas aventuras de mar y guerra? –quiso saber.

–Algunas –repuse con sencillez.

–¿Dónde?

–El norte de Italia y también Berbería y las galeras de Levante, en la costa turca.

Pestañeó admirada, y supe que el gesto era sincero.

–¿Con abordajes, botines y todo eso?

–Con todo –confirmé.

Dejó caer el abanico sujeto por el cordón a la muñeca mientras juntaba las palmas de las manos para aplaudir.

–Cómo te envidio, soldado.

Se detuvo de pronto sin consumar el gesto, cual si hubiera dado en algo.

–¿Y aventuras de las otras?

–¿De qué otras?

–De ésas, no seas menguado... De las otras.

–¿Con abordajes, botines y todo eso?

Me miraba repentinamente seria, y esta vez no supe si fingía o no. Atajado, confuso, oteé en torno mientras hacía un ademán evasivo.

–No sé de qué habláis –dije.

–Sabes perfectamente de qué te hablo.

–No, no lo sé... Y no recuerdo nada.

Recuperó el abanico, lo abrió y volvió a cerrarlo. Miraba en mi mano el regalo de la reina de Francia.

–¿Y ese anillo?

Me quedé cortado, sin saber qué decir. Angélica debió de interpretarlo de otra manera, pues se dio aire con vigor, contrariado el gesto.

–¿Es importante para ti?

–Mucho, pues fue ganado en buena guerra. Pero no es lo que pensáis.

–Tú, hidalgüelo vascongado, no sabes lo que pienso.

–Os aseguro...

–¿Me lo regalarías si te lo exigiera?

No respondí a eso. Me avergonzaba la idea de que, si en verdad me lo pidiese, tal vez acabara yo por dárselo. Semejante tormento interior debió de pintárseme en el sobrescrito, porque dulcificó su severidad.

–¿Sigues locamente enamorado de mí?

La miré como quien mira al Creador, suspendidos memoria, entendimiento y voluntad.

–Ignoro si locamente, pero sigo.

–No vienes muy provisto de hipérboles... ¿Tanto te embrutecieron las guerras?

Nada dije a eso. Angélica me sostuvo la mirada un largo momento, pensativa.

–Creo que yo también te amo.

Después se encogió de hombros cual si aquello fuese del todo natural y no la comprometiera a nada. Yo estaba paralizado de estupor, seca la boca, incapaz de pronunciar una sílaba. Entonces Angélica hizo otro ademán indiferente y caminó resuelta, dejándome atrás. Reaccioné con paso rápido hasta llegar a su lado.

–¿Cómo sabíais que sirvo en los correos reales?

Dije eso igual que podía haber dicho cualquier cosa, para llenar el silencio. Y ella me siguió el hilo.

–Hace dos días escuché una conversación sobre tus amigos y tú. El conde de Guadalmedina y mi tío cenaron en nuestra casa y procuré estar atenta a lo que decían... Siempre fui buena escuchando detrás de las puertas.

–Eso es impropio de una dama –objeté.

–Y así les va a algunas de ellas, de tanto reparar en lo impropio.

Mi cabeza era un oleaje de emociones e ideas encontradas. Iba del gozo al estupor, y de ahí a certezas desagradables. Luis de Alquézar nuevamente mezclado en nuestros asuntos no podía ser una buena noticia.

–Hay en curso –seguía diciendo Angélica– algo en lo que tienen que ver la bolsa de mi tío, la embajada de Guadalmedina y tu amigo Espadatriste... Y también tú, imagino. De quien, por cierto, el conde platicó con mucho elogio.

–Favor que me hace.

–No sé si es favor o interés... A lo que veo, Álvaro de la Marca sólo elogia lo que le conviene.

–Hemos estado juntos en algunos lances –fanfarroneé.

–Eso dijo cuando mi tío echó pestes de tu amigo el capitán. Realmente, a pesar de la diferencia de calidad que va de unos a otros, parece teneros aprecio a ambos. Lo que no le impediría sacrificaros en caso necesario.

–Ya lo hizo alguna vez.

Siempre seguidos de lejos por la doncella, nuestros pasos nos llevaban ahora hacia el puente de Saint-Michel. Era allí distinto el paisaje urbano, pues las casas parecían menos elegantes y la gente que hormigueaba ante las tiendas vestía de forma modesta. Olía a frutas y verduras, a menudo de vaca, a los arenques de barriles abiertos; un París más natural que el de la otra orilla, que un poeta francés, Scarron, retrataría en ácidos versos:

Casas a la de Dios, lluvia y basura,
iglesias, puentes y calles oscuras,
mujeres de alquiler, hombres ladrones,
cocheros y lacayos fanfarrones.

–Es asombroso cómo vuestro tío ha recobrado el favor –comenté–. Hace dos años lo de El Escorial pudo costarle la cabeza.

Me dirigió una mirada sardónica, superior. De pronto parecía veinte años mayor que yo.

–¿Es cuanto recuerdas de aquellos días?

Enrojecí muy embarazado, con el rubor subido a la cara.

–Sabéis que no –repuse–. Jamás olvidaré aquella...

–Las minas de Taxco pueden hacer milagros –me interrumpió–. ¿No fue tu amigo Quevedo quien escribió lo de poderoso caballero es don Dinero?... En el mundo todo se compra y se vende, soldado. El oro y la plata granjean voluntades y facilitan imposibles.

Se había detenido al comienzo del puente y mirábamos hacia él sin cruzarlo, como en el límite del París permitido para una joven dama.

–Hablemos del futuro –dijo ella.

Me llevé una mano al corazón, espontáneo. Ingenuo cual pardillo.

–Mi futuro es que os amaré siempre. Que moriría por vos.

–Y tal vez mueras, te dije alguna vez.

–A pique estuve.

–A pique estarás más veces.

–No me importa.

Dio un paso hacia mí, acercándose tanto que pude aspirar de nuevo el delicioso aroma de su agua de olor. Y me tocó los labios con el abanico.

–Eres un hombre extraño, Íñigo Balboa.

–Soy... –balbucí antes de quedarme mudo, incapaz de formular lo que era o creía ser.

Con la sonrisa más encantadora que imaginarse pueda, ella movió la cabeza para disuadirme de palabras. Volvió a apoyarse en mi brazo invitándome a caminar, y nos alejamos del puente siguiendo el Sena corriente abajo.

–París es una ciudad más liberal de lo que Madrid acostumbra, y eso tiene sus ventajas –indicó a la doncella con un gesto–. En cuanto a Mencía, su lealtad y obediencia son absolutas, como te dije.

Yo escuchaba atento, desconcertado, pues ignoraba a dónde pretendía ir a parar. Tras unos pasos se detuvo otra vez, apoyada en el pretil. Por el agua verdosa y sucia, de orilla a orilla, se movían botes de remo y embarcaciones a vela.

–¿Cuándo te marchas? –me preguntó mirando el río.

–En pocos días.

–¿Con los correos reales, o con los amigos a los que acompañas?

Lo pensé un momento.

–No creo que deba confiaros eso –concluí.

–Tienes razón –asentía, aprobadora–. Nunca te fíes del todo de mí.

–No lo hago... Cada vez que acudí a una trampa tendida por vos fue sabiendo dónde me metía.

Apartó Angélica la vista del río para fijarla en mi rostro. El infierno, pensé una vez más, puede ser deliciosamente azul.

–Sí, lo sé.

Sonreía misteriosa. A una orden suya acompañada de esa sonrisa, decidí con arrebato, me habría arrojado de cabeza al agua o fajado a estocadas con el primero que pasara. Sólo para que ella siguiera mirándome así.

–¿Estarías dispuesto a volver a ponerte en peligro por mi causa?

Asentí fatalista, heroicamente resignado.

–Siempre que no me deshonre ante mi rey y mi nación.

Miró a su doncella, detenida un poco más lejos, y de nuevo a mí.

–¿Y qué hay de tu alma?

–La condenaría por vos, unida a la vuestra.

–Me gusta oír eso... Condenémoslas juntas, entonces, un poquito más.

Melchior Tavernier, graveur et imprimeur du roi.

El orgulloso cartel estaba situado sobre la puerta de un taller de grabados y estampas, en el muelle de la Mégisserie. Al fondo de la estancia principal, más allá de la mesa donde el dueño del comercio mostraba sus obras, Diego Alatriste podía ver a dos operarios en pleno trabajo: uno dibujaba una plancha de cobre con el buril y otro, de codos en un pupitre, grababa al aguafuerte. Había bellas estampas de batallas, santos y paisajes expuestas en las paredes; y al fondo, en una cuerda de secar, colgaban pruebas impresas todavía húmedas. Olía a tinta, papel, metal y ácido nítrico.

–El olor de las musas y la gloria –comentó Quevedo, aspirándolo con deleite.

Habían ido allí los dos a propósito, buscando ese lugar concreto, aunque Alatriste no alcanzaba a saber para qué. Se daba el poeta disimulados aires de misterio retorciéndose el bigote al mirar libros y estampas, y dirigía a su acompañante y amigo ojeadas cómplices que no llegaba éste a comprender. Parecía claro que no se trataba de una simple compra. De una visita casual.

–Ah, pardiez –Quevedo se mostraba complacido, calados los anteojos, hojeando un hermoso libro de grabados–. El *Livre de l'espée* del maestro Gesù l'Espoir, nada menos... Obra magna de la esgrima francesa, y de toda Europa, tal vez. El precio será disparatado, pero no queda sino comprarlo –mostraba algunas de las ilustraciones–. ¿Qué os parece, señor capitán?

Miró Alatriste el libro con ojo crítico. La esgrima que él practicaba, cuando tocaba sonar cascabeles, nada tenía que ver con las cuatro generales, círculos, posturas, tangentes y compases. Nunca había oído hablar de esa obra ni de su autor, y maldita la falta que le hacía. Se encogió de hombros.

–Interesante –dijo sin comprometerse.

–Hay también –dijo Quevedo, señalando los grabados expuestos en la pared– unos mapas especialmente bellos.

Complacido, obsequioso, el propietario de la tienda sacó de sus carpetas algunos grabados geográficos y topográficos para que los admirasen de cerca. Era el impresor un sujeto en torno a los treinta y pocos años, de trato amable. Llevaba un bonete de paño en la cabeza y manguitos para proteger del ácido y la tinta las mangas de la camisa.

–Magníficos –decía Quevedo mirando los mapas–. Realmente magníficos, maestro Tavernier.

Señaló el impresor al burilista que trabajaba la plancha de cobre.

–El joven Abraham Bosse, al que ahí veis, tiene una mano finísima... Estos grabados son obra suya.

–Extraordinarios, sin duda. A fe mía que lo son –volviose Quevedo hacia Alatriste–. Admirad, señor capitán, la perfección de este mapa de los caminos y postas de Francia... ¿Y qué me decís de la soberbia vista de la ciudad de Nantes?

Asentía paciente Alatriste, preguntándose en qué iba a parar todo aquello.

–Muy bonitos –dijo.

–¿Cómo bonitos?... Son, sin exagerar, auténticas obras maestras.

Complacido por tanto interés, el impresor exhibía otros grabados. Quevedo se mostraba igual de satisfecho, deshaciéndose en elogios.

–Me llevaré el mapa de caminos, tan útil para cualquier viajero... ¿Y por ventura –añadió como de modo casual– no tendréis algo de La Rochela? Desde que llegamos a París todo el mundo nos habla de ella. Incluso en el hotel de Tréville, el otro día.

Se sorprendió el impresor.

–¿Conocéis al señor de Tréville?

–Tengo ese gusto... Precisamente él nos recomendó, encareciéndolo mucho, vuestro digno establecimiento.

–Ah, es un honor.

–Por nada del mundo os perdáis sus mapas, insistió.

Expuso el otro dos grandes grabados sobre la mesa.

–De La Rochela puedo ofreceros éstos... Una vista general de la ciudad, anterior al asedio del rey nuestro señor, y este mapa actual con las obras defensivas y ofensivas, el dique y los campamentos y pueblos cercanos.

–Qué perfección –se admiró Quevedo, ajustándose mejor los anteojos.

–Su majestad el rey y el señor cardenal se encuentran allí estos días, dirigiendo la campaña.

–¿En serio?... Razón de más para adquirir semejante maravilla.

Invitó el poeta a Alatriste a estudiar de cerca el mapa. Era realmente bueno, comprobó éste, comprendiendo al fin la razón de aquella tramoya. El trazo y la impresión eran perfectos, y mostraban con todo detalle La Rochela y sus alrededores con las distancias establecidas en toesas, los campamentos de las tropas reales, las murallas, el interior de la ciudad y las fortificaciones que circunvalaban el recinto. Pantanos, puentes y caminos se veían registrados con toda minuciosidad.

–Pero debo advertir a vuestras excelencias –dijo el impresor– que no sale barato. Con los últimos acontecimientos, me lo quitan de las manos.

Dejó Quevedo caer los anteojos, colgados del cordón que los sujetaba al pecho.

–Vaya... ¿De qué estamos hablando, maestro Tavernier?

–De siete libras, me temo.

–Pardiez.

–Que sumadas al mapa de caminos y al tratado de L'Espoir harían trece escudos.

–Voto a tal –se volvió el poeta hacia Alatriste, que le sostuvo impasible la mirada–. Muy caro me parece.

Calculaba el impresor, queriendo agradar.

–Podría rebajar tres libras, en consideración a que vuestras excelencias son españoles.

Suspiró Quevedo, teatral, mientras metía mano a la bolsa.

–Bien, qué diablos. No reparemos en eso... Vayan en buena hora los doce escudos. Pensándolo un poco, es razonable gastarlos en obras tan perfectas.

Estaban sentados al sol, desabrochados ropillas y jubones, colgadas las espadas y las capas en los respaldos de las sillas, en una hostería de la puerta de Saint-Denis, pasado el segundo puente. Quevedo había insistido en ir a comer allí –lo hicieron alquilando un coche, pues su cojera le entorpecía el mucho caminar–, porque el vino de la Champaña, afirmaba el poeta, era el mejor que podía encontrarse en la ciudad; y la vista, increíblemente hermosa. Lo que resultaba del todo cierto, apreció Alatriste: bajo un inmenso cielo azul pálido, más allá de los molinos de viento, los fosos y la muralla, entre los tejados grises se erguía una veintena de lejanos chapiteles, agujas y torres donde destacaban las de Saint-Jacques y las de Notre-Dame.

–Ah, por cierto –dijo Quevedo–. No quiero olvidar para vuestra merced el saludo del capitán Contreras. Hace poco paraba en Madrid, alojado en casa de Lope de Vega, que acaba de estrenar comedia con un sucedido gracioso: hacía el comediante Rafael de Cózar, a quien conocéis bien, el papel de un alférez de los tercios, dándole un tono grotesco, cobardón, a su jocoso estilo...

–Lo imagino –sonrió Alatriste, que recordaba bien a Cózar y algo más a María de Castro, su mujer.

–Lo que no imagináis, amigo mío, es que a la salida de la función abordó a Lope un hidalgo, muy amoscado, para exigirle que cambiase el personaje del alférez, porque un hermano suyo lo era en Flandes. Y que si no trocaba el carácter, haría apalear a Cózar, y a él lo esperaría en el Prado con espada y daga.

–¿Y qué hizo Lope?

–Cambió el papel, naturalmente.

Rieron ambos. Alzó Quevedo su copa para hacer la razón al paisaje.

–Echo de menos Madrid. Me fatiga esta ciudad, amalgama de malas costumbres y bellas maneras... Por suerte, me iré pronto.

Se sorprendió Alatriste.

–¿Nos dejáis ya, don Francisco?

–Completamente –bebió un sorbo el poeta y chascó con placer la lengua–. Como os previne, mi función aquí ha terminado... Ahora corresponde a Guadalmedina y vuestras mercedes.

–Sigo sin saber de qué se trata.

Sonrió enigmático Quevedo.

–Lo sabréis, querido capitán, cuando llegue el momento.

–Pero podríais...

–Sé que podría, y tal vez debería. Si hay en el mundo alguien fiable, sois vos. Pero está de por medio mi palabra de honor. Se la di al conde-duque de Olivares en persona... Y ya sé que conciencia de ministro es como virgo de corsaria, que se vende sin haberse; pero mi palabra es mi palabra.

Suspiró Alatriste, resignado, antes de mojar el mostacho en su copa de vino.

–No se hable más, entonces.

Señaló Quevedo el coche que esperaba al extremo del jardincillo de la hostería, con el cochero dormitando en el pescante.

–Algo puedo deciros sin faltar a mi honra: esos mapas que llevamos ahí tienen su importancia. Y en el lugar a donde vais no van a escasear peligros... Sé que vuestra merced tiene costumbre de arriesgar la gorja, pero esta vez la empresa es notable: una de las jugadas que a veces mueven cetros y coronas.

–¿Se confirman las cuchilladas, entonces?

La sonrisa de Quevedo se hizo difusa.

–El negocio es pesado. Si las hay, no serán pocas.

–¿Y no podéis contarme nada más sin violentar vuestra conciencia?

–Lo siento, señor capitán. La amistad es ganzúa que abre los corazones nobles, pero ya os he confiado más de lo que debo... ¿Me comprendéis?

–Pues claro, don Francisco.

Quevedo acabó su escudilla de livianos de ternera, sopó con pan y se chupó los dedos antes de secarlos con la servilleta.

–Lo que sí puedo es ofreceros un consejo –alargó una mano y bebió un largo trago–. Cuidado con Guadalmedina, pues fiarse de él es como arriesgar la salud con maritornes de venta: no alza carta que no quede un as de oros debajo... Siempre os tuvo en grande estimación, aunque en los últimos tiempos, más por vuestra culpa que por la suya, se le hayan enfriado los afectos.

–Le van y le vienen.

–Es cierto. Pero en asuntos como éste hay mucho en juego, y vuestros camaradas y vos siempre sois peones sacrificables. Si llega un mal suceso, él estará a salvo con sus credenciales diplomáticas. Así que es fácil adivinar quién debe andarse con ojo si asan carne.

Reía ahora Alatriste entre dientes, ácido.

–Lo de siempre –concluyó.

–Sí, exacto. Es verdad averiguada, y vuestra merced tiene experiencia en eso. Aunque me sigue admirando la flema con que lo encaja todo, como en esos versos que dediqué a Epicteto pero que os conciernen:

Trabajos pides y molestia esperas,
y, con tener a Dios desafiado,
ni temes, ni presumes, ni te alteras.

Dicho eso, Quevedo se ajustó las gafas y alzó una mano manchada de tinta –había pasado la noche escribiendo cartas confidenciales– para señalar el paisaje, los sicomoros que circundaban la hostería, los huertos cercanos verdes y fértiles, la moza rubia que fregaba loza en una tina, descubiertos los brazos desnudos y blancos.

–Tan buena tierra esta, llena de ríos y lluvia que se desgaja de los cielos; y tan seca y áspera la nuestra, que hasta los campos hay que regarlos con sudor, a falta de agua.

–O con sangre –apuntó Alatriste– cuando son ajenos.

Siguió un silencio pensativo. Movió al cabo Quevedo la cabeza.

–Es curioso... Los dos hombres más notables de Europa son el que gobierna aquí y el que lo hace en Madrid. Y no me refiero a los reyes; que, dicho sea entre vuestra merced y yo, son tan mediocres uno como otro.

Richelieu y Olivares, añadió tras un paréntesis para remojar la gola con un buen sorbo, se parecían en muchas cosas, siendo distintos. Los dos leían a Tácito, lo que los hacía temibles. Y si uno tenía confesores capuchinos, el otro los tenía jesuitas. El francés era frío, lacónico, felino; y el español, extravagante, hablador, torrencial. Pero ambos dominaban a unos reyes inseguros y caprichosos. La diferencia era que uno lo tenía todo por ganar y el otro sostenía sobre sus hombros un imperio dilatado y universal.

–De todas formas, en cultura la diferencia es abismal. No porque ambos no sean cultos, sino porque Olivares y nuestro gran Filipo han convertido Madrid en un emporio de arte, literatura y buen gusto. Aquí, sin embargo, al decimotercer Luis se le da un ardite todo eso...

En ese punto, el poeta apuró la copa, miró en torno y bajó la voz.

–Y en cuanto a fanatismo religioso y materia de inquisiciones –añadió confidencial–, tampoco los súbditos del rey cristianísimo son mancos. Merecida o no, los españoles tenemos la fama, pero los franceses cardan la lana por arrobas –aún apagó el tono un poco más–. ¿Habéis oído hablar de Pierre de Lancre?

–Nunca.

–Pues yo sí. Es un inquisidor que hace pocos años resolvió unas supuestas posesiones diabólicas quemando en Burdeos a seiscientas personas, que es linda cifra... Y otros han cebado hogueras recientes en Lyon, Mâcon y París. Al menos, Olivares hace lo que puede para que a nuestros dominicos no se les vaya la mano de esa manera.

Cogiendo la botella, Alatriste vertió lo que quedaba en las dos copas.

–Últimamente habláis del conde-duque con aprecio. No siempre fue así.

–Tengo la lengua indómita y él es como es. Pero ahora soy útil en lo particular y lo público... Le halaga que mi levantado ingenio y delgada pluma lo traten como a un segundo Séneca. El problema es que la privanza con él va y viene, pues en cuanto me descuido, mis enemigos aprovechan para segar la hierba... Por eso ni quiero ni debo demorarme aquí.

–Os manejaréis, don Francisco. Sois hábil.

–Sólo un superviviente, capitán, que no es poco: un fue, un será y un es cansado a quien la edad licencia los bríos... Pero más pronto que tarde, como español que también soy, algún día me ahorcarán con mi propio ingenio. Que quien trata la verdad al fin la paga.

Bebieron hasta agotar el vino. Recostado en la silla, Quevedo se encogió de hombros.

–Francia, España... Lo cierto es que Richelieu y Olivares piden a gritos un Plutarco que los compare. El problema del segundo es la burocracia: nuestra corrupta nobleza está domesticada, pero el conde-duque lidia con las juntas, los consejos y los leguleyos profesionales que en España se amontonan como sardinas en banasta, hábiles en artimañas, fueros y desafueros. En Francia hay nobles levantiscos y conspiradores, pero se les ejecuta o se les hace la guerra, como en La Rochela. Eso en nuestra patria es imposible. Fíjese vuestra merced en Cataluña y Portugal: resisten como gatos panza arriba los esfuerzos para que contribuyan en las guerras del rey.

–¿Y quién ganará el pulso en Europa, don Francisco?

–No lo sé –le dirigió Quevedo una ojeada de interés–. Hoy no es ayer, mañana no ha llegado... ¿Qué piensa vuestra merced?

–Yo sólo puedo opinar de lo militar. Y visto desde abajo.

–A veces un soldado ve mejor que un general desde lo alto.

Lo pensó un momento Alatriste.

–Pues creo que en lo del pulso casi andamos parejos.

–¿Calidad de soldados?

–Sin comparación. Los franceses no tienen más furia que la del acometimiento, que no es poca; pero les falta temple... Nadie como nuestros tercios, todavía.

–Por Baco, que me inquieta ese *todavía*.

–No puede exigirse lo que se les está exigiendo a hombres maltratados y sin pagas.

–Tenéis razón, amigo mío. Mientras Richelieu avanza en el empeño de una nación sometida al trono, la nuestra es una monarquía cada vez más arruinada e insolidaria, dirigida desde una Castilla en bancarrota, con los ministros ricos y el rey sin blanca.

Vagaba pensativa la mirada de Alatriste por el paisaje de la ciudad.

–O sea –concluyó tras un silencio–, que una de las dos naciones se hundirá en beneficio de la otra.

–Dios hará lo que convenga. Ojalá la que naufrague no sea España, exhausta de luchar contra medio mundo y debilitada por los piojos que desde dentro le chupan la sangre... El celo reformador puede acabar con Olivares, mientras que a Richelieu podrían derribarlo las disputas religiosas y la altanería de la nobleza. Por eso se empeña en La Rochela, como en la Valtelina. Si consigue asegurar eso, dejará de darnos pellizquitos de monja para volverse abiertamente contra nosotros. También tengo unos versos sobre el particular, como sobre casi todo:

Recuerdos y no alcázares fabricas;
otro vendrá después que de sus torres
alce en tus huesos fábricas más ricas.

–Sólo es cuestión de tiempo, entonces –comentó Alatriste.

–Eso creo, y guíenos Cristo: es como el rayo con trueno, que se ve y se oye venir desde una legua. A los hombres como vos, capitán, no os faltará faena. Seréis quienes sostengan, con vuestro coraje y vuestra sangre, esa España universal a la que el mundo odia por arrogante y poderosa. Como un viejo león en la selva, los españoles nunca tendremos amigos, pero no seremos atacados en serio mientras nos teman: franceses, ingleses, holandeses, turcos... *Oderint dum metuant*, dijo Tiberio.

Torcía Alatriste el mostacho, y no era una sonrisa.

–Que me odien, pero que me teman.

–Exacto. Y Richelieu quiere que ese temor desaparezca. De cualquier modo, quien gane la partida lo hará por un margen mínimo. Ya veremos, si vivimos, en lo que para... Concédanos Dios cinco sentidos, tres potencias y pólvora seca.

Suspiró hondo Quevedo tras decir eso, echó un vistazo melancólico a la botella vacía y se puso en pie abrochándose la negra indumentaria. Lo imitó Alatriste. Aderezaron espadas y capas, calaron chapeos e hizo el poeta una señal a la moza de la hostería para que despertase al cochero.

–A veces, capitán, tengo pensamientos funestos. Y entonces me pregunto si a fugitivas sombras damos abrazos... Si Richelieu será el futuro y Olivares, o sea, los españoles, seremos el pasado.

V. UN CIELO EN UN INFIERNO CABE

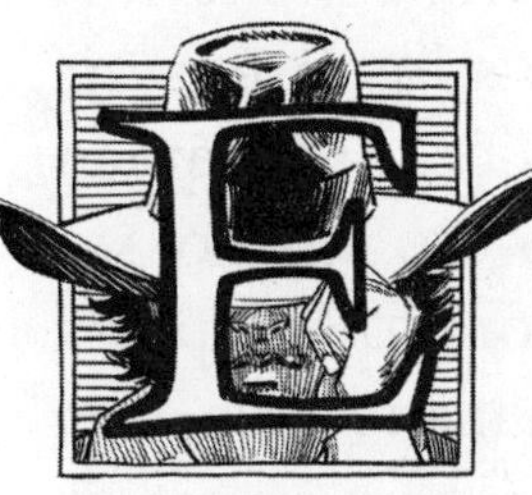

El sol, que empezaba a estar muy bajo, doraba al otro lado del Sena las torres de Notre-Dame. Crucé la plaza de la Grève en el momento en que el reloj del Ayuntamiento daba seis campanadas, pasé junto a la cruz y anduve hasta la plaza del Heno, que allí llaman del Foin, y que más que plaza era una explanada que se prolongaba por la orilla derecha, con atracaderos de madera o piedra y numerosas barcas y botes de mercancías arrimados a ellos. Había copia de gente y carruajes, por lo que resultaba fácil pasar inadvertido, y era justamente eso lo que me convenía: calaba sombrero de ancha falda, vestía la ropilla azul en vez de la habitual casaca de los correos reales de España, y una capa de paño pardo larga hasta las corvas disimulaba mi espada y mi daga.

Encontrar la casa no fue difícil, pues las señas eran precisas: tres plantas y una puerta cochera, cercana a un cabaret llamado Le Coq d'Auvergne, cuya muestra pendía sobre la entrada. El portón estaba abierto, así que entré en el patio y me detuve estudiando el lugar. Para ese tiempo yo era mozo acuchillado, que no olvidaba lo que el capitán Alatriste me enseñara mucho atrás: antes de meterte en un lugar que no conoces, considera por dónde saldrás si las cosas se tuercen; que en negocios crudos lo que mata no son las sorpresas, sino el descuido en esperarlas. De manera que, sin llegar a desnudar la espada –habría sido exagerada cautela–, metí una mano bajo la capa y agarré la empuñadura de mi vizcaína.

Se abrió una puerta y me sosegó ver en ella a Mencía, la sirvienta tlaxcalteca. Tras llevarse un dedo a los labios me invitó a seguirla, y así lo hice; aunque, conocedor de quién esperaba al final de la escalera, o tal vez por eso mismo, seguro de que sólo el hombre –y más, enamorado– tropieza varias veces con la misma piedra, no aparté la mano de la daga hasta que estuve en una estancia amueblada con un espejo en la pared, una mesa, dos sillas, un brasero de latón y un diván turco. Y ante la ventana, en el contraluz del sol que penetraba por los cristales emplomados como una lluvia de oro del dios Marte, vi la silueta deslumbrante de la joven a la que desde hacía cinco años, cuando por primera vez la encontré en una carroza en la calle de Toledo de Madrid, adoraba hasta el extremo de la sinrazón y el disparate, de un modo que con mucha justeza resumían los versos famosos del gran Lope:

Olvidar el provecho, amar el daño,
creer que un cielo en un infierno cabe,
dar la vida y el alma a un desengaño:
esto es amor, quien lo probó lo sabe.

Permaneció Angélica inmóvil, envuelta en la nube de luz dorada. Casi me cegaba el resplandor del sol a su espalda, cual si se tratara de una aparición divina.

–Eres puntual, soldado.

Su voz sonó con mucha desenvoltura y mucha calma. Yo me había quitado el sombrero.

–Con vos sería imperdonable no serlo.

Se movió al fin, un poco. La luz resbaló por su derecha, haciéndome un hueco al lado.

–Ven aquí –casi ordenó.

Fui, naturalmente. Me desprendí de capa y sombrero, que cayeron a mis pies, y anduve hasta la ventana. Angélica se había vuelto a mirar por ella. No se giró cuando me detuve.

–Es un lugar ruin –dijo–. Pero la vista es hermosa.

Era cierto. Desde allí se divisaba una linda porción de ciudad al otro lado del río: las torres y agujas de las iglesias, los tejados de pizarra, la fábrica impresionante de la iglesia mayor, con su alta flecha y los airosos arbotantes entre los que el sol coloreaba vidrieras y rosetones. Por el puente de madera paseaban ociosos iluminados por la luz poniente, y bajo el muro de la isla de Nuestra Señora giraba despacio, majestuosa, la rueda enorme de un molino de agua.

–¿Cuándo te vas de París? –preguntó.

No respondí, consciente de que con Angélica de Alquézar corrían las asechanzas a rienda suelta y toda información salida de mi boca podía tornarse contra mí y mis amigos. Pero no pareció molesta por mi silencio. Por el rabillo del ojo advertí que se volvía a mirarme con detenimiento. Vestía ella un justillo de raso del mismo azul que sus ojos, muy ceñido, que la hacía aparentar mayor de lo que era.

–Estás guapo, soldado... Te sienta bien París, o quizá sea esta luz.

Tampoco respondí a eso. Permaneció callada un momento.

–Yo me voy dentro de diez o doce días –dijo al cabo–. Regreso a España por fin. Con mi tío.

–Rehabilitado por completo –apunté, no sin amargura.

–El mundo es un lugar mudable, sobre todo cuando hay dineros que lo mudan.

Se detuvo y por un instante pareció insegura. Después movió la cabeza con aire resignado.

–Quieren casarme, Íñigo.

Era la primera vez que en París pronunciaba mi nombre. Sus palabras me sacudieron como un latigazo, abriéndome un vacío en el estómago. Un rayo parecía haber caído a mis pies.

–¿Con quién? –balbucí.

–Da igual con quién. O quizá no... Lo sabrás, supongo, a su debido tiempo. Aún falta para eso.

No pude hurtar el golpe, pues los celos descubren los quilates del amor y la voluntad.

–¿Es alguien a quien yo pueda matar?

Juro a vuestras mercedes que aquello me brotó de modo espontáneo, sin fanfarronería. Con la seca naturalidad de un hombre bregado, hecho a la vida dura, para quien desde hacía años matar o ser matado no encerraban particularidad ninguna. Me había girado casi con violencia hacia Angélica, que ahora me observaba en reflexivo silencio.

–Eres otro –dijo al fin–. Distinto al que conocí.

Sentí un vacío en el corazón. Un latido de menos.

–¿Y eso cambia algo? –aventuré con temor.

Movía ella la cabeza con insospechada dulzura.

–Todo lo contrario... Te mejora.

Se quedó otra vez en silencio, sin dejar de mirarme, durante lo que pareció una eternidad.

–No, no puedes matarlo –dijo al fin–. Sería picar demasiado alto. Está muy arriba para ti.

Callé ante eso, muy turbado. Me aterraba el modo en que ella lo decía: aquella calma perfecta, propia de su fría naturaleza, que tan cruelmente me atenazaba el corazón. Tras un momento, habló de nuevo.

–Procura mantenerte vivo, soldado... Intenta volver a Madrid antes de que eso ocurra.

Se le había templado el tono, pero no desvanecía mi amargura. Todo yo era un nudo ciego de pesadumbres y enigmas.

–¿Cambiaría algo que volviera? –dije.

–Nada... Pero podría abrazarte una vez más.

Aquellas palabras me conmovieron hasta asomar lágrimas a mis ojos, y ella se dio cuenta. Yo tornaba a mirar al exterior, por pudor y disimulo, y sentí una de sus manos apoyada en mi hombro. No era un ademán de afecto ni de consuelo, intuí. Más bien, un gesto de camaradería.

–Nosotros –dijo con extrema suavidad– somos distintos a todos ellos.

Apoyé la frente en los vidrios de la ventana, que el sol decreciente entibiaba.

–Así que todavía tienes mi marca en la espalda –comentó tras un momento.

–Pues claro que la tengo.

–Ha pasado mucho tiempo desde aquella noche... ¿Es grande la cicatriz?

Sonreí con desgana.

–No es pequeña.

–Me gustaría verla.

Eso me hizo titubear, confuso.

–Creo que...

Se truncó mi voz, pues Angélica se había situado detrás de mí. Advertí sus manos en mi espalda, acariciándola despacio, y luego moviéndose atrevidas hasta mi pecho para despojarme de la ropilla y el jubón mientras, paralizado de estupor y felicidad repentina, yo me dejaba hacer. Quedé al fin en camisa, y sentí que me levantaba por detrás el lienzo hasta desnudar mi torso.

–Sí –murmuró pensativa–. Fue un buen tajo.

–Una vez lo vi mediante dos espejos –alcancé a decir–. En diagonal, casi de un hombro a la cintura.

–Era una daga bien afilada, por lo que veo –tocó la que yo llevaba al cinto–. ¿La misma?

–Sí.

Me soltó el arnés, de manera que daga y espada resonaron metálicas al caer al suelo. Yo seguía vuelto hacia la ventana y ella detrás de mí.

–Tienes otras marcas –advirtió.

–Eh... Sí, ya lo veis. Alguna tengo.

–¿Hechas también por mujeres?

–No de esa clase –quise protestar.

–¿Hablas de mujeres o de marcas?

Callé. Sus dedos seguían recorriendo mi espalda.

–La última vez que nos vimos me golpeaste, soldado.

Eso dijo y parecía risueña al hacerlo. Asentí, confirmándolo.

–Lo recuerdo bien –repliqué–. Una vez en la cara y otra en la sien.

–Fuiste un bárbaro.

Suspiré avergonzado.

–No me quedaba otra.

–¿Y qué hiciste luego?

–Comprobé que respirabais y me fui.

–A salvar al rey nuestro señor –apostilló, irónica.

–No estaba...

Iba a decir «no estaba solo en eso» cuando las palabras murieron en mi boca. La deliciosa suavidad de los labios de Angélica se había posado en la cicatriz, tiernamente inmóvil primero y recorriéndola luego despacio en toda su extensión, del mismo modo que lo había hecho dos años atrás, medio desnuda y a horcajadas sobre mí, besando la herida ensangrentada.

Entonces me volví con brusquedad hacia ella y, tomándola en mis brazos, besándonos como si ambos hubiéramos perdido la razón, la llevé hasta el diván turco.

Diego Alatriste, don Francisco de Quevedo y el conde de Guadalmedina trabajaron hasta muy entrada la noche con los mapas comprados por el poeta, estudiando rutas y lugares. Conversaban en una habitación de la posada, la ocupada por Quevedo, sin levantar la voz, procurándose discretos mientras Sebastián Copons y Juan Tronera hacían guardia en el corredor para alejar oídos inoportunos.

Más claro empezaba a estar para Alatriste el viaje a Francia y su motivo, ahora que Quevedo y Álvaro de la Marca describían la coyuntura. Con auxilio de Inglaterra, los protestantes de La Rochela continuaban su rebelión contra la autoridad del rey Luis XIII; así que, decidido Richelieu a convertir la liquidación de la revuelta en empresa nacional, el asedio circunvalaba la ciudad con ocho millas de trincheras reforzadas por treinta y seis fuertes y reductos, y un ejército de treinta mil hombres.

–Este mapa lo muestra con una precisión asombrosa –decía Álvaro de la Marca–. ¿Ven?... Observen la línea de fortificaciones que se interrumpe un trecho al este, en la zona pantanosa, y los fuertes principales: Coigne, fuerte Louis, Tadon, Coureille... Y aquí abajo, el dique que bloqueará el acceso por mar. Hasta la marea alta y la baja quedan señaladas en el mapa –se volvía hacia Quevedo, satisfecho–. Espléndido logro, don Francisco, haber adquirido esto.

Le quitaba importancia el poeta. Estaba en mangas de camisa y zapatillas, con un batín por encima. Junto a la cama se hallaban su ropa de camino, las armas, el portamanteo y la maleta, dispuestos para viajar. Dejaría la capital francesa al amanecer para tomar la ruta de Orleans, Burdeos y Hendaya, rumbo a Madrid.

–El mapa está a la venta donde el grabador Tavernier, al alcance de cualquiera que pueda pagarlo –se retorció el bigote, significativo–. Y nada barato, por cierto.

Rompió a reír el conde. Siempre elegante, impecable pese a lo avanzado de la hora, el aristócrata vestía de paño verde bordado con canutillo de oro, calzón con botonadura de lo mismo, espadín de corte, medias de seda y zapatos con hebillas doradas. Había pasado la tarde en el Hotel de Borgoña viendo representar una comedia de las llamadas *a la española* –la influencia de nuestro teatro en Europa era en ese momento enorme– de un joven autor, casi desconocido, llamado Pierre Corneille.

–Se os reembolsarán los gastos, sin duda.

–Eso espero: que haya tanta presteza en el toma como en el daca.

–El socorro llega a los rocheleses cada vez con más dificultad –continuó Guadalmedina volviendo la atención al mapa–. El hambre y las enfermedades los minan, y ni siquiera las mujeres y niños pueden salir de allí, pues el ejército real los hace volver o los ahorca como escarmiento... Pocos barcos con suministros logran pasar, y se dice que el duque de Buckingham en persona va y viene por mar desde Inglaterra para organizar la defensa y ayudar a los sitiados.

–Se la juega, sin duda –se admiró Quevedo.

El aristócrata estaba de acuerdo.

–Es hombre atrevido, como sabe vuestra merced –miró de soslayo a Alatriste–. Y también, mejor que muchos, lo sabes tú.

Asintió éste, escueto. Había podido comprobarlo en persona cinco años atrás, la noche en que el sicario Gualterio Malatesta y él mismo, por encargo del inquisidor fray Emilio Bocanegra, casi despacharon por la posta al propio Buckingham y al ahora rey de Inglaterra, Carlos Estuardo, a su llegada de incógnito a Madrid. Y pocos días después, ante el propio Felipe IV en la refriega del corral del Príncipe, tan bizarra y famosa que desde entonces corría en jácaras.

–Nadie huye de la razón si tiene juicio; y si huyó, téngase por loco –intervino Quevedo–. Se dice que, aparte causas políticas y militares, también las hay íntimas...Ver desairada su devoción por la bella reina de Francia acicatea, según comentan, esta suerte de revancha.

–Todo puede ser con ese descarado inglés –coincidió Guadalmedina–. Siempre arrogante y sobrado en exceso.

Miraba Quevedo, guasón, a Diego Alatriste.

–Lástima, querido capitán, que no llegarais a meterle una cuarta de acero en las asaduras a ese lindo hereje, cuando tuvisteis ocasión.

Se encogió éste de hombros, resignado.

–No siempre anda uno lo fino que quisiera.

–Voto a Cristo que no.

Había sobre la mesa una garrafilla de rosolí, licor más dulce que seco, y una bandeja con pastelitos de harina y miel. Llenó Alatriste su vaso –que por tercera vez estaba vacío– y con él en la mano se acercó a la ventana. Aún no despuntaba la luna. La pequeña plaza se veía a oscuras, a excepción de un amortiguado farol de aceite en la esquina de la calle de Tirechape. Buena noche, pensó inquieto, para cuchilladas de lance y hacerse con bolsas ajenas. Se preguntaba por dónde andaría Íñigo a esas horas.

–Lo que no llego a comprender –dijo sin apartar los ojos del exterior– es qué papel alcanza España en esto... En principio, una revuelta en suelo francés nos conviene a nosotros. ¿O no?

–La política es delicada –replicó a su espalda Guadalmedina–. Tiene sutilezas que escapan a un soldado. Richelieu necesita la unidad religiosa para construir la nación que quiere dar a Luis XIII, y los ingleses procuran estorbárselo...

–¿Y no deberíamos estorbarlo también nosotros?

–Al tratarse de protestantes, España no puede ayudar a los rocheleses de modo abierto, ¿comprendes?... Al contrario: nuestra católica majestad Felipe Cuarto está obligado a ayudar al cristianísimo rey Luis.

–Más de boquilla que de verdad –matizó Quevedo, que había sacado su cajita de tabaco molido y aspiraba una pulgarada.

–Exacto. Por eso nuestra flota de Dunquerque, siempre lista para intervenir en ayuda de los franceses, nunca está lista del todo. Bastante trabajo tenemos ya en Flandes, que no recuerdan los nacidos guerra más larga ni barrizal semejante... Así que ahí andamos, hilando delgado entre unos y otros. Con la zurda alentamos a los rocheleses y con la diestra, a Richelieu.

–Al que también Dios confunda –dijo Quevedo, sonándose con un lenzuelo tras estornudar.

Lo consideró Alatriste por lo menudo mientras seguía mirando la calle. Una ronda de alguaciles, corchetes o lo que fueran –arqueros, recordó, los llamaban allí–, cruzaba ahora la placita alumbrándose con un hacha de luz rojiza. La llama oscilante daba reflejos metálicos a sus armas, petos y bacinetes.

–Sigo sin entender el motivo de nuestro viaje...

–Ni falta que te hace –le cortó con sequedad Guadalmedina–. Limítate a hacer tu oficio, cuando toque, y deja lo demás a quien corresponde.

Se volvió Alatriste, al fin.

–¿Con qué bando estamos, excelencia?

–¿Cuándo importó eso a tu espada?... Te basta con saber que en el de España y el rey nuestro señor.

Apuró Alatriste el vaso y lo puso sobre la mesa.

–Juan Tronera, Sebastián Copons y yo mismo no somos gente de costumbres diplomáticas... ¿Qué se espera de nosotros?

–Que mováis las manos cuando se os ordene, te digo. Hasta entonces, boca cerrada y acero presto, como siempre.

–La política es delicada. Tiene sutilezas que escapan a un soldado.

–¿Y cuál es el papel de Íñigo?

Frunció el ceño Guadalmedina.

–¿Dónde está ese mozo, por cierto?

–No lo sé. ¿Qué hace aquí, aparte llevar y traer despachos?... ¿Por qué él?

Se impacientaba el aristócrata.

–Haces demasiadas preguntas, para ser quien eres.

Guardó un breve silencio Alatriste, cual si de verdad pensara en ello. Se pasó dos dedos por el mostacho.

–Sólo hasta que desenvaino la espada, excelencia –dijo al fin con mucha calma–. A partir de ahí ya no pregunto nada.

Palideció Guadalmedina.

–Por Dios que sigues descompuesto de lengua, y que te gusta tener la cabeza a dos dedos de los pies...

–Me limito a ser quien suelo ser, excelencia.

Sostenía Alatriste sin inmutarse la mirada de irritación que le asestaba el conde. Abrió éste la boca para replicar algo inconveniente, pero se adelantó Quevedo.

–Necesitamos un enlace de confianza –terció el poeta, conciliador.

Asintió Guadalmedina tras un largo momento, con mala gana.

–Así es –dijo por fin–. Un correo adecuado para ir y venir entre La Rochela y el marqués de Mirabel, en París... Incluso a Madrid, en caso necesario.

–El chico lo hará bien –opinó Quevedo–. Es mozo alentado.

–Más nos vale a todos.

Siguió un silencio. Alargaba de nuevo Alatriste una mano hacia la botella y eso aferruzó el ceño de Guadalmedina.

–A fe de quien soy –apuntó desabrido– que hace un momento tenías cara de acuchillarme.

Encogió los hombros Alatriste mientras llenaba el vaso.

–Una cara no es una intención.

–No sería extraordinario, en tu caso –el conde emitió una risotada desagradable–. Y tampoco la primera vez... ¿Te acuerdas de la calle de los Peligros?

Se tocaba un brazo de modo instintivo, allí donde Alatriste le había dado una cuchillada cuando Álvaro de la Marca hacía espaldas a los amoríos del rey Felipe, durante la llamada Conspiración del Jubón Amarillo.

Negó el capitán con la cabeza, atento a su bebida.

–Tengo una memoria fatal, excelencia.

–Pues yo la tengo muy buena.

–No todos podemos permitírnosla.

Lo miraba el conde con áspera intensidad. Saltaba a la vista que, tentado a trabarse de palabras con Alatriste, se debatía entre el interés práctico y la cólera. Al cabo pareció imponerse el primero, y habló con más sosiego.

–Quiero que dentro de un momento me escoltes hasta mi casa... Esta noche necesito que conserves tu buen ojo y tu mejor pulso.

Imperturbable, Alatriste se llevó el vaso a la boca, mojando bien el mostacho. Sus ojos estaban clavados en el conde, fríos como témpanos.

–¿Alguna vez vuestra excelencia me ha visto perderlos?

–Nunca –admitió el otro.

–Pues eso.

Bebió otro largo sorbo y puso el vaso en la mesa. Mirábanse ahora Guadalmedina y Quevedo, molesto uno y divertido el otro.

–Hay algo que aún no hemos confiado a vuestra merced, querido capitán –dijo el poeta–. Vuestro antiguo general de Flandes, el marqués de los Balbases, viaja de Bruselas a España.

Se sorprendió Alatriste. Desde el año tres del siglo había estado muchas veces bajo las banderas de don Ambrosio Spínola: en la marcha a lo largo del Rhin y las tomas de Oldensel y Linghen, y también en la invasión del Palatinado, el socorro de la Esclusa, el asedio de Ostende, la batalla de Jülich y la toma de Breda.

–Pardiez –dijo.

–Sí.

La mención hecha por Quevedo parecía templar el malhumor de Guadalmedina. A Spínola, intervino, lo acompañaban en el viaje su hijo Filipo, el marqués de Leganés y un pequeño séquito. Su camino le haría pasar cerca de La Rochela, así que estaba invitado por Luis XIII y Richelieu a unos días en el campamento real y visitar las obras del asedio.

Escuchaba Alatriste con atención. Seguía desconcertado.

–No lo sabía, excelencia.

–No tenías por qué saberlo.

–Lo encuentro gentil por parte de los franceses.

–Ésos no hacen nada de barato –movía el conde la cabeza, escéptico–. Desde su éxito en Breda, nuestro ilustre genovés es el militar más famoso de Europa. Si llegamos a la guerra con Francia, tendrá en ella una función importante. Así que no es extraña la cortesía, pues al rey y al cardenal interesa mucho una conversación.

Bebió Alatriste otro sorbo de rosolí.

–¿Tiene eso relación con nuestro viaje?

–Alguna tiene. Oficialmente, mi misión consiste en irle al encuentro y acompañarlo hasta España.

–¿Oficialmente?

–Eso he dicho.

–¿Y extraoficialmente?

–Ésa es otra historia, que también conocerás cuando toque. Ahí es donde entráis tus camaradas y tú... Y ese maldito Íñigo, si aparece de una vez.

Poca carne dejamos al lobo aquella noche. Para qué contar sobre ternezas dichas y caricias hechas entre Angélica y yo; hasta el extremo de que si en ese momento la muerte hubiera cobrado en mí su tributo inexorable, con gusto lo habría pagado sin reparo, incapaz de imaginar mayor felicidad futura que la vivida. Pero tuve al cabo, con harta violencia de ánimo, que reparar en la hora por las campanadas del reloj del Ayuntamiento; y en consecuencia, como iluminado por un rayo, consciente de los deberes que ponía en peligro, desligarme de Angélica y con gran esfuerzo resolverme a partir. Requerí ropa y armas, y mi tierna enemiga, tras un tenaz intento por retenerme, persuadida al fin, me acompañó hasta el rellano mismo de la escalera, descalza y en camisa, con una palmatoria encendida. Allí, sombrero en mano, espada al cinto y capa sobre los hombros, estreché de nuevo su cuerpo todavía cálido de nuestros recientes abrazos, los labios suaves de besar y ser besados, el aroma de su piel mezclada con la mía, al extremo de que no había en el mundo droga, esencia o perfume que embriagara como ése.

–Cuida de ti, soldado.

–Y tú de ti, hermoso diablo.

Sonrió dulcemente al oír aquello. Aún estaba apretada contra mi pecho y alzaba el bello rostro para mirarme.

–Tal vez cuando volvamos a vernos todo sea distinto.

Pronunció esas palabras de modo pensativo, con una melancolía y un sentimiento a los que yo no estaba en ella acostumbrado. Eso hizo que me estremeciera. Recordé su anuncio de casamiento y una nube negra me ofuscó la mente.

–Resistíos cuanto podáis –le rogué–. Hasta que yo vuelva a España.

–¿Resistirme a qué?

–A vuestro compromiso.

Suspiró, leve. Su voz se había enfriado cuando habló de nuevo.

–Nada cambiaría eso.

–Quiero estar allí cuando ocurra –insistí.

–¿En la Corte?

–Sí.

Ahora me miraba irónica.

–¿Para impedirlo?

–Por supuesto.

–Soldadote fanfarrón... ¿Quién te dice que deseo que lo impidas?

La miré con sorpresa sincera.

–Creía que estabais enamorada de mí.

–Y lo estoy, menguado; pero el mundo es un lugar complejo. Nada tiene que ver una cosa con la otra.

Me hablaba como a un muchacho todavía huérfano de la vida. Eso me anubló más y abrí la boca para replicar, pero puso sus dedos en mis labios, acallándolos.

–Lo comprenderás algún día. Sólo pido que te mantengas vivo hasta que llegue ese día.

Incapaz de penetrar el poso de tales palabras, desazonado entre la prisa por irme y el deseo de quedarme, aparté su mano, deshice el abrazo y dejando el alma a la espalda empecé a bajar los peldaños hacia la calle. Todavía seguía a la vista cuando otra vez pronunció mi nombre, haciéndome alzar la cabeza. Estaba muy seria.

–Ten cuidado –advirtió–. El lugar al que te llevan con ese capitán amigo tuyo es peligroso.

Lo consideré un momento. Luego me encogí de hombros.

–Ya estuve en lugares así. Y en todos ellos, mientras mis camaradas voceaban «España, Santiago, cierra», yo pronunciaba vuestro nombre como grito de pelea.

Mirome con extraña fijeza y después asintió complacida, cual si la enterneciera escuchar aquello.

–Lo sé, soldado... Pero pocas veces la pieza a cobrar estuvo tan alta.

–¿Qué sabéis de eso? –pregunté inquieto.

–Nada, excepto lo que digo.

Aquello me dejó un instante inmóvil, turbado. Permanecía ella asomada al hueco de la escalera, iluminada por el resplandor de la pequeña llama que seguía sosteniendo en una mano: revueltos los rubios tirabuzones con tonos de oro viejo, todavía más claros los ojos por efecto de la luz, con aquellos iris de una claridad tan intensa y mineral que parecían dos zafiros engarzados en la blancura deliciosa de su rostro.

–En cualquier caso –dijo–, vivas cuanto vivas, poco o mucho, recuerda siempre que te amo.

–Ahora o dentro de cien años –respondí con firmeza mientras me ponía el sombrero– seréis lo último que se apague en mi memoria.

Era noche cerrada e iba bien un ángel de la guarda, había dicho el conde de Guadalmedina, insistiendo en que Diego Alatriste le hiciese espaldas hasta la casa en que se alojaba. Y así lo hizo éste, ajustándose el coleto de piel de búfalo bajo la capa mientras Quevedo se retiraba a ultimar su equipaje. Salieron luego a la noche, sin luz ninguna: Álvaro de la Marca tres pasos por delante, embozado con manto y chapeo, atento Alatriste a las amenazas que pudieran deparar las sombras. Anduvieron así un trecho sin cruzarse con un alma y sin más sonido que el eco de los pasos en las calles, ni otra luz que el resplandor de la luna que recortaba sobre sus cabezas los aleros de las casas. Fue al llegar a la iglesia de San Eustaquio, que los franceses llamaban Saint-Eustache, en cuyos peldaños dormitaban bultos de mendigos, cuando Alatriste se adelantó por prudencia, desembarazada la capa y pronto a sacar la espada. Iba a situarse de nuevo detrás del conde, pasada la iglesia, cuando éste lo retuvo por un brazo, manteniéndolo a su lado.

–París no es más peligrosa que Madrid –dijo.

El tono era conciliador, cual si quisiera disipar el eco de la discusión que habían tenido en la posada. Asintió el escolta con un monosílabo y anduvieron todavía callados unos pasos, hasta que el conde habló de nuevo.

–Un día te ahorcarán con tu lengua, capitán Alatriste.

El tono distaba de ser hostil. Benevolente, más bien. Meditó el aludido una respuesta.

–No será por lo mucho que hablo, excelencia.

Sonó tras el embozo la risa contenida del otro.

–No conozco a nadie que maneje la economía de verbos como tú: breves e insultantes como estocadas, casi epigramas a veces. Estoy seguro de que el propio Quevedo envidia eso. A tu vulgar manera, en el fondo también eres un poeta.

–Ruego a vuestra excelencia que no me maltrate con conceptos... No son horas.

Soltó Guadalmedina una carcajada. Habían llegado a la esquina de la plaza con la rúa de Mont-Marthe, donde a la luz de un hachote puesto en el muro colgaba la muestra de un cabaret. Tres sujetos de mala traza, que conversaban a la puerta con una daifa de alquiler, se interrumpieron al verlos pasar.

Olían de lejos a gente del trato de la rapiña; y para evitarlos, el conde y Alatriste cruzaron al otro lado de la calle.

–Lamento no poder anticiparte más del viaje a La Rochela –dijo Guadalmedina a los pocos pasos–. Pero pardiez. Ya sabes cómo son estas cosas.

No respondió Alatriste. Lo sabía, pensó con resignada ecuanimidad, muy de sobra y a su costa: lances de los que solía salir acuchillado, sin acomodo, con la gloria y el dinero para otros, mientras quienes de verdad sacaban beneficio miraban de lejos sin riesgo alguno. Pero tales eran las reglas, y no había más.

–¿Qué tal es ese Copons que te acompaña? –se interesó el conde.

–Muy de fiar.

–Sin duda ha de serlo, si lo traes contigo... ¿Flandes e Italia, supongo?

–Supone bien vuestra excelencia –hizo Alatriste una pausa deliberada–. También estuvo en Sanlúcar, cuando lo del galeón holandés y el oro del rey.

Sonó la risa sorda de Guadalmedina.

–Ahora es a mí a quien le falla la memoria... No sé de qué oro ni de qué diablos me hablas.

–Por supuesto, excelencia. Con doblones de por medio, nadie sabe nunca nada.

–En cuanto al tal Tronera, y por volver a lo nuestro, sus virtudes, como las tuyas, no son las teologales: en Madrid nos lo recomendaron a Quevedo y a mí como hombre de chapa muy alentado, bueno a la hora de menear las manos.

Asintió ecuánime Alatriste.

–Sí que lo parece.

–Fue soldado, como supongo sabes de sobra, y estuvo un tiempo haciendo espaldas a mi cuñado el conde de Siete Aguas, aficionado a rondar tanto manflas como conventos... Pero a fe mía que te mira raro. ¿Os conocéis de otro sitio?

–Vagamente.

–¿Para bien o para mal?

No hubo respuesta porque Alatriste se había detenido, vuelto a ojear atrás. Había oído pasos, y al hacer rostro vio tres sombras que los seguían. El instinto de su oficio le hizo adivinar a los que conversaban con la cantonera a la puerta del cabaret, así que ni siquiera creyó necesario dar explicaciones a su acompañante. Los tres caimanes habían oído hablar en una lengua extranjera y sin duda venteaban buena presa.

–*Arrêtez* –los conminó Alatriste, resuelto y seco.

Apenas dicho eso se terció al hombro la capa, desnudó la sierpe y un relucir de acero hizo a los otros detenerse en el acto, prudentes. También Guadalmedina sacó la espada al advertir la situación, y un instante después eran dos los reflejos que punteaban la noche. El trío de sombras, amenazante pero irresoluto, se mantenía a cinco pasos, guardando la distancia mientras los calafates echaban cuentas. Pero con un tres a dos, espada por espada, tales cuentas no parecían cuadrarles; de manera que, sin decir palabra, retrocedieron hasta sumirse de nuevo en la oscuridad. Envainaron los dos españoles, retomando camino.

–Tienes ojos en la nuca, capitán –comentó Guadalmedina, aliviado.

Asentía aquél, envolviéndose de nuevo en su capa.

–Mantenerse vivo –dijo con sencillez– requiere su trabajo.

Tras dejar en su casa a Álvaro de la Marca, regresó Diego Alatriste a la posada. A oscuras y en ciudad desconocida temía errar el camino, así que anduvo de vuelta por la misma calle hasta que vio el triángulo de la fachada superior de Saint-Eustache. Esta vez procuró mantenerse alejado del cabaret y fue por el otro lado, hacia la fuente que se alzaba recortada en la claridad de una luna indecisa que de vez en cuando era ocultada por las nubes. Pero al llegar allí comprobó que, o lo habían seguido de lejos, atajándolo por alguna calle interpuesta, o lo estaban esperando. Reconoció las tres sombras en cuanto las vio en la penumbra, junto al zócalo de la fuente, merced a un despejar de la luna que siluetéo sus contornos.

Era plático en eso. Y cómo no iba a serlo: más de media vida la había pasado acechando y siendo acechado, y reñir a oscuras le era tan familiar como hacerlo a las claras del día. Conocía cada ventaja y cada inconveniente del acometer y la fuga en toda circunstancia; y el instinto profesional, adiestrado menos para la normalidad que para la violencia –más bien tenía en la violencia su normalidad–, gobernaba a su aire en situaciones como aquélla, sin necesidad de recurrir a la voluntad o el pensamiento. Como si se tratara de una composición geométrica, los cálculos se hacían solos; así que mientras apreciaba de un rápido vistazo lugar, espacio, distancia, condiciones del suelo, claridad favorable o desfavorable, vías de escape para él o sus adversarios, se arrodeló la capa en el brazo izquierdo para cubrirse el flanco, sacó la espada, metió pies y se fue de romanía contra los farabutes, con tal rapidez que en un Jesús le pasó el pecho a uno de ellos. Y casi en el mismo compás, sin perder un palmo de terreno, echó atrás el codo, liberó el acero y apencó un latigazo de filo a la cara del que estaba más cerca.

Ni siquiera hubo cruce de aceros. Todo ocurrió tan rápido que los dos gemidos de dolor brotaron casi a la vez, o con escasa diferencia. El traspasado cayó como un fardo y el de la cuchillada en la cara retrocedió dando traspiés, tropezando en su propia capa mientras dejaba caer la espada que apenas había tenido espacio de sacar. En cuanto al tercer apóstol, ni siquiera intentó desenvainar la suya, o el machete, o lo que cargase encima: entre dos nubes que pasaban, la claridad lunar dejó entrever unos ojos espantados antes de que su propietario volviera grupas y tomase peñas y buen tiempo, con el herido en la cara a la zaga, que le iba detrás cojeando.

–Hijos de puta –murmuró Alatriste, desapasionado y seco.

Después inspiró hondo varias veces para allanarse el pulso que le golpeaba en las sienes. En tal momento, el que estaba en el suelo se puso a gritar como un verraco mal sajado; lo hacía en su parla gabacha, muy alto aunque ronco a borbotones y trabado de lengua, cual si se ahogara en la propia sangre;

y Alatriste, que ya envainaba la espada, entendió que el infeliz pedía socorro. *Edé-mua*, bramaba. *Edé-mua*. No era oportuno que de ese modo llamase la atención, pues propiciaba que una ronda de la justicia se arrimase a husmear. Así que desembarazó Alatriste de la capa la mano izquierda, la llevó a la espalda, extrajo de su vaina la vizcaína que traía atravesada al cinto, y apartando a un lado con la suela de una bota la cabeza del herido para exponer su garganta, se agachó para meterle la hoja con un golpe recio y frío, hasta las guardas.

Regresé a Le Cygne d'Or siguiendo la orilla del río para no extraviarme, y un poco más allá del Puente Nuevo, antes de llegar al Louvre, torcí a la derecha para dar fácilmente con la posada. Todo estaba tranquilo, con los huéspedes retirados en sus habitaciones. Pregunté si había algún mensaje para mí y dijeron que no. De modo que pedí a la criada que limpiaba la cocina una escudilla de sopa y un poco de pan y tocino; y tras acompañarlo con un vaso de vino, masticando todavía, subí alumbrándome con un torzal de cera. Mi cuerpo olía al de Angélica; y aspirar su aroma en la piel de mis manos, su entero recuerdo, me produjo una buenaventura indecible, de las que ponen al hombre en armonía con el entero universo. Podría decirse que, desenfrenado el caballo de mi vigorosa mocedad, no sujeto a la rienda de la razón ni al freno del discurso, caminaba yo gallardo y feliz, enamorado, sin sentir cómo pisaba el suelo.

En el pasillo vi luz bajo la puerta de la habitación del capitán Alatriste, y eso me repuso en la cordura del presente. Así que me detuve y llamé. No hubo respuesta, y tras un momento indeciso volví a llamar. Si dentro había luz algo ardía, concluí; y si mi antiguo amo estaba dormido, mejor era asegurarme de que lo que fuera estuviese apagado: no poca gente se achicharraba o intoxicaba por culpa de una lumbre mal extinguida. Así que moví el picaporte, que cedió bajo mi mano, y entré en el cuarto.

Es extraño. A pesar del tiempo transcurrido, ahora que hace tanto que ni el capitán Alatriste ni su áspero mundo existen ya, después de verlo innumerables veces peleando espada en mano tan duro, peligroso y magnífico como siempre fue, hay algo que puedo asegurar a vuestras mercedes: cuando desde mi larga vejez pienso en el hombre extraordinario que de tal modo marcó mi juventud y mi vida, la imagen repetida que acude a mi memoria no es la del batir de aceros en campos de batalla o callejones oscuros, ni la ladera del reducto de Terheyden, ni el «no permitas que te cojan vivo, hijo mío» a la vista de las galeras turcas en las bocas de Escanderlu, ni el grito de «a mí esa bala» cuando en El Escorial salvó la vida de un rey. Tampoco la postrera mirada que, mientras esperábamos la carga final de la caballería francesa, me dirigió en el último cuadro de infantería española en Rocroi... Lo que siempre acude primero a mi recuerdo es la estampa que esa noche en París, igual que tantas en otros lugares, registraron mis ojos: Diego Alatriste desabrochado el jubón, un poco inclinada la cabeza, estiradas las piernas aún calzadas con las viejas botas, sentado junto a una mesa con una botella enfrente y un vaso en la mano, absorta en el vacío la mirada turbia por el vino de sus iris glaucos; allí donde se veían danzar como diablos familiares su áspera vida, su fría soledad, sus crecidas muertes y sus innumerables remordimientos.

No alzó la cabeza ni se volvió a mirarme. De modo que, tras un momento inmóvil en el umbral, retrocedí con cuidado hasta el pasillo para cerrar de nuevo la puerta. Hay un tiempo para hacer preguntas y otro para callar, y es de espíritus discretos diferenciar la oportunidad de la prudencia.

Yo había observado que una de las botas del capitán
estaba manchada con una costra parda y seca;
y después de cinco años a su lado,
tenía la experiencia suficiente
para saber que esa mancha
era de sangre.

VI. DE SOLDADO A SOLDADO

Lloviznaba a ratos sobre La Rochela: un cielo de color ceniza, pesado y bajo, desleía un sutil velo de agua que agrisaba el paisaje, los muros de la ciudad lejana, la superficie plomiza del océano que se extendía más allá de las fortificaciones, reductos y trincheras que circundaban la bahía y el puerto hugonote, donde a lo lejos, brumosa en la distancia marina, se adivinaba la isla de Ré; y entre ella y el puerto rochelés, entre las alturas del fuerte Louis y la punta de Coureille, el enorme dique, obra magna de la ingeniería militar, que discurría de orilla a orilla dificultando el socorro a la ciudad asediada por las tropas del rey de Francia.

Me encontraba en el extremo sur del dique junto al capitán Alatriste, Sebastián Copons y Juan Tronera. Aunque estábamos en campo militar que nos era ajeno, como séquito del embajador extraordinario de España se nos permitía conservar nuestras armas blancas, pero no las de fuego, y llevábamos en el brazo izquierdo las bandas albas que nos identificaban como autorizados a estar allí. En diez días habíamos hecho un viaje apacible desde París: sesenta y cuatro postas en carruaje y a caballo que suponían casi cien leguas, pasando el Loira por Orleans para tomar luego el camino de rueda de Poitiers a la costa, admirando los hermosos castillos y la profusión de ríos, bosques y llanuras que fertilizan aquella tierra. Y ahora esperábamos al conde de Guadalmedina, que era recibido con mucha política por el rey y el cardenal Richelieu.

La audiencia, por supuesto, ocurría lejos de nuestra vista. Nosotros nos limitábamos a aguardar bajo la lona de una tienda de campaña del fuerte de Coureille mientras observábamos el ir y venir de franceses, la guardia que con más hierro encima que un locutorio de cartujas protegía el recinto donde estaban las personas principales, y la tropa que actuaba como tal: vociferantes sargentos, soldados en baluartes y trincheras, criados, vivanderas, gastadores que trabajaban con pico, pala, maderos y fajinas en las obras de circunvalación. La escena nos recordaba, por lo semejante, a los paisajes grises y el bellaco clima de Flandes.

–No termino de entender –dijo Copons– este asunto entre franceses.

Me dirigió el capitán Alatriste una ojeada irónica, cual si me confiara la respuesta. Muy puesto en bachiller, tomé la palabra.

–Durante las guerras de religión, en la llamada Noche de San Bartolomé, miles de hugonotes fueron asesinados... Ahora

La Rochela es el último reducto serio del calvinismo. Y también el único puerto abierto a los ingleses.

Pequeño, seco y duro como siempre, se rascaba el aragonés la cabeza.

–¿Y?

–Pues que, liquidado eso, esta nación quedará unida y católica, y podrá declarar abiertamente la guerra a España.

Seguía dándole vueltas Copons, arrugado el ceño.

–Pues sigo sin entender nada... ¿Qué hacemos unos españoles aquí, con tan buenas maneras?

Miraba Alatriste la entrada del barracón real, donde acababa de aparecer un grupo de personas principales. Casi todos iban sombrero en mano, abriendo espacio a un hombre joven de bigote negro y cabello rizado y largo, al que acompañaba otro más delgado y alto, con capa roja sobre una reluciente coraza militar. Todos escudriñaban el cielo –había dejado de llover, aunque la mañana seguía gris– y parecían considerar la oportunidad de salir al descubierto sin riesgo de mojarse.

–Pronto lo sabremos –dijo Alatriste–. De momento, señores soldados españoles, a treinta pasos tenemos al rey de Francia y a su ministro Richelieu, ambos en carne mortal.

–Mortal –respondió Copons, boquiabierto.

–Sí.

–Cagüentodo, Diego.

–Voto a Dios –remachó Tronera.

Por cuanto decían y no decían supe lo que pensaban, pues lo mismo estaba pensando yo. Pero el capitán nos atajó el discurrir.

–No estamos aquí para eso –hizo una pausa indecisa–. Al menos, por ahora y que yo sepa.

–¿Cuándo lo sabremos? –inquirió Tronera.

Apuntó Alatriste con el mentón al conde de Guadalmedina, que iba con la comitiva.

–De él depende –se pasó la uña de un pulgar bajo el mostacho, cual si cosiera sus labios–. Hasta entonces, como quien somos, mudos y quietos.

Lo ojeaba de lado Copons, dándole con un codo. Casi divertido.

–¿Te imaginas?

–Olvídalo –negó éste con la cabeza, leyéndole las ideas.

–Algunos son avisos de Dios.

–Ni lo pienses. Llamarse a iglesia no vale en Roma.

A mí se me erizó la piel, y no era por el frío. El capitán, Copons y yo nos conocíamos harto, y en eso Juan Tronera, hombre de una pieza, no parecía quedarse atrás. Durante un momento medité lo mismo que ellos: qué ocurriría si de rondón, olvidados de todo respeto divino y humano, desnudando temerarias y vizcaínas, nos abriésemos paso a cuchilladas entre quienes escoltaban a tan altos personajes, y antes de que nos hicieran pedazos lográsemos llevarnos por delante al rey de Francia o a su ministro. Qué diablos dirían de nosotros y nuestros bríos, en el futuro, los libros de Historia.

–Ni pensarlo –repitió el capitán como si también él alejase la idea de su cabeza.

El grupo bajaba la cuestecilla que, cerca de nuestro reparo, conducía a la puerta del fuerte que daba al dique y al mar.

Rodeados de una veintena de mosqueteros y guardias venían con el rey y el cardenal, aparte el conde de Guadalmedina y unos franceses armados de punta en blanco –luego supe que eran los mariscales Bassompierre y Schomberg y el señor de Tréville, capitán de los mosqueteros del rey–, tres personajes ricamente vestidos; y en uno reconocí a don Ambrosio Spínola, marqués de los Balbases, que en ese tiempo era considerado el más ilustre general de Europa. A nuestro antiguo jefe de Flandes se le veía viejo, más encanecidos bigote y barba, y amarilla la piel como si alguna dolencia le maltratase la salud; pero seguía teniendo el porte y gallardía de cuando en Breda recibió las llaves de manos del vencido Justino de Nassau, a pocos pasos de donde el capitán Alatriste, Copons y yo mismo, junto a los camaradas del tercio de Cartagena, presenciábamos la escena arcabuz y pica en mano, viendo al ilustre genovés cosechar con mucho desahogo la gloria que nosotros, fiel infantería del rey de España, habíamos sembrado y regado con nuestros combates, nuestro sufrimiento, nuestro sudor, nuestra sangre y nuestras pagas atrasadas.

Pasaron cerca de nosotros, como digo, el decimotercer Luis francés, Richelieu, Spínola y los demás, encaminándose a la playa y el dique próximos. Al hacerlo nos dirigió Guadalmedina una mirada indiferente, conversando como estaba con el marqués de Leganés y el joven Filipo Spínola –yerno uno, hijo otro del general–, que eran del séquito. El que nos columbró con más interés mientras seguía camino entre el rey y el cardenal fue el propio Ambrosio Spínola, sin duda porque íbamos vestidos a la española, nuestras trazas eran más de soldados que de otra cosa, y él, veterano de la milicia, podía reconocer vicios, muertes, escapularios al cuello, heridas viejas y olor a pólvora a media milla de distancia.

El caso es que nos descubrimos al paso de todos, como es natural; y al advertir que nadie nos echaba cuenta ni lo estorbaba, dejando una distancia respetuosa les fuimos detrás, picados por ver el famoso dique que, como prodigio de la ingeniería militar, tan alabado era del mundo.

Yo estaba más interesado en otra cosa: veía a todo un rey de Francia con sus tropas en el campo de batalla, mientras que nuestra católica majestad Felipe IV no salía del Alcázar en Madrid más que para correr toros en la plaza Mayor o cazar venados y jabalíes en El Escorial. Y no reniego, desde la vejez en que narro estas memorias, del rey al que serví devoto y leal durante toda mi vida. Defectos tuvo varios nuestro cuarto Austria, y también virtudes; pero nunca olvidé la imagen de aquel otro monarca vestido con arnés de guerra, gallardamente a tiro de los cañones enemigos. Y como español que soy, con el derecho que me da haberme batido bajo la cruz de San Andrés en Breda, Nördlingen, Rocroi y muchos otros lugares, lamento que Diego Velázquez nunca tuviera ocasión de pintar a mi rey de la misma guisa.

Pardiez, que hasta sin estar acabado el dique impresionaba: ancho y recio para resistir los embates del mar, largo de quinientas toesas francesas que son tres mil pies de Castilla, construido con gabarras llenas de piedras, mortero y grava que habían hundido encadenadas una con otra, estaba erizado con grandes maderos y protegido por los cañones de ambas orillas. Aquella magna obra pretendía bloquear el puerto a una distancia prudencial para que no la estorbase la artillería de La Rochela.

–Válgame Cristo –masculló Copons persignándose, tan admirado como todos.

Y es que contemplarlo era un espectáculo singular, sobre todo con el cielo color de plomo y la luz cenicienta que a lo lejos, más allá del extenso arenal desnudo por la marea baja, difuminaba las compactas fortificaciones de la ciudad asediada y los palos de las naves atrapadas en su puerto.

–¿De verdad no podrá salir ni entrar ningún barco?

Señaló Alatriste el espacio todavía abierto en la mitad del dique, sólo apto para el paso de pequeñas embarcaciones, así como para facilitar los flujos y reflujos de las mareas atlánticas.

–Alguno se cuela de noche, con niebla o mal tiempo... Pero por lo que dicen es cada vez más difícil.

–Increíble, Diego. Nunca vi nada igual.

–Ni yo tampoco.

Coincidíamos los cuatro en eso. Pero más asombro nos causaba estar cerca del rey de Francia y del cardenal más famoso de toda Europa, Armando Juan du Plessis, duque de Richelieu. Tenía el gran ministro de Francia poco más de cuarenta años: enjuto, pálido de rostro –una barbita en punta y un fino bigote acentuaban su delgadez–, se cubría con un capelo rojo y la capa del mismo color dejaba entrever el peto reluciente, así como espada al cinto, calzón de raso verde y botas enterizas, altas por encima de las rodillas. Más parecía hombre de armas que de oficios divinos, pues mostraba la más altiva estampa que imaginarse pueda, casi rivalizando en apostura con el galante rey Luis XIII. No había quien ahorcase al prelado, tan sólo por lo que esa mañana vestía, por menos de mil ducados.

–Tiene buena estampa el maldito cura –admitió Tronera.

Asentí al oír aquello. No me desagradaba Tronera, con sus pocos verbos y su flema de soldado. Despejados los recelos iniciales, en el camino desde París habíamos hecho buenas migas.

–La tiene –coincidí.

–Son más galas y afeites que otra cosa –observó Copons con ojo crítico–. Y parece blando de manos.

Reía Tronera entre dientes.

–Tiene quienes las mueven por él.

Españoles como éramos, resultaba inevitable pensar en el otro gran hombre al que disputaba Richelieu la hegemonía en Europa: nuestro conde-duque don Gaspar de Guzmán, antagonista del cardenal en la paz como en la guerra; aunque ambos, llegué a saber más tarde, tenían mucho en común. Los dos eran grandes trabajadores, padecían de insomnio y buena parte de sus escritos y dictados se debía a largas noches en vela. Decidido, animoso Richelieu, fatalista y cauto Olivares, se temían y admiraban sabiéndose capaces de toda suerte de tretas, intrigas y maniobras –«Su cabeza vale la de diez hombres juntos», llegó a decir el francés del español–, y cada uno profesaba el empeño de instruir a su rey y hacerlo poderoso. Pero mientras Richelieu, merced al peso moral de su condición eclesiástica, influía mucho en Luis XIII, nuestro Cuarto Felipe mostraba pocas ganas de dejarse educar, y Olivares se veía frustrado por la indecisión y apatía regias. Vigilábanse el ministro francés y el valido español como gatos peligrosos, dispuestos a saltar uno sobre el otro; y eso acabó por ocurrir más pronto que tarde, cuando el equilibrio se rompió a favor del cardenal, fríamente empeñado en hacer grande y fuerte a su patria.

Contemplábamos así de lejos el augusto séquito, y vimos cómo el rey mostraba a Spínola con prolijo detalle la magnitud de la obra, hasta el punto de que luego supimos llegó a pedirle consejo sobre las disposiciones del asedio; cortesía exquisita hacia el hombre que por sus logros militares era espada prestigiosa del más alto monarca de la Cristiandad. Conversaban aparte Richelieu, el marqués de Leganés y el conde de Guadalmedina, vestido éste de elegante paño acuchillado sobre tafetán negro, capa y sombrero del mismo color, con la grave apariencia enlutada –más orgullo que austeridad– que solían usar los embajadores de España en momentos de mucho protocolo.

–Si tuviéramos cédula de Dios o del rey... –porfiaba Copons en voz queda, acariciando con disimulo la guarnición de su espada.

–Pero no la tenemos –replicó el capitán Alatriste–. Así que deja la lengua y la mano quietas, Sebastián. Se te traslucen las tentaciones.

–Cagüendiela –resopló el aragonés.

–Sí.

Regresaban del dique los notables y nos hicimos a un lado para franquear el paso. Discurrían al otro lado del cordón de mosqueteros; y al hacerlo Spínola, que se había retrasado del rey y el cardenal para decir algo al conde de Guadalmedina, se fijó de nuevo en nosotros y esta vez reparó con más atención en el capitán Alatriste. Entonces, para mi sorpresa, se detuvo un momento.

–Españoles, me parece –aventuró en su castellano mechado de ecos itálicos.

Díjole algo Guadalmedina en voz baja, que no alcanzamos a oír, y el ilustre general pareció complacido. Seguía mirando con curiosidad a mi antiguo amo.

–Os conozco –dijo al fin.

El capitán, que seguía descubierto tras el paso del rey y el cardenal, lo confirmó con respetuosa sencillez.

–Tengo ese honor, excelencia.

Hacía memoria el otro, caviloso, tocándose maquinalmente el toisón de oro que llevaba al cuello.

–¿Flandes?

–Ostende y la Esclusa, entre otros lugares.

–Ah, ya me acuerdo –buscaba Spínola en la memoria y sonrió complacido por dar con ello–. Alatriste, ¿no es cierto?

Asintió éste, al ver que el general seguía recordando su nombre.

–El mismo.

–Pues claro... Capitán Alatriste, creo que os llamaban.

–Vueseñoría tiene buena memoria.

–¿Llegasteis por fin de verdad a capitán?

Un punto de ironía asomó en los ojos glaucos.

–Ni a sargento llegué, excelencia.

–¿Y qué hace un hombre como vos en La Rochela?

–Él y los otros son mi escolta –intervino Guadalmedina, que parecía incómodo.

Nos dirigió Spínola una mirada valorativa, uno por uno.

–Pues por Dios, que si estos otros son como él, estáis mejor protegido aquí que en el castillo de Milán.

–Lo sé –admitió Álvaro de la Marca.

Se quedaba pensativo el general, entornados los ojos. Recordando.

–La Esclusa –repitió casi con melancolía.

Asintió otra vez Alatriste.

–Éramos más jóvenes –dijo.

–A fe que sí –miraba en torno Spínola y al cabo sonrió amable–. ¿Qué os parece todo esto?... Ya sabéis, de soldado a soldado.

–Me parece asombroso, excelencia.

–Algo más complicado que nuestras trincheras de Ostende, ¿no?

Había remarcado el *nuestras* y eso hizo sonreír a Alatriste: una leve mueca bajo el mostacho.

–Es otra guerra y otro lugar.

Asentía el ilustre militar con visible agrado. Dirigió una rápida ojeada al rey y al cardenal, que seguían alejándose.

–Me gustaría conversar un poco más, pero no es momento... Como se dice que el duque de Buckingham en persona está dentro de La Rochela con una tropa de ingleses, su majestad y su eminencia han dispuesto en mi honor un cañoneo de la ciudad, y no puedo perderme tan gentil espectáculo –lo pensó un instante–. Pasad esta tarde por mi alojamiento. Esos señores franceses me han provisto de buenos vinos.

Acogió mi antiguo amo la deferencia con expresión impasible.

–Allí estaré –se limitó a decir.

–Os espero entonces, capitán Alatriste.

Y dicho eso, Spínola siguió adelante para unirse al rey y al cardenal. Yo estaba encantado con la escena, tan orgulloso cual si me hubieran invitado a mí. Copons sonreía bobalicón y Tronera se había quedado boquiabierto.

–Que me cuelguen –dijo admirado–. Si me pinchan, no me sacan una gota de sangre.

En cuanto al capitán Alatriste, no despegó los labios. Se había puesto el sombrero y, silencioso, miraba alejarse la comitiva real.

Aposentados con el conde de Guadalmedina, que deseaba tenernos cerca, ocupábamos habitaciones en La Fontaine du Lapin, una ruin posada próxima al fuerte de Coigne, junto a las marismas. En la habitación menos mala paraba el conde, y en otras dos, juntos en una, Tronera y Copons; ocupando la tercera el capitán y yo. La posada –La Fuente del Conejo, en parla castellana– era sin embargo buen lugar, porque estaba a un cuarto de legua de barracones militares donde era fácil encontrar lo que la guerra regateaba: leña para calentarse, víveres y cantinas que desde la media tarde se transformaban en cabarets con vino y mujeres de todo trance, de las que desde tiempos remotos siguen a los ejércitos: bordoneras y vagabundas que se procuran con su cuerpo lo que de otro modo la vida les negó.

Nos movíamos a caballo por la zona y teníamos los nuestros en un establo próximo al dique. Álvaro de la Marca nos dispensaba por un largo rato, ocupado en diplomacias cortesanas; así que tras la conversación con el general Spínola fuimos en busca de las monturas para comer algo en la posada, donde el dueño, deslumbrado por el luis de oro que le habíamos dado a cuenta –enseba palmas cuando llegues, no cuando te vayas, aconsejaba siempre don Francisco de Quevedo–, nos prometía una mesa bien provista.

Lloviznaba de nuevo. Estábamos aún cerca del dique y el fortín de Coureille cuando un grupo de malhumorados mosqueteros y guardias franceses pasó junto a nosotros. Por su aspecto era obvio que venían de las trincheras: evidente desaseo, rostros fatigados, vencidas las faldas de los sombreros por el agua, mojados los capotes, sucias de barro las botas y polainas. Tenían aspecto de milicia selecta, diferente a la soldadesca vulgar que engrosa filas en todo ejército; así que los observamos con curiosidad profesional. También ellos nos espulgaron de pasada, reconociendo el buen paño, y en ese momento uno se detuvo.

–*Nous connaissons-nous?* –dijo en su lengua.

Yo no los recordaba de nada, como tampoco Copons y Tronera; así que intercambiamos ojeadas de extrañeza. Pero el capitán Alatriste no parecía sorprendido en absoluto.

–Eso me parece –respondió en la misma parla.

El que había hablado tenía un rostro sereno de facciones elegantes, que la barba que despuntaba en ellas –una noche al raso, centinela o tal vez un combate– no hacía en absoluto vulgares. Pese a la sucia indumentaria y al mosquete y la horquilla que como sus compañeros cargaba al hombro, había un acusado aire de nobleza en el aspecto y maneras de aquel francés.

–Muy lejos de la torre de Nesle –dijo, críptico.

Lo hizo con ironía y una sonrisa que le torcía el bigote castaño, mojado por las gotas de agua que le salpicaban el rostro, pero que seco y rizado debía de tener gallarda apariencia.

–El mundo es un lugar pequeño –respondió el capitán Alatriste.

Pareció de acuerdo el otro. Algunos de sus camaradas se habían parado con él y nos contemplaban con la misma curiosidad que nosotros a ellos.

–Afortunadamente –respondió.

–Imagino –dijo Alatriste– que no ha olvidado vuestra merced el asunto que dejamos a medias...

Una rápida sonrisa cruzó el semblante del francés.

–Por supuesto que no.

Vi al capitán atisbar en torno, cual si buscase algo. Copons y Tronera, mudos y a la expectativa, observaban atentos, barruntando pedrisco sin saber de dónde venía ni dónde iba a descargar.

–¿Hay forma de resolverlo en estos parajes? –inquirió de pronto el capitán.

Lo meditaba el otro, muy serio.

–Las ordenanzas reales prohíben el duelo –concluyó tras un momento–. Eso ocurre en toda Francia, pero aquí es muy vigilado.

–Vaya por Dios. Aun así, estoy seguro de que podríamos arreglárnoslas. ¿Opina lo mismo vuestra merced?... Algún paraje discreto habrá donde acogerse.

Yo conocía lo bastante el idioma para reconocer la palabra *défi* que había pronunciado el francés: duelo, desafío. Ignoraba de qué iba aquello y miré asombrado al capitán: seguía conversando muy tranquilo con el mosquetero, que guardaba idéntica calma. Se habría dicho que, en vez de hallarse en un campo militar, ambos estuvieran en un salón de París, haciendo educada vida social.

–Esta vez soy yo quien está de servicio, como mis camaradas –dijo el francés.

Los miró Alatriste uno por uno.

–Recuerdo a alguno de ellos.

Yo le estudiaba al otro la compañía: un hombretón grande y fornido de al menos seis pies de estatura; otro más menudo y elegante, de facciones finas, pálidas, casi delicadas, y un tercero de mi edad aproximada o tal vez un par de años más, con rostro moreno y nariz aguileña.

–En Francia –intervino el más alto–, batirse estando de servicio supone pena de vida.

–También en España –respondió Alatriste sin mirarlo.

Mantenía los ojos fijos en el otro interlocutor mientras se pasaba dos dedos por el mostacho, y yo le conocía ese ademán. Sin demasiado disimulo desembaracé mi capa por el lado de la espada, y eso no pasó inadvertido a los compañeros del francés, que anublaron el gesto.

–Qué pena, lo del servicio –ironizó Alatriste.

–Sí que lo es.

–Con esas ordenanzas tan estrictas...

Se veía el otro picado del tono, pues aquellas cortesías sonaban tan insultantes como una palabra más alta que otra. Admiré la sangre fría con que, sin embargo, conservaba la calma. De los otros, el más temperamental parecía el joven de tez morena. Pronunció en voz muy baja algunas palabras que no comprendí, y uno de sus compañeros, el pálido elegante y silencioso, le puso una mano en el brazo para aquietarlo.

–Haría demasiado ruido un encuentro en estas circunstancias –dijo el que había estado hablando–. Los mosqueteros del señor de Tréville estamos de facción hasta el martes de la próxima semana –lo miraba esperanzado–. ¿Seguiréis aquí para entonces?

–No lo sé... No depende de mí.

Torció el francés el gesto, decepcionado.

–Me llamo Athos, por si después queréis dar conmigo.

–Recuerdo vuestro nombre.

Titubeó cortésmente el otro.

–Os ruego me disculpéis, pero temo haber olvidado el vuestro.

–Diego Alatriste.

–¿Sería descortés preguntaros qué diablos hacéis en La Rochela?

–Me temo que sí, que lo sería.

–Excusadme también por eso, en tal caso.

–Lo estáis.

Tras un momento de mirar con brevedad a los suyos, el mosquetero chascó resignado la lengua.

–Parece, señor español, que nos vemos condenados a no resolver nuestro asunto.

–Eso creo, señor francés.

–Confieso que me incomoda.

–También a mí.

Intervino entonces el joven moreno. Esta vez entendí lo que decía, pues habló más alto: reconocí alguna entonación cercana a mi lengua materna, el vascuence –recuerden vuestras mercedes que soy guipuzcoano–, así que lo supuse nativo de la vecina Gascuña o la Navarra francesa. Pero incluso sin eso lo habría comprendido con la nitidez de un *ora pro nobis*, porque lo que dijo alto y claro fue que, a diferencia de los otros camaradas, él no era mosquetero sino guardia de la compañía del señor Des Essarts, que ese día no estaba de servicio y que por eso había acompañado de forma voluntaria a sus amigos en las trincheras. De manera que podía, perfectamente, esquivar las ordenanzas.

–Puedo acompañar a este español a donde guste –zanjó, con insolencia impropia de su condición y pocos años–. Y resolver allí cuantos asuntos se le antojen.

–Sosegaos, Artagnan –dijo el que le tocaba el brazo.

–No soy yo quien necesita sosiego.

Su impertinencia me hizo subir la pólvora al campanario: esa cólera de la mocedad que a veces quita la vista y quita la vida. Y en tal coyuntura, para mi daño, olvidé unos versos que don Francisco de Quevedo me había recitado tiempo atrás, mientras yo hacía renglones y él trasegaba azumbres de San Martín de Valdeiglesias en la taberna del Turco:

Lo que pueda el arte
disponer con prudencia prevenida
no lo dejes al ímpetu de Marte.

Tan buen consejo se había desvanecido de mi cabeza, como digo. Y antes de que el capitán Alatriste replicara, di un paso al frente y me interpuse. Apoyaba la mano izquierda en el pomo de mi espada.

–Puedo sosegaros yo –dije ácidamente.

Enmudecieron todos por la sorpresa. Ahora fue el capitán quien alargó una mano para contenerme, pero no me di por enterado, tan cierto como estaba de mi arrogancia y seguro de mi valentía. Miraba así al joven francés y éste me miraba a mí.

–Por Dios, caballeros –intervino el mosquetero corpulento–. No creo que...

–¿Dónde y cuándo? –desoyó el mozo, interrumpiendo a su camarada.

–En este mismo momento, si queréis –repuse–. Donde os convenga.

–No es asunto tuyo –apuntó el capitán a mi espalda.

–Ahora sí lo es –dije, seco.

Me estudiaba el guardia de arriba abajo, reparando en mí por primera vez. Noté que su mirada oscura y vivaz se detenía

–Puedo sosegaros yo.

en mi espada, mis manos y mis ojos. Era casi tan joven como yo, confirmé, pero se le notaba experiencia suficiente para medirme el aplomo y las hechuras: no era mi persona, pude confirmar en su ojeada, la de un azotacalles de los muchos que, calentando verbos, galleaban más por la gola que por la blanca. También él tenía brega, deduje, aunque dudé que tanta como la que el hijo de Lope Balboa, soldado del rey de España muerto en Flandes, había tenido en casi seis años de aventuras junto al capitán Alatriste.

–Donde os convenga –repetí aparentando calma.

Agarraba mi brazo Alatriste pero me desasí, resuelto, con la arrogancia en las narices y el juicio en los talones. Se miraban entre ellos los cuatro franceses, consultándose sin palabras. Y el llamado Athos, que parecía de mayor autoridad, emitió un suspiro fatalista. Poco más hay que hablar, se adivinaba en el gesto. Al cabo se dirigió al capitán cual si ambos fuesen testigos forzosos de todo aquello.

–Se nos complican las cosas –dijo.

–Eso veo.

Nos abarcó el otro a los dos jóvenes con distinguido ademán. Seguía hablándole a Alatriste.

–Hay palabras, señor español, que sólo pueden sostenerse...

Lo dejó ahí, mesurado, teniendo a descortesía rematar la frase.

–En la punta de una espada –concluyó el capitán.

–¿Tenéis algún inconveniente, entonces?

–Tengo muchos –se encogió Alatriste de hombros–. Pero nada podemos hacer.

Volvieron a consultarse sin palabras los franceses. Después otro mosquetero, el elegante y pálido, señaló más allá de las obras de circunvalación que cercaban La Rochela.

–¿Mañana al alba? –sugirió.

Asintieron los otros con pareja resignación, excepto al que decían Artagnan, que seguía pendiente de mí. Tomó la palabra el llamado Athos, dirigiéndose a Alatriste.

–Si estos dos imprudentes jóvenes no quieren terminar ahorcados –expuso–, sólo hay una manera de no incumplir las ordenanzas: trescientas toesas de playa entre los bastiones y trincheras avanzadas del fuerte de Tadon, que es nuestro, y los de la puerta de San Nicolás, que es de los rocheleses... Ese lugar, en rigor, no puede considerarse tierra del rey.

Abrió la boca el capitán para comentar algo, pero me adelanté.

–Me acomoda –dije.

Diego Alatriste se identificó ante los centinelas que guardaban la entrada y el criado que salió a su encuentro, apartó la cortina y entró en el aposento de don Ambrosio Spínola. Siendo como era dependencia de un campamento militar, el barracón no podía considerarse un lugar lujoso, pero los franceses lo habían aderezado con las comodidades debidas al ilustre visitante: en una chimenea ardía un buen fuego, candelabros con velas mantenían a raya la grisura exterior, el suelo estaba cubierto con alfombras y las paredes con tapices.

En un rincón había un galán de guerra, del que colgaba el arnés de acero milanés y las armas del general. Sillas y taburetes alrededor de una mesa con bebidas, dulces y vidrios de conserva completaban el mobiliario, y en torno a esa mesa estaban sentados Spínola, vestido con una rica bata de seda veneciana, su yerno el marqués de Leganés –un castellano flaco y triste, de rostro melancólico– y el conde de Guadalmedina. Se detuvo ante ellos Alatriste, respetuoso, de pie y con el sombrero en la mano.

–Gracias por venir, señor capitán –dijo Spínola.

No había reticencia en el apelativo, sino amable curiosidad. Inclinó un poco Alatriste la cabeza.

–Es un honor, excelencia.

Indicó Spínola una botella e hizo signo al criado para que llenara una copa.

–Probad este vino de Anjou.

Obediente, tomó Alatriste la copa y se la llevó a los labios. Era un buen vino. Vació despacio la copa y la puso sobre la mesa.

–Gracias, excelencia.

Sonreía el general, benévolo.

–¿Qué os ha parecido?

–Está bien.

–Ya puede estarlo –Spínola miró a sus acompañantes, que sonrieron a su vez–. Proviene directamente de las bodegas del rey Luis.

–Desde luego, no de las cantinas de la tropa –comentó el marqués de Leganés.

Seguía Alatriste de pie, pues nadie lo invitó a sentarse. Lo observaba Guadalmedina sin decir nada mientras le ofrecía Spínola las conservas y los dulces.

–¿Os apetece comer algo?

–Nada, excelencia.

–¿Un poco más de vino?

Sin aguardar respuesta, el general hizo un gesto al criado y éste puso otra copa en manos de Alatriste, que esta vez la sostuvo sin beber de ella. Tenía el sombrero en la zurda y rozaba con la muñeca la guarnición de la espada.

–El socorro de la Esclusa y Ostende –dijo Spínola en tono afectuoso–... He querido invitaros, señor soldado, para contar a estos señores cómo nos conocimos.

–Ha pasado mucho tiempo –hizo Alatriste una leve pausa–. Éramos otros.

–Soldadesca vieja, sí –asintió complacido el general–. Infantería española, poso de las más largas y acreditadas guerras que ha visto Europa en un siglo... De los que dan miedo al mismo infierno.

Eso lo dijo el genovés cual si asintiera para su coleto, evocador, con un hálito de orgullo por haber mandado a tal clase de hombres.

–Fueron duras jornadas –añadió tras un momento–. Después de caminar día y noche vadeando ríos y canales con el agua al cuello, arcabuces y apóstoles en alto para no mojar la pólvora –dirigió a Alatriste una ojeada casi cómplice–. ¿Os acordáis como yo?

–Perfectamente.

Se había vuelto Spínola a los otros.

–Una carga de la caballería holandesa –dijo– nos había pillado de improviso, matando a cuantos iban conmigo... Se desbandó la infantería valona, casi me sacan un ojo de un picazo, y tuve que resguardarme en un cuadro de españoles que resistían imperturbables, inmóviles como una roca y sin ceder un palmo, en mitad del desastre. Y allí tuve que batirme toda la jornada, como simple soldado, hasta que nos llegó ayuda.

Asentía Alatriste.

–Pie a tierra, excelencia, igual que todos –apuntó–. A cuchilladas y escopetazos hasta que se agotó la pólvora... Y luego espada en mano, como los buenos.

–Como los buenos –repitió el general, complacido.

Parecía halagarle que el antiguo infante de un tercio diera semejante testimonio en presencia de Guadalmedina y el marqués de Leganés. No era la clase de elogios cortesanos que solían escuchar.

–Allí conocí a este señor soldado –prosiguió Spínola tras un momento–, que sin consideración por mi rango y calidad me agarraba por un hombro para situarme detrás de él cuando los holandeses apretaban mucho... Hasta tuvo la insolencia de quitarme la banda roja de general para que los que nos cargaban no me identificasen y fuesen a por mí.

–A por *nosotros* –lo corrigió con naturalidad Alatriste–. Estaba al lado, y así me protegía yo tanto como a vueseñoría.

–Y por Dios que lo hicisteis bien.

–Me iba la piel en ello, igual que la vuestra.

Soltó Spínola una carcajada.

–No fue la única vez que se ocupó de mí... En otra ocasión estábamos cegando los fosos de Ostende al comienzo del asalto. Me adelanté para animar a la tropa, pero los soldados bajaron las picas y se negaron a combatir hasta que no me pusiera al abrigo de los arcabuces enemigos... Y fue este señor soldado quien vino a mí, entre los mosquetazos que zumbaban como abejorros, para decirme en nombre de la tropa que si no me ponía a resguardo terminaba allí el combate.

–Qué osadía –dijo el marqués de Leganés, contemplando a Alatriste–. ¿De verdad erais vos?

No respondió éste, limitándose a beber un largo trago de vino. Reía Spínola.

–A fe mía que lo era... Volví a verlo en el asalto final de la compañía de Francisco de Medina, cuando se degollaba con la crueldad acostumbrada a cuanto holandés vivo había en los baluartes de la ciudad vieja. Y luego aún me lo crucé un par de veces –entornó los ojos haciendo memoria–. La última...

–Hace tres años, excelencia –apuntó Alatriste–. En Breda.

–Eso es... ¿Llegasteis a cobrar aquella ventaja que os asigné?

Dejó Alatriste la copa vacía sobre la mesa.

–Nunca.

–Ya, bueno –carraspeó el general–. Son malos tiempos.

Había llevado maquinalmente una mano a un lado, palpando el bolsillo de la bata donde abultaba una pequeña bolsa. Por un momento pareció a punto de hacer algo, mas debió de imponerse la querencia –era don Ambrosio familia de banqueros–, pues la retiró sin que asomara una dobla. En lugar de eso, miró a sus acompañantes.

–¿Qué les parece, caballeros?

–Todo muy suyo –dijo Guadalmedina–. Muy de él y de sus toscas maneras.

Se interesó Spínola.

–¿Ya lo conocéis de antes, don Álvaro?

–Mucho, sí –admitió el conde–. Y bastante bien. Tanto que para alabarlo más quisiera conocerlo menos.

–Ah, pues vaya... ¿También lo visteis en campaña?

Dudó Guadalmedina un instante, casi contrariado.

–Salvó mi vida en el esguazo de las Querquenes –confesó a regañadientes.

–¿En serio? –movía la cabeza el asombrado Spínola–. Pardiez.

–Sí, pardiez –repitió el marqués de Leganés, no menos impresionado.

Observó Alatriste que Guadalmedina, incómodo, fruncía el ceño.

–Pero no siempre fue una espada ejemplar –dijo éste–. Quizá por eso lo de *capitán* sólo es un apodo, no un título auténtico.

Escuchaba Alatriste impasible mientras los miraba Spínola con extrañeza, a uno y otro.

–Sin embargo –concluyó el general–, aquí lo ha traído y lo tiene vuestra merced.

Suspiraba Álvaro de la Marca.

–En ocasiones me arrepentí de tenerlo.

–Ah, *diavolo*... Pues confío en que ésta no sea una de ésas.

Todavía conversaron un poco más, en el mismo tenor. Iba a pedir Diego Alatriste licencia para retirarse, con tres copas de vino en el estómago y la bolsa tan vacía como cuando entró; pero en ese momento apareció Filipo Spínola, hijo del general: joven de buena planta, muy galán de armas y ropa, parecido al padre y más alto que él. Venía sofocado, con mucha prisa. Tras sacudirse el capote y dirigir un vistazo de curiosidad a Alatriste, se inclinó junto al general y deslizó algunas palabras en su oído. Irguiose con sorpresa Spínola, miró a sus acompañantes y con ceño sombrío acabó dirigiéndose a Guadalmedina.

–Cuentan, don Álvaro, que uno de vuestro séquito se ha desafiado con un francés.

–Primera noticia –dijo éste, sobresaltado.

–Qué disparate –comentó el marqués de Leganés.

Alatriste comprobó que todas las miradas se dirigían a él.

–No habrás sido tú, ¿verdad? –aventuró suspicaz Guadalmedina.

–No, excelencia.

–No sería la primera vez que me complicas la vida.

–Insisto en que nada tengo que ver, excelencia.

–¿Nada, cuerpo de Cristo? –tamborileó el conde con los dedos en la mesa, impaciente–. ¿Quién diablos, entonces?... Sólo sois tres.

Se mantenía impasible Alatriste, aunque la procesión iba por dentro. Todavía no llegamos y ya bailamos, se dijo. Esto no habrá quien lo enmiende. Malditos sean todos, maldito Íñigo Balboa y maldita la madre que lo parió.

–Cuatro –repuso con calma– si contamos a Íñigo.

–No me fastidies, Alatriste –Guadalmedina no daba crédito–. ¿En serio?... ¿Ha sido ese botarate?

El capitán no dijo nada más. Permanecía callado e inmóvil en espera de la tormenta que, conociendo a sus clásicos y a poco que acertase en verla venir, descargaría también sobre sus espaldas. Iba a tener escasa gracia, concluyó, después de una vida de trabajos, zozobras y estocadas, acabar ahorcado por los franceses. Con tanto rey, cardenal y marqués cerca, le picaba ya el pescuezo de intuir la soga.

–Detrás de mí viene el señor de Tréville –estaba diciendo Filipo Spínola–. Sólo pude adelantarme unos pasos.

Como si estuvieran representando una obra de Lope o de Tirso, apenas dicho eso apartaron la cortina y el capitán de mosqueteros del rey hizo su entrada con la capa mojada y el sombrero en las manos, seguido de un hombre suyo que también se destocó respetuosamente al llegar. Y mientras un ademán desabrido de Guadalmedina ordenaba a Alatriste apartarse a un lado y no abrir la boca, reconoció éste al llamado Athos.

La conversación empezó tensa. Según lo que contaba Tréville, un español y un guardia de la compañía del señor Des Essarts se habían trabado de palabras con mucha impertinencia. Por fortuna llegó a imponerse la cordura, y en vez de solventarlo faltando a los edictos y ordenanzas, se proponían hacerlo en tierra de nadie, entre los baluartes y la ciudad. El asunto había llegado a oídos del rey mientras comía con el cardenal y con Tréville.

–Por suerte su majestad estaba de buen humor y el cardenal le seguía el juego... Se interesaron por el lance, quisieron saber si yo estaba al tanto, y el rey no pareció disgustado, sino curioso.

–Es para asombrarse –dijo Spínola.

Amagó Tréville una sonrisa de circunstancias mientras tomaba asiento y se quitaba los guantes. Su acompañante permaneció en pie a su lado. Se acercó el criado con dos copas de vino que no aceptaron ni uno ni otro.

–No tanto como cree vuestra señoría. Nuestro gran Luis se aburre con la inacción del asedio, hasta el punto de que tiene intención de regresar a París. La visita de sus excelencias le especia un poco la olla del tedio.

Seguía sorprendido Spínola.

–¿De verdad su majestad no está enfadado?

–Al contrario, creedme... Divertido es más bien la palabra.

–¿Y Richelieu? –quiso saber el marqués de Leganés.

–Como digo, cortejándole el humor al rey con mucho tacto, cual suele. El caso es que su majestad llegó incluso a elogiar en esos dos mozos ya que no la prudencia, sí el ingenio para buscar dónde solventar la querella.

Dicho eso Tréville se volvió hacia Alatriste, que se mantenía callado, descubierto y aparte. Era obvio que lo había reconocido al llegar, aunque hasta entonces no diera señal alguna.

–El francés es amigo del señor Athos, aquí presente, uno de mis mejores hombres. En cuanto al español, dicen que lo es de este compatriota de vuestras señorías... Alguien de quien, si no me falla la memoria, tuve noticia hace unas semanas en París.

–No le falla a vuestra merced –confirmó Guadalmedina.

–Eso pensé, *mordieu*. Gente toda ella, vuestra y mía, menos de palabras que de espada.

Un poco confuso en ese punto, Spínola asistía al diálogo.

–¿Y entonces? –inquirió.

–Pues que a su majestad –repuso Tréville– le apetece poner a prueba el valor y destreza de ambas naciones. Así que no sólo no se opone a que esos mozos mantengan un asalto, sino que tiene intención de presenciarlo.

–Válgame Cristo –exclamó el de Leganés.

–De lejos, por supuesto –los tranquilizó Tréville–. Desde uno de los bastiones próximos... Y como el español pertenece a los correos reales, me comisionan para que consulte el parecer de vuestras señorías.

Alzó ambas manos el general, vueltas hacia arriba.

–Si el rey de Francia lo autoriza, nada puedo objetar –miró a su yerno y su hijo, y después a Guadalmedina–. ¿Qué opina vuestra merced, señor conde?

–Necesito a ese estúpido mozo para llevar y traer despachos importantes –respondió éste con visible malhumor–. Por eso está aquí.

Se removió en la silla Tréville, pues no le gustaba que se cuestionaran los antojos de su monarca. Al advertir la reprobación, Spínola endureció el tono con Guadalmedina.

–Es deseo del rey cristianísimo –dijo con sequedad.

Lo asumió Álvaro de la Marca. Tomados los caminos, no quedaba otra.

–Enhoramala y mal que me pese –dijo con desgana.

Llegó el turno de Alatriste. Ahora Spínola lo miraba a él.

–Según parece, señor soldado, el joven español es amigo o camarada vuestro... ¿Tenéis algo que decir a estos caballeros?

Se pasó el interpelado dos dedos por el mostacho. No apartaba la vista del llamado Athos, que también lo observaba con la misma fijeza e idéntica calma. La deuda pendiente desde París flotaba entre uno y otro tan precisa, concreta y peligrosa que habría podido tajarse con un cuchillo.

–En esta clase de lances –dijo espaciando fríamente las palabras–, es costumbre que los duelistas lleven padrinos que también se baten entre ellos.

Hizo Tréville un gesto ambiguo hacia su acompañante.

–Lo hemos considerado, e incluso este mosquetero mío es partidario de ello –al oírse mencionar, el otro inclinó ligeramente la cabeza–. Pero su majestad y el cardenal lo desaprueban... Con dos que se batan será suficiente.

–*Maiestas locuta, causa finita* –ironizó Spínola–. Visto para sentencia, en tal caso.

Asintió satisfecho Tréville. Se había puesto en pie, golpeándose un muslo con los guantes.

–Mañana al romper el alba, y no se hable más. En la playa frente al fuerte de Tadon.

–Es increíble –comentó admirado el marqués de Leganés cuando se fueron los franceses.

Movía la cabeza Guadalmedina sin disimular la irritación. Había cogido su copa y la contemplaba ceñudo, cual si tuviera ganas de estrellarla contra el suelo.

–Cuando Alatriste está de por medio, nada es increíble sino todo lo contrario... Por extraordinaria que sea, en relación con él puede ocurrir cualquier cosa.

VII. LA TIERRA DE NADIE

Dormí mal aquella noche. O para ser concreto, apenas cerré los ojos en una amarga duermevela. No era ya inquietud de en qué parase mi arrogancia, pues era la vida lo que de modo innecesario apostaba sobre el parche del tambor, sino la conciencia de que el asunto había trascendido de forma tan desaforada que echaba sobre mí una grave responsabilidad: victoria con honra o derrota con oprobio para los míos y para mi nación. Nunca es bueno convertirse en blasón ni campeón de nada, pero aquella vez, por mi descomedimiento, yo lo era harto. Y las palabras de ánimo de Sebastián Copons y Juan Tronera, entre cuyos consejos de esgrima había terminado el día –repara uñas arriba, saca y mete pies, ataca uñas abajo, etcétera–, no servían para aliviar mi pesadumbre cuando recordaba la cólera del conde de Guadalmedina, cuyos superiores planes, fueran cuales fuesen, yo ponía en peligro o trastornaba; y lo que aún era peor para mí: las miradas desaprobadoras, fríamente silenciosas, que me dirigía el capitán Alatriste.

Logré dormir al fin, rayando el alba. Pero apenas me sumí en el sueño, una mano se posó en mi hombro. Y cuando abrí los párpados, a la débil luz de una candelilla encendida vi los ojos del capitán en su rostro medio oculto por las sombras.

–Es la hora, Íñigo.

Me incorporé, y sin despegar los labios me lavé la cara con el agua de una tinaja.

–Ve a las letrinas –dijo el capitán– y vacíate bien.

Obedecí, consciente de que a más ligereza de cuerpo menos peligro de infección había, en caso de que mi bajo vientre recibiera una cuchillada. Al regreso, por la misma razón, enfilé una camisa limpia para sustituir la que llevaba puesta. Había visto morir a demasiados hombres, en largas y terribles agonías, por media pulgada de lienzo sucio metida en el cuerpo por una estocada o una bala.

–Tampoco comas nada, sólo un sorbo de agua... Irás mejor en ayunas.

–No pensaba hacerlo.

Acabé de vestirme sin más palabras: calzón, medias, botas, espuelas, jubón. El anillo de Ana de Austria lo dejé escondido en una camisa limpia, para que no me estorbara en la mano. Iba a ponerme la casaca de los correos reales de España cuando el capitán meneó la cabeza.

–No te la pongas. Hoy no te bates por tu rey, sino por tu capricho.

Me quedé quieto con la casaca en la mano, con más pesadumbre que vergüenza. El pensamiento de que una hora después yo podía estar muerto y que en tal caso dejaría esta vida no con la estima, sino con la censura del hombre al que más admiraba en el mundo, me retorcía los sentimientos hasta ponerme a punto de lágrimas. Abrí la boca para confesarlo, vuelto con impulso hacia él, pero su figura inmóvil en la penumbra, sus ojos claros en el duro contorno del rostro cincelado de sombras me hicieron enmudecer. Así que me limité a dejar la casaca sobre el catre y a ceñir el arnés con espada y daga directamente sobre el jubón.

–Se hace tarde –dijo el capitán.

Tomé sombrero y capa y salimos. La noche, todavía negra, menguaba por el oriente; y en esa primera claridad se recortaban las sombras de dos hombres y cuatro caballos. Nadie dijo nada, y tampoco yo sentí deseos de hacerlo. No llovía, aunque el aire era húmedo y noté el suelo embarrado bajo mis botas; pero hacía frío, y mientras me envolvía más en la capa apreté los dientes para impedir que castañeteasen y eso pudiera tomarse por lo que no era.

Al acercarme al caballo alcé el rostro para mirar el cielo y un estremecimiento me recorrió de la cabeza a los pies. Reconocía por costumbre –había vivido muchas– llegar la hora gris: ese momento en que el alba infiltra en el corazón la incertidumbre de una jornada que empiezas sin saber si acabarás de pie o acostado en quince palmos de tierra. No era miedo la palabra para definir la sensación, o tal vez sí lo era; pero no el miedo como aprensión que descompone y paraliza a los pusilánimes, que muda el color y hace temblar los miembros, sino la fría conciencia de que la vida, el mundo, Dios o el diablo, todos concertados y juntos, se disponen a echarte encima cuanto de malo albergan sus entrañas. Y que frente a eso, aunque estés rodeado de familiares, amigos o camaradas que en apariencia te confortan, en realidad sientes la más helada soledad, sabiéndote sin otro recurso que tu espada y tus agallas. Por ello, sin menoscabo del valor que puedan tener el corazón y la cabeza, en semejante hora que te sobrecoge el alma pero no el ánimo resulta inevitable que flaquees un momento, apenas un átomo de tu vida, cuando te preguntas si serás capaz de enfrentarte a lo que te espera y sobrevivir a ello.

Fue sólo un instante, como digo: una conciencia fugaz de soledad extrema. Después palmeé el cuello de mi caballo, tomé las riendas que en silencio me pasó Sebastián Copons, puse un pie en el estribo y subí a la silla de mi montura. Lo mismo hicieron los demás. Arrimamos espuelas y, cada vez más visibles en aquella luz naciente, bajo las estrellas que se apagaban despacio sobre nuestras cabezas, tomamos el camino del fuerte de Tadon.

–Alguien pagará por esto –dijo el conde de Guadalmedina.

Diego Alatriste no se volvió a mirarlo. Contemplaba la playa descubierta por la marea más allá del bastión. La ciudad hugonote se alzaba compacta, agrisada y parda al otro lado; y hacia poniente, en la atmósfera brumosa del amanecer, podía vislumbrarse el lejano dique cerrando el saco de mar de la bahía.

–Las cosas son como son –respondió–. Al chico no le quedaba otra.

Apoyado en la rueda de una culebrina de cincuenta libras se abrigaba Álvaro de la Marca en su capa, con el sombrero calado hasta las cejas y un visible malhumor en la cara.

–Ni él ni tú imagináis todo lo que ponéis en peligro con esta estúpida garzonería.

Atendía el capitán medio socarrón.

–Le recuerdo a vuestra excelencia que no fuimos Íñigo ni yo quienes empezamos esto –hizo un ademán entre resignado e indiferente–. Aquel día en París, en casa del señor de Tréville...

Lo interrumpió el conde con una blasfemia impropia de su buena crianza.

–No me toques los aparejos con eso, cuerpo de Dios.

–Dios me guarde de tocar nada a vuestra excelencia. Pero de allí viene todo, y no fui yo quien lo buscó.

–Tenías que haberlo evitado.

–Lo intenté, pero las cosas se salieron de madre. Mi querella discurría sosegada con el mosquetero, pero el otro joven estuvo insolente sin alcanzar a razones... Y aunque procuré ignorarlo, a Íñigo se le calentó la sangre y entró a por uvas.

–Pues que Cristo lo vendimie a él.

–Ruego que no diga eso vuestra excelencia.

–Digo lo que se me antoja, Alatriste.

Movía los pies el conde, impaciente, pateando el suelo para aliviarse el frío.

–No sé cómo infiernos lo vamos a arreglar –añadió con un gruñido.

–No hay arreglo, me temo. O Íñigo mata al francés, o éste lo mata a él.

–A fe mía que casi estoy con el francés.

Le asestó el capitán una seca mirada.

–Confío en que esto no trastorne vuestros planes, sean cuales sean.

–Sería un percance incómodo, no un desastre.

–Celebro oír eso... Le diré a Íñigo que puede hacerse despachar tranquilo.

Se quedó callado el conde, indiferente a la ironía, mirando pensativo hacia el grupo congregado en un ángulo del bastión. Los gastadores habían levantado allí un toldo, por si el cielo de nubes bajas rompía en lluvia, y bajo él conversaban el rey, el cardenal, don Ambrosio Spínola y otros notables, gozando de un desayuno y dispuestos a presenciar el espectáculo. Numerosos madrugadores, atraídos por el suceso, iban llegando para asomarse a baluartes, parapetos y trincheras.

–Spínola se va en pocos días –dijo de pronto Guadalmedina–. Sigue su viaje.

–¿Tiene que ver con lo que hacemos aquí?

–Nos sirve de pretexto.

Lo meditó un poco Alatriste.

–Quizá va siendo hora de que vuestra excelencia nos ponga al corriente.

–Cada cosa a su tiempo.

–¿Tan delicado es?

–Y más, todavía. Mayor de cuanto imaginas.

Inclinose el capitán para mirar por la tronera del mampuesto que protegía el cañón. Cincuenta pasos más allá, en un baluarte rodeado de cestones rellenos de tierra, un grupo de oficiales y soldados, en compañía de Sebastián Copons y Juan Tronera, ultimaba las reglas y disposiciones del desafío. Según se comentaba en el campo francés, un trompeta con bandera blanca se había acercado a las líneas hugonotes para dar cuenta del asunto y pedir la cortesía de que no lo estorbasen.

–No te preocupes ni tengas prisa, Alatriste... Serás el primero en saber lo que se cuece; y muy pronto, además. No te quedará otra, porque durante la ejecución del asunto tampoco yo voy a estar aquí.

–Pardiez –se volvió brusco el capitán, cogido a contrapelo–. ¿También nos deja vuestra excelencia?

–Mi presencia no será necesaria. Incluso es inconveniente.

–Ah, vaya... Por lo que veo, todo el mundo ahueca el ala.

Dejó pasar Guadalmedina la insolencia sin inmutarse.

–Regreso a España con el marqués de los Balbases... Eres tú quien se hace cargo, ¿comprendes? Quedas al mando.

–¿De qué?

–De lo que yo te ordene cuando lo estime oportuno.

Abarcó Alatriste el panorama con un ademán fatigado.

–Flaco honor me hace ese mando, en semejante coyuntura.

–Es lo que hay, y es para lo que se te paga.

–Celebro que vuestra excelencia mencione el asunto –alzó el capitán tres dedos de una mano–. De momento, en un año mis camaradas y yo sólo hemos visto tres medias pagas atrasadas y el adelanto de otra media como ayuda de costa.

–Tenéis algo dispuesto.

–¿Dónde?

–En Milán, Nápoles o Madrid, a vuestro regreso... Donde prefiráis.

–Suponiendo que regresemos.

–Eso ya no es asunto mío.

Se había hecho por completo de día, aunque el aire seguía húmedo y el cielo, turbado y gris. Guadalmedina acomodó mejor la capa, se apartó de la culebrina y se dispuso a unirse a los que estaban con el rey y el cardenal.

–No digas todavía nada a tu gente –aconsejó–. Pero la casa Balbi, los banqueros genoveses, tiene una orden de pago que sólo espera la firma.

–¿De cuánto hablamos?

–Cuatrocientos escudos para ti y trescientos para cada uno de los otros.

–¿Incluido Íñigo?

–También para él, si es que sale vivo de ésta.

Lo consideró Alatriste, suspicaz y ecuánime.

–¿Escudos de plata?

–De oro.

–No es mala pecunia... ¿Quién ha de firmar eso?

Bajó la voz Guadalmedina, ojeó de soslayo hacia el toldo real y volvió a mirar a Alatriste.

–El conde-duque de Olivares.

–¿En persona?

–Sí.

Suspiró el capitán por los adentros. En su opinión y experiencia, la mano que debía rubricar esa cédula estaba demasiado lejos y demasiado arriba.

–¿Y de qué depende? –quiso saber.

Encogió los hombros Guadalmedina, que ya se iba.

–De cómo salga lo de aquí... De que hagáis bien el oficio que a buenos soldados debéis –señaló desdeñoso al grupo de franceses y españoles que seguía conversando en la trinchera–. Y de que ese mozo mentecato no deje caer la soga tras el caldero.

Me quité la capa, el jubón, el sombrero, las espuelas y la daga para ponerlo todo en manos de Juan Tronera, mientras en la misma trinchera el joven francés confiaba los avíos a sus camaradas. Nos consultamos de lejos con la mirada, vi que asentía y respondí con el mismo gesto. Y así concertados, caminamos al mismo tiempo entre los cestones y fajinas, saliendo al descubierto. Se acordaba que el duelo fuera sólo con espada, en un punto intermedio de la tierra de nadie: allí donde el reflujo de la marea dejaba la arena húmeda más firme que en las dunas que teníamos a la derecha. De manera que anduvimos hacia ese lugar en silencio, separados cuatro o cinco pasos, con los padrinos escoltándonos para certificar que todo ocurría según lo conveniente: Sebastián Copons venía conmigo y el mosquetero elegante y pálido –antes alguien se había dirigido a él como Gamis, o Aramis– con el francés. Se prohibía, por orden del rey, que los segundos también se batieran entre ellos según costumbre en tales desafíos. Uno y otro se mantendrían a tiro de pistola, sin intervenir excepto para dar socorro a quien resultase herido o muerto en el lance.

Del mar venía un aire que me enfriaba el torso bajo la camisa, así que deseé empezar pronto para entrar en calor. Miraba de reojo al francés y él me miraba a mí, y supuse que las mismas ideas pasaban por nuestras cabezas. Algo particular, sin embargo, me desazonaba más de la cuenta: a diferencia del capitán Alatriste, que era escéptico en cuestiones de fe, yo conservaba, como buen guipuzcoano y pese a mi vida soldadesca, cierto sentido religioso. Mucho me encomendé a Dios en los malos trances, e incluso dije mis pecados a un confesor cuando el futuro inmediato se presentaba oscuro. También lo habría hecho con gusto la noche anterior, pues el trigo seco hace para la hoz mejor gavilla; pero sólo tenía a mano a un capellán francés, y no era cosa de soplar a un gabacho, por muy cura que fuese, asuntos de mi nación. De manera que resolví el problema con un credo y un padrenuestro, confiando en que fuesen aval suficiente si aquel día me tocaba llamar con el pomo de mi espada a la puerta de san Pedro.

–Empieza a subir la marea –dijo Copons.

Era cierto. Concluido su movimiento de reflujo, el agua empezaba a ganar terreno a la arena desnuda. Bajo las nubes grises el mar se veía color de plomo y rizado por el viento, que aunque fresco era poco intenso, sin levantar oleaje. Los primeros bastiones de La Rochela estaban a ciento cincuenta toesas, y alcancé a ver, asomados en ellos y fuera de las trincheras, a numerosos hugonotes que, como los asediadores a los que dejábamos atrás, salían al descubierto para ver el espectáculo.

–Dale recio, Íñigo... Mete pies y apechuga rápido.

Fueron las últimas palabras de aliento que me dirigió Copons. Luego se fue retrasando con el otro padrino hasta detenerse a veinte pasos de donde el joven francés y yo lo hacíamos por fin. No había necesidad de partir el sol para el asalto, pues las nubes lo ocultaban. Pisoteé la arena comprobando su consistencia y mi oponente hizo lo mismo. Nos mirábamos ahora con franqueza, a los ojos. Estudié los suyos, conocedor de que a un hombre dispuesto a batirse se le traslucen las intenciones una milésima antes de que las ejecute. Después recorrí su aspecto de arriba abajo para retener cuantos detalles pudieran convenirme: menudo de cuerpo, quizá seis pulgadas menos que yo; llevaba el pelo más largo que el mío, tenía la nariz corva, la mandíbula ancha, ojos negros y vivos, y el bigotito que sombreaba su labio superior era poco más que un bozo juvenil. Pero tenía buen talle, muñecas y jarretes fuertes. Yo lo recordaba más moreno de rostro que esa mañana; pero tal vez, deduje con alivio, también su procesión iba por dentro y el trance lo hacía palidecer un poco. Algo que, seguramente, él advertía en mí. Pocos leones, a la hora de los zarpazos, son tan fieros como lo que rugen.

–Artagnan –dijo.

–Balboa –respondí.

Inclinamos levemente las cabezas, con la adecuada cortesía. Después desenvainamos las espadas y nos acometimos como fieras.

Miraba Diego Alatriste desde el bastión. Las dos figuras lejanas se movían con agilidad describiendo semicírculos a derecha e izquierda entre ataques, estocadas, fintas y reparos. Atacaban y paraban sin tregua hasta que invertían papeles y a quien antes se había lanzado a fondo le llegaba el turno de mantenerse a la defensiva, corriendo a cargo del otro meter pies y acero en busca de hacer carne.

Reinaba un silencio mortal en las líneas francesas, con todos pendientes de la tierra de nadie. Hasta las ilustres personas agrupadas bajo el toldo miraban en esa dirección: Luis XIII, coraza damasquinada, sombrero emplumado y capa de color ámbar sobre los hombros, tenía a su diestra a don Ambrosio Spínola y estaba absorto en el desarrollo del lance, que seguía con una lente de largavista. Y a su izquierda, con la misma indumentaria cardenalicia y militar del día anterior, Richelieu repartía sus miradas entre lo que ocurría en la playa y la observación de quienes se hallaban en la tribuna real, cual si fuera esto más de su interés que lo otro.

Muchas de las ojeadas penetrantes del cardenal, advirtió Alatriste, se destinaban a los invitados españoles; sobre todo al conde de Guadalmedina, como si su presencia pusiera a prueba la sagacidad del ministro. Pero una de esas veces la mirada perspicaz de Richelieu fue más allá, hasta el lugar del bastión donde se encontraba Alatriste; y por un momento que pareció embarazosamente dilatado se detuvo en su persona como si le diseccionase las vísceras. Eso dio lugar a que éste se removiera incómodo; de modo que tras sostener durante medio avemaría el escrutinio cardenalicio acabó desviando la vista hacia la playa, mitad por respeto y mitad por prudencia. Pero lo hizo persuadido de que el privado de Francia registraba, nítida, la estampa del solitario español en su ministerial y eminentísima memoria. Lo que no era para tranquilizarse en absoluto. Ante miradas como aquélla –era perro viejo y lo habían mirado así otras veces–, lo más saludable era pasar inadvertido.

Continuaban los dos mozos riñendo a lo lejos con el denuedo natural a sus años. Tenía Alatriste el estoicismo del veterano hecho a encajar sin aspavientos igual la buena suerte que el amargo infortunio; pero aun así confiaba con todo su corazón en que el lance resultara favorable a las armas españolas, no sólo por la reputación a mantener –sobre todo en presencia del general Spínola–, sino por sus propios sentimientos. Lo confortaba la certeza de que ante el adversario francés, reñidor de indudable buena mano pero –saltaba a la vista– más hecho a jugar de espada en calles, prados y salones que en la crudeza de los campos de batalla, el hijo del difunto Lope Balboa gozaba de buen puño, excelentes piernas y experiencia fogueada en un lustro de penurias, asaltos, trincheras, galeras y abordajes junto a hombres como Sebastián

Copons y él mismo. Sin duda, los mejores maestros para un joven hombre de armas.

Al pensar en ello, el recuerdo del antiguo camarada muerto en Flandes arrancó a Alatriste una mueca melancólica. Allí donde Lope Balboa estuviera, pensó, si es que los viejos soldados iban, cuando morían, a algún lugar que mereciese la pena, el amigo caído en el asalto de Jülich sonreiría también, de puro orgullo, si conociera que su hijo Íñigo se estaba batiendo a pie firme, como el bravo curtido que ya era, en presencia del mismísimo rey de Francia, su ministro y sus mariscales. Y que, saliera vivo o no del trance, nadie podría quitarle ya tan crecida gloria.

Yo reñía sereno, sin cólera, y estaba muy puesto en mí: más atento a los ojos de mi enemigo que a su espada, que era preverle cada intención, aunque tampoco descuidaba aquélla, ni su punta ni sus filos. Rompía distancia cuando el francés me apretaba, procurando no resbalar en la arena húmeda, y una vez reparado lo que me tiraba –que era mucho y rápido–, tras cambiar el compás moviéndome hacia la diestra o la zurda, metía pies y mano buscándole el torso al otro. Se batía éste recio, incansable, entrando y saliendo con mucho desahogo y mucha valentía; y de vez en cuando, mientras nos observábamos al detenernos, separados cuatro o cinco pasos para recobrar el aliento antes de acometer otra vez, yo podía leer en su mirada algo que no estaba allí antes: una nueva luz de cautela, tal vez de respeto, al comprobar a su costa que el mozo al que se enfrentaba no era, ni de lejos, el barbilindo fanfarrón que él había creído en un primer momento.

Me entró de nuevo muy rápido, de antuvión, con una estocada alta que a la mitad transformó en baja, y que pude desviar con un violento latigazo que hizo resonar tan fuerte los aceros que pensé rompería mi espada, aunque era muy buena y de Sahagún. Retrocedí precaviéndome, pero con la celeridad de un rayo cambió el francés de pie, tirándome otra tan acertada que me tocó de punta el hombro izquierdo, de modo que palmo y medio más abajo habríame alcanzado el corazón. Sentí el puntazo, aunque como estaba caliente no me dolió; me mordí los labios para no acusar a la vista el golpe, y al momento sentí un latido de sangre mojar mi camisa, mezclado con el sudor que ya corría. Al advertirlo el francés, muy puesto en gentilhombre, retrocedió dos pasos y bajó la espada.

–*Vous allez bien?* –me preguntó.

Yo no quería que se enfriase la herida, porque entonces me iba a doler de verdad; así que asentí con la cabeza manteniendo mi espada en alto.

–No importa –respondí–. Sigamos.

La marea había subido un poco más y nos mojaba las botas, así que nos apartamos cinco pasos de la orilla. Una vez allí fingí prestar demasiada atención a mi hombro, cual si me hallara muy lastimado de la herida; y apenas mi adversario se puso en guardia, o empezó a hacerlo, ligero y rápido yo como una ardilla, metí pies, y cubriéndome con la mano izquierda para precaverme de una cuchillada en la cara, le entré tan recto y firme, baja la punta y alta la hoja, que le hubiera dado la de conclusión, metiéndole un lindo palmo en el pecho, de no haberse protegido él con un golpe de puño que desvió la estocada. Sin embargo, el reparo no pudo evitar que su espada quedara obtusa, por alto; mientras la mía, con su propio impulso, le pasaba el muslo derecho, saliéndole por el otro lado. Y apenas di un paso atrás retirando el acero, empezó a sangrar. Correspondiente a su gentileza anterior, me aparté un poco más y bajé la espada.

–Excusadme... No pretendía tirar tan bajo –dije.

No se miraba la herida, y eso me gustó. Me miraba a mí.

–Ningún problema –repuso con voz firme.

Lo vi ponerse otra vez en guardia, pero al asentar la pierna herida vaciló un momento. La sangre le corría calzón abajo hasta la caña de la bota. Moví la cabeza y saqué de la faltriquera una de las ligas que, a imitación del capitán Alatriste, solía llevar encima cuando danzaban aceros. Sin decir nada, manteniendo baja y apartada la temeraria para evitar equívocos, me acerqué para ofrecer la liga al francés. Titubeó éste antes de aceptarla, pero al fin clavó su espada en la arena y ató el torniquete por encima de la herida, que era en la cara exterior del muslo. Después de anudarla alzó la vista.

–Gracias, señor español –dijo.

Se limpió la sangre de las manos en la camisa, recuperó su espada y volvió a ponerse en guardia, así que yo levanté la mía.

–Adelante, por favor –me invitó, tenaz.

Iba yo a continuar; pero su rostro, de natural moreno, palidecía por la pérdida de sangre, que ya no era poca. Advertí que respiraba hondo varias veces, muy seguido, como para

–Gracias, señor español.

evitar se le fueran el aliento y la cabeza, y que su mirada era menos brillante y más turbia. A mí también me debilitaba la hemorragia, así que bajé mi espada otra vez.

–Es suficiente –dije–. O eso creo.

Dudó un poco, aún con la espada en alto. Me pareció que no estaba del todo convencido y se disponía a reñir de nuevo; pero en ese momento, desde las trincheras próximas de La Rochela, algún hugonote impaciente, al ver que llevábamos un rato sin acometernos, decidió tirarnos un mosquetazo. Estábamos fuera de su alcance y la bala no llegó hasta nosotros, pero sí el estampido. Miré hacia allí, y también el francés.

–Basta –insistí.

Me había cambiado de mano la espada y con la diestra oprimía el puntazo del hombro, que ya me escocía de verdad. Tenía la camisa mojada de sangre hasta la cintura. Se observó el francés la pierna, cuya herida también empezaba a enfriársele. Volvió a mirar la ciudad y al cabo a mí, antes de asentir con la cabeza.

Extendí hacia él una mano que estrechó sin reserva, mezclándose en ambas palmas nuestra sangre todavía tibia. Después aceptó el brazo que le ofrecía y, apoyado en él, quebrados ambos de color, cojeando el francés y apretando yo un pañizuelo en mi hombro, regresamos a las líneas del rey de Francia mientras desde éstas, con un clamor que recorría bastiones y trincheras, nos saludaban todos con una ovación entusiasta.

Descansé aquella tarde y la siguiente noche razonablemente bien. Quiero decir que lo hice con el gusto de haber cumplido lo que uno debe, sin desaire a los amigos ni afrenta a los enemigos; que si gran descomedimiento mío había sido aventar la querella, con mi esfuerzo y mi sangre procuré enmendarla. Pues del mismo modo que el rajabroqueles que luego tornillea y se acoge a pretextos labra el oprobio de sí mismo, no hay mayor honra para quien ciñe espada que sostener con chapa y cabeza alta, sobre todo si los hechos salen afortunados, aquello a lo que se atrevió su lengua.

Es el caso que me había despedido de mi adversario hechas paces y tomadas las manos ante testigos, amigos y mirones que elogiaban nuestra destreza e hidalguía. Incluso el rey y el cardenal, acompañados por el general Spínola y su séquito, vinieron a darnos una columbrada de cerca, curiosos por vernos, aunque graves y sin mostrar visos de aprobación; que en su caso, dadas las circunstancias, habría sido de mal ejemplo para el ejército. Pero era patente que habían disfrutado con el lance; y el hecho de que ni el francés ni yo hubiésemos salido vencedores o vencidos, habiéndonos sin embargo dado lo nuestro con harta cortesía y extremo coraje, dejaba el negocio en honorables términos, muy conveniente si se consideraba desde el punto de vista de la diplomacia.

Antes de abandonar el fuerte camino de la posada, mientras un cirujano que envió el señor de Tréville se ocupaba de limpiar mi herida, coserla y ligarla con tafetán –no era grave, sólo un piquete que encarnó poco, aunque fatigaba–, Filipo Spínola, el hijo del marqués de los Balbases, se había acercado a interesarse por mí, comisionado con disimulo por su padre. Sebastián Copons, Tronera y el capitán Alatriste, que estaban conmigo, agradecieron su delicadeza, glosaron con él los pormenores del duelo y, antes de irse, como ocurrencia suya pero sin duda por encargo del padre, el joven Spínola me obsequió una cadenita de oro de poco peso pero bien trabajada, que no me aliviaba de pobre pero era gentil detalle. Además, apenas se fue, un criado suyo trajo una cesta de mimbre con cuatro capones, una torta de guindas, dos pellas de manjar blanco, servilletas y tres botellas de vino del Rhin ligero y algo dulce, tomado del equipaje de nuestro general.

De regreso a la posada, como digo, me acosté para sumirme en un sueño confortable, del que sólo me arrancaba a ratos el malestar del hombro herido. Diéronme un cocimiento de hierbas calmantes que algo alivió, y así pasé el resto de la tarde y entré en la noche, despertándome a intervalos antes de dormir de nuevo, más sudado que mula de canónigo.

Una de las veces que me despabilé, vi claridad cerca; y mirando de lado descubrí al capitán Alatriste en una silla a la luz de un candelabro de dos velas, vigilando mi sueño mientras leía un libro en octavo que yo había visto en su equipaje, *Las obras y relaciones* escritas por Antonio Pérez, turbio personaje detractor de la española monarquía, secretario infiel que fue de nuestro difunto rey Felipe II. Aquel título, editado por calvinistas en la hereje ciudad de Ginebra, estaba prohibido en España, Portugal, Italia y Flandes; pero cual ocurría con otros libros, a los que como saben vuestras mercedes el capitán era muy aficionado, lo mismo le daba que se lo encontrasen encima como que no.

Es el caso que lo entreví leyendo mientras velaba mi sueño. En una ocasión noté que se levantaba para comprobar si tenía fiebre: sentí su mano áspera y dura sobre la frente, aunque mantuve cerrados los ojos. Tras un momento fue a sentarse de nuevo, volví a dormir, y cuando desperté otra vez él seguía sin cambiar de postura, pasando página tras página. Tampoco en esta ocasión dije nada y me hice el dormido en espera de realmente dormir de nuevo; pero antes de que eso ocurriera hubo pasos en la tablazón del suelo y oí la voz del conde de Guadalmedina.

–¿Cómo está? –preguntó.

–Bien –fue la respuesta–. Sólo carne, ni venas ni tendones... Lo que tarde en cerrar.

Respiró ruidoso el conde, tranquilizándose.

–No salió mal, después de todo –dijo–. El rey se divirtió, el cardenal tomó buena nota y don Ambrosio Spínola quedó aliviado y feliz.

–¿Y vuestra excelencia?

Oí al otro soltar un juramento.

–Yo, voto a Dios, os habría hecho ahorcar a todos.

Se acercaron a mí los pasos de Guadalmedina y sentí su presencia próxima, así que me mantuve muy quieto, cerrados los párpados.

–¿Para cuánto tiene?

–¿De moverse o de curar?

–De cama.

–Mañana estará bien, si no le da fiebre. Lo he visto otras veces. Es un chico fuerte.

–Lo necesito a caballo muy pronto.

Tardó un momento el capitán en responder. Parecía pensarlo.

–Es posible –dijo al fin.

–No le quites ojo. Insisto en que lo necesito.

–Haré cuanto pueda por complacer a vuestra excelencia.

Se alejaron los pasos de mi cama, pero no salieron de la habitación. Guadalmedina seguía allí.

–El asunto se echa encima, Alatriste.

–Agradezco la confidencia, aunque me pille en blanco... Nadie hace la caridad de ponerme al corriente.

–Estás a punto de saberlo.

–Ah. Me place.

–Mañana temprano, que te releve uno de los tuyos. Tú vienes conmigo.

–¿Sólo yo?

–Así lo he dicho.

–¿Sería mucho extremo preguntar a dónde, excelencia?

–Un paseo de media legua. Haz que tengan los caballos listos en cuanto apunte el día. No te digo que lleves la espada, porque nunca te separas de ella; pero trae cargadas tus pistolas.

Siguió un corto silencio. Al cabo sonó, irónica, la voz del capitán.

–¿Toca bailar una chacona?

–No hay por qué, en principio... Pero nunca se sabe.

Se alejaron los pasos del conde saliendo de la habitación y volvió el silencio. Aguardé un momento, inmóvil, y al rato entreabrí los párpados con cautela para observar al capitán. Había dejado el libro sobre la mesa y miraba el vacío con expresión absorta, baja la cabeza, trazado su escorzo en el contraluz de las velas.

Cuando habló, lo hizo sin cambiar de postura ni mirarme.

–Duérmete –dijo, seco– de una maldita vez.

El ruin edificio de madera, negro por el tiempo y la humedad, estaba en un claro del bosque, cerca del horizonte bajo y gris de las marismas, al este del fuerte de Coigne. Era obvio, apreció Alatriste, que Álvaro de la Marca ya conocía el lugar, pues había seguido el camino sin necesidad de guía alguno.

–Ve y echa un vistazo –le ordenó el conde, deteniendo su caballo.

Permaneció un momento inmóvil antes de obedecer, sujeta la rienda, estudiando el paraje. Tras una minuciosa observación concluyó que había huellas de dos caballos en el suelo, que rodeaban la cabaña hasta perderse detrás, y que no salía humo de la chimenea. Todo parecía tranquilo, pero las apariencias nunca garantizaban nada.

–El santo y seña –dijo Guadalmedina– es Olorón y Borgoña.

Soltó el capitán el ceñidor de la capa dejándola caer en la grupa de su montura, se quitó los guantes y destapó las fundas de las dos pistolas de arzón que, como el conde, llevaba en la silla de montar. Tras confirmar que estaban cebadas y a punto, metió una en el cinturón donde cargaba espada y daga, sostuvo otra en la mano derecha tras echar atrás el perrillo, sacó las botas de los estribos y echó pie a tierra. Después de pasar la rienda a Guadalmedina anduvo hacia la cabaña sin apresurarse, dirigiendo vistazos precavidos a uno y otro lado. A cinco pasos de ella oyó relinchar a un caballo en la parte de atrás, y eso le confirmó lo que había observado. Fue hasta la puerta y llamó dos veces.

–Olorón –dijo en voz bien alta.

«Borgoña», oyó responder dentro. Entonces empujó la puerta, entró en la cabaña y vio a dos hombres embozados. La única luz interior se filtraba por un ventanuco sin postigos, cuya cortina de arpillera dejaba entrar una claridad sucia, insuficiente para escrutar bien a los que allí estaban excepto el detalle de que se cubrían el rostro con los sombreros y el vuelo de las capas, aunque bastaba para que fueran visibles las armas con que apuntaban al recién llegado: una pistola y un pequeño arcabuz de caballería con mecanismo de rueda. Sin decir nada se volvió Alatriste para llamar a Álvaro de la Marca, que había desmontado y traía los caballos con las riendas en una mano y una de sus pistolas en la otra. Iba de oficio que allí nadie se relajaba un ardite.

–*Personne n'a suivi votre seigneurie?* –preguntó el de la pistola.

Negó Guadalmedina con la cabeza. Nadie los había seguido a él y a su acompañante. La cabaña sólo tenía una mesa desvencijada, sin nada encima, y tres sillas polvorientas. Dos de ellas las ocupaban los embozados y en la tercera se sentó el conde tras sacudir el asiento con un guante. Hubo algunas palabras de saludo iniciales, y a medida que avanzaba la conversación, toda en parla francesa, fue Alatriste penetrando el sentido de la cita y de cuanto se le había ocultado hasta entonces. Los embozados eran rocheleses, y habían llegado la noche anterior por un recorrido oculto que, saliendo de la ciudad desde un portillo secreto y a través de las marismas, llegaba hasta la tierra firme y el bosque. Los caballos los proveía un posadero vecino, hermano de religión y simpatizante de la causa, lo que no estorbaba cobrar su diligencia en católicos luises de oro.

Se sentía el capitán observado por los rocheleses, aunque él no podía ir más allá porque se lo impedían sus embozos. Uno de ellos, el que al principio sostenía la pistola –ya la había guardado bajo la capa–, aparentaba modales distinguidos. Dedujo Alatriste que podía ser personaje de calidad, perteneciente quizás a una de las familias hugonotes que en la ciudad dirigían la rebelión contra el rey de Francia. El otro, que había dejado el pequeño arcabuz sobre la mesa pero al alcance de las manos, parecía más bajo y ancho, y también tosco y desconfiado. En un momento de la conversación con Guadalmedina salieron a cuento sus nombres: La Flèche para el primero y Malestrat para el segundo.

–Él es Diego –dijo Guadalmedina.

–¿Qué más? –se interesó el llamado La Flèche.

–Basta con eso.

Contemplaron al capitán los otros con igual detenimiento y sin decir nada. Seguían tomándole las hechuras. Al cabo, el mismo de antes hizo la pregunta.

–¿Se trata del hombre de quien nos hablaron?

–Sí.

–Demos gracias a Dios... ¿Y sabe de qué va todo?

–Va sabiendo.

Voto a Cristo que es poco lo que sé, suspiró en los adentros el capitán. Lo que estaba claro, sin duda, era que el negocio iba a ser pesado; y mucho, por lo que se veía venir. Entretanto, el llamado La Flèche había sacado eslabón, yesca y pedernal, prendiendo una llamita con la que encendió un cabo de vela que fijó sobre la mesa mediante la cera derretida. Al hacerlo se había desembozado, así que el capitán pudo percibir un austero vestido de paño negro y un rostro agradable en torno a los treinta y tantos, más rubio que moreno, a quien el cansancio y las mejillas hundidas y sin afeitar, combinados con la viveza de unos ojos ardientes, daban un punto de ascetismo casi fanático. Tenía las manos finas, las uñas limpias, y lucía en el anular de la zurda una sortija que no se tasaría en menos de seis o setecientos escudos. No era, dedujo Alatriste, una persona vulgar.

Había desdoblado el rochelés un papel sobre la mesa –croquis dibujado en forma de mapa– y con un dedo iba señalando los lugares en él marcados.

–Éstas son las obras de circunvalación que rodean por tierra la ciudad. Son rigurosas, con fuertes y bastiones a intervalos, pero hay un sector entre Coigne y Tadon que todavía no han podido cerrar, por lo inestable del terreno... Aquí, como ve su señoría, las mareas que entran y salen en la tierra baja crean una zona pantanosa de suelo blando y húmedo, con arenas movedizas, salinas, lagunas y marjales... ¿Ve su extensión?

–La veo –dijo Guadalmedina–. Hemos venido bordeándola por uno de los diques y tenemos un mapa de la zona: un millar de toesas en su parte más ancha, y va de la orilla del mar hacia el interior... ¿Es correcto?

–Absolutamente. Donde no hay árboles hay cañaverales que ocultan la vista; y en esta estación del año suele haber, de noche y al amanecer, una niebla baja que hace el lugar tan brumoso e inhóspito que nunca se internan en él las patrullas de los filisteos papistas.

–Casi nunca –apostilló el del arcabuz, el tal Malestrat.

También a él se le descubrían las facciones con la luz de la vela: eran rudas, como talladas a martillazos, de soldado profesional o de marino. Tenía unos ojos azul pálido, barba espesa con puntas de canas y una fea cicatriz vertical le surcaba la nariz, casi partida en dos, haciéndola parecer más aplastada y ancha de lo normal.

Retomaba La Flèche la palabra, señalando de nuevo el croquis.

–El campamento del rey está aquí, al sur de Tadon... ¿Lo ven?

–Lo vemos –dijo Guadalmedina–. Y hemos estado en él.

–Pues Le Pont de Pierre se encuentra un poco más abajo, en el camino real, no lejos de los pantanos ni del mar, del que lo separan unos terrenos de dunas que alcanzan el puente mismo...

De vez en cuando el rochelés se dirigía a Alatriste, imaginándolo al corriente de todo.

–El Dios de los ejércitos nos guía –dijo de pronto–. Él pone a su pueblo en pie, delante de quienes lo afligen.

–Sí, claro –dijo Alatriste.

–A quien el Señor guarda, en vano se le oponen fuerzas humanas.

–Es obvio.

Asentía el capitán por no hacerse de menos ni parecer inoportuno, confiado en que entre unos y otros acabarían por alumbrar los pormenores. Entonces La Flèche pronunció una palabra, o más bien mencionó un nombre.

–Richelieu –dijo.

Y de golpe, como si acabaran de descorrer una cortina y sacudirle en el pecho un rebencazo, Alatriste lo comprendió todo.

VIII. EL PLAN

Como habían previsto, me restablecí con rapidez. Tenía una buena naturaleza curtida en los rigores de la vida militar, y mi juventud hizo el resto. La herida cerraba sin complicaciones: ni supuraba ni me causó fiebre, así que al día siguiente anduve por la posada como si tal cosa; y después de desayunar una taza de caldo, a mediodía despaché con apetito el resto de la cesta del general Spínola, que mis camaradas ya habían embaulado casi toda. Esa misma noche, viéndome restablecido, el capitán Alatriste convocó reunión en nuestro cuarto; que era discreto, pues estando al extremo de un pasillo por el que podía sentirse llegar a cualquiera, nos ponía a salvo de oídos inoportunos. Estaba él de pie, en camisa, y sentados los demás en las sillas o las camas, sin el conde de

Guadalmedina presente. Aquella asamblea era sólo cosa nuestra.

–Se trata –dijo a bocajarro– de secuestrar al cardenal Richelieu.

Ante ciertas noticias cada cual reacciona como quien es: Sebastián Copons emitió un juramento de asombro y nos miró a todos para confirmar que no lo engañaban sus orejas; Juan Tronera soltó la carcajada nerviosa que suele emitirse ante una extraña broma; y yo, que conociendo al capitán comprendí que no había trazas de burla en sus ojos fríos, me lo quedé mirando con la boca abierta, suspendidos el ánimo y el entendimiento.

–Es picar muy alto –dije.

–Lo mismo da alto que bajo, si quien puede te lo ordena.

Reaccionaba por su parte Copons, asumida la enormidad con flema de soldado viejo.

–Puestos a acuchillar –opinó resignado–, tanto da que te ahorquen por un rey que por un roque.

–Así es.

–¿Guadalmedina? –aventuré, comprendiendo al fin.

Apuntaba el capitán, explícito, un dedo hacia arriba.

–Él sólo transmite.

–Así que todo era para esto: el viaje, París, la embajada extraordinaria, la ausencia de criados...

–Todo.

–¿Y el general Spínola?

–Eso puede ser casualidad, aunque oportuna. Dudo que esté al corriente... No es su estilo.

Tronera, más lento en digerirlo, se mesaba la barba.

–No sé si tengo cera en los oídos, señor Alatriste –se levantó, fue hasta la puerta, la abrió para asegurarse de que nadie estaba allí y vino a sentarse de nuevo–. ¿Dice voacé que estamos en La Rochela para poner la mano en la persona de un cardenal ministro del rey de Francia?

–Con todas sus letras.

–Si es donaire o chiste no le veo la sal.

–Ni lo uno ni lo otro.

–Joder... Si sólo somos cinco.

–Ni siquiera eso –lo corregí yo–. Seremos cuatro si el conde de Guadalmedina se marcha con don Ambrosio Spínola...

–Se marcha, en efecto –apuntó el capitán–. Yo quedo al mando.

–Los nobles nunca se ensucian las manos –gruñó Copons–. Que una cosa es andar a la caza y otra, comprarla en la plaza.

–Cuatro –remachaba Tronera, hosco, mirando al capitán–. Sólo somos cuatro... ¿Los que nos mandan se han vuelto locos?

–Es descabellado –me atreví a decir–. Es un disparate.

Nos dejó Alatriste cruzar comentarios sin decir nada. Y cuando nos vio desahogados habló de nuevo.

–El asunto lo planean cabezas con más seso que las nuestras... He estado con don Álvaro de la Marca y con dos espías hugonotes que lo tienen previsto todo.

Insistió reticente Tronera:

–No soy matemático. Pero que me averigüen abuelos hebreos si cuatro y dos no suman seis.

–Los hugonotes han prometido traer gente suya.

–¿Cuánta?

–Poca. No conviene hacer mucho bulto, porque puede llamar la atención... Seremos doce o quince, a lo sumo. Una gavilla discreta.

Seguía Tronera acogiéndose a iglesia.

–¿Y con eso pretenden que demos un santiago al campamento real y nos hagamos con el ministro de Francia?

El capitán había sacado el mapa comprado en París por don Francisco de Quevedo y lo extendía sobre la mesa. Nos inclinamos todos sobre él.

–Richelieu no vive en el campamento del rey: su casa está aquí, más al sur, en un lugar llamado Le Pont de Pierre, a dos tiros de ballesta de la playa. Lo acompañan dos criados y un secretario de su confianza. La escolta militar es discreta durante el día, y por la noche no pasa de una decena de hombres de su guardia: cuatro fuera de la casa y seis dentro...

Hizo una pausa para mirarnos despacioso, uno por uno. Yo lo conocía harto bien para colegir que tras la tranquila sencillez con que lo exponía todo había mucha reflexión silenciosa: un prolijo sopesar los pros y los contras a la manera de quien dispone los plomos en una balanza, atento a qué lado se inclina, pues lo señalado por el fiel es la propia vida.

–La idea –prosiguió– consiste en atacar durante el oscuro, a la hora de prima modorra, cuando todos estén dormidos... Y una vez dentro, matar a cuantos podamos y hacernos con el cardenal sano y salvo.

Al oír aquello nos quedamos tan mudos como si nos hubieran tajado la lengua. Fue Tronera el primero en reaccionar.

–¿Nada más? –opuso, sarcástico–. ¿Sólo hay que comerse esas ciruelitas de Génova?

Se había levantado y daba una vuelta por la habitación. Maldita sea mi vida, mascullaba. Reniego de la zorra que me parió.

–¿Y qué haremos con el cardenal si le echamos el guante? –preguntó Copons yendo a lo práctico.

–Llevarlo a La Rochela.

–¿Por dónde, Diego?

–Por los pantanos, con la marea baja.

–Rediós.

–Pero nosotros no conocemos esos parajes –apuntó Tronera.

–Los rocheleses los conocen... Guiarán ellos.

–¿Y si algo sale mal y no podemos llevarnos a su eminencia? –quise saber yo.

–Eso lo dejan a nuestro criterio.

–O sea –tradujo Copons–, que en tal caso lo degollamos, mudamos tierra y nos ponemos en cobro.

–Es una posibilidad.

–Válgame Cristo.

–Sí.

Nos quedamos callados, conscientes de la enormidad de la tramoya. Hacía cada uno sus cálculos, certificaba sospechas y ordenaba aprensiones.

–¿Vale más vivo que muerto? –pregunté al fin.

–Ni lo sé ni es asunto que nos toque –repuso el capitán–. Según Guadalmedina, la jugada tiene trastienda diplomática ajena a nuestro entendimiento.

–Pero a España le interesa muerto, ¿no?... Después de los holandeses, Francia es nuestro mayor enemigo. O lo será, de aquí a nada.

–Hugonotes e ingleses lo prefieren vivo y prisionero: les da más juego como rehén, y los españoles nos limitamos a facilitarlo... El conde-duque de Olivares anda haciendo delicados equilibrios entre unos y otros.

–¿Y por qué nos mezclamos en esto? –intervino Tronera, que se había sentado al fin–. ¿Por qué no se encargan los ingleses o los herejes de La Rochela?

–Eso he preguntado a Guadalmedina. Según parece, el plan es de nuestro conde-duque. Él convenció al duque de Buckingham, al que está públicamente enfrentado, pero con quien bajo cuerda le interesa ir del bracete para debilitar a Francia. Y la idea entusiasmó a los rocheleses... Si todo sale bien, Olivares puede atribuirse el mérito; si sale mal, le bastará con pedir una jofaina y lavarse las manos.

–Por eso nos traen –dije–. Somos cuatro gatos que no cuentan.

–Hay algo más que eso. Saben que tenemos experiencia en encamisadas y golpes de mano, aunque no todas hayan salido bien.

–Venecia, por ejemplo –apuntó Copons guiñándome un ojo.

La mención me produjo un estremecimiento. Por un instante me recordé corriendo por las calles de aquella ciudad siniestra en compañía de Copons, el capitán, Gualterio Malatesta, el moro Gurriato y los camaradas que, menos afortunados, no lograron escapar de allí.

–Y por lo que sé –anunció el capitán–, tampoco el señor Tronera es ajeno a esa clase de asuntos.

Éste, que se miraba pensativo las manos, levantó la cabeza.

–¿Le han contado a voacé?

–Sí.

–¿De qué se trata? –pregunté.

No dijo nada Tronera, limitándose a sostener la mirada del capitán. Se volvió éste hacia nosotros.

–¿Recordáis que hace menos de un año un pequeño grupo de españoles cruzó de noche el foso del castillo de Coronc, a nado y con las espadas entre los dientes, acuchilló a la guarnición y mató en la cama al mariscal de Saboya?

–Sí, claro –hice memoria–. Fue gentil golpe, y muy famoso.

–Pues ayer supe que este señor soldado mandaba el grupo.

Copons y yo miramos a Tronera con nuevo respeto.

–Rediós –murmuró el aragonés, admirado.

–No nos han escogido al azar –añadió el capitán–. Y saben, también, que ninguno somos de los que tienen suelta la mojarra... Más bien de los que cantan en la trinchera o la cárcel y callan en el potro.

Rio Copons.

–Las mismas letras tiene un no que un sí.

–A eso me refiero –se dirigió el capitán a Tronera–. También las referencias sobre vuestra merced a la hora de volverse mudo, señor camarada, son buenas.

–Lo que me honra –dijo el aludido–. Pero no sé si me alegra.

–En todo caso, confían en que nos dejemos matar antes de que nos atrapen, o hacer pedazos antes que abrir la boca.

Seguía riendo Copons.

–Cagüendiela, Diego... Si sale puta de bastos, los de arriba siempre podrán negarnos, como hizo san Pedro.

Una luz irónica bailaba en los ojos del capitán.

–Eso –asintió– con nosotros siempre va de oficio.

Un desgarro de las nubes había hecho asomar un poco de sol; y aunque no era gran cosa, Diego Alatriste salió a sentarse en un banco de la puerta para entrar en calor. Las viejas heridas –su cuerpo tenía más zurcidos que las calzas de un hidalgo pobre– daban fastidio maltratadas por la bellaca humedad de aquella tierra, que se metía en los huesos. Durante un rato, contemplando el camino bordeado de árboles y la espesa verdura que rodeaba el lugar, permaneció inmóvil, apoyada la cabeza en el muro de la posada mientras procuraba no pensar en ninguna de las infinitas cosas que podían causarle desazón o inquietud. Para ocupar la mente se entretuvo en hacer memoria de las marcas que tenía en el cuerpo y la procedencia de cada una: Ostende, canal de Constantinopla, Fleurus, Madrid... Más de las que podía recordar. Se detuvo al llegar a la décima cicatriz, aburrido del ejercicio. La presencia de Juan Tronera vino a traerlo de nuevo al presente.

–¿Os incomodo? –preguntó el cordobés.

–En absoluto.

Fue a sentarse junto a Alatriste. Traía despechugada la camisa y repasaba con un peine de hueso el cabello rubio y largo, para limpiárselo. Al cabo encontró algo, tal vez unas liendres, pues lo retiró del peine para aplastarlo con naturalidad entre los dedos.

–Lo peor son los chinches de la piltra, que pacen en ella como toros en dehesa –dijo resignado–. El picor y el rascar no dejan pegar ojo... ¿También le pasa a voacé?

–También.

–El consuelo es que al señor conde le picarán como a nosotros.

–Sí.

–Ojalá sea en los huevos.

–Sí.

Se quedaron en silencio mirando el paisaje. Acabado el espulgo, Tronera guardó el peine y ató el pelo en la nuca, sujetándolo con una liga. Luego se cerró la camisa sobre un agnusdéi que llevaba al cuello.

–En cuanto a Nápoles...

Eso empezó a decir, pero se calló. Aguardaba Alatriste a que prosiguiera, mas no lo hizo. Cuando se volvió a mirarlo, el cordobés contemplaba los árboles del camino.

–Si queda algo pendiente por vuestro amigo Angulo –dijo fríamente el capitán–, será mejor esperar a que todo esto acabe.

Movía la cabeza el cordobés.

–Ya os dije que nada hay de tal cuestión. Él sabía dónde se metía, salió a reñir con broquel y espada, hubo testigos y todo se hizo con decencia.

Seguía mirándolo Alatriste.

–¿Y de lo otro?

–También os dije que la mujer no era asunto mío... Y la conciencia es cosa de cada cual.

–Todos éramos jóvenes –murmuró el capitán como para sí mismo.

Sonó a justificación y se arrepintió en seguida; pero Tronera no parecía darle importancia. Ni siquiera dio muestra de haber oído. Nada dijo y siguió mirando el paisaje.

–Imagino que sacaremos algo serio de esto –comentó tras una larga pausa.

–Algo, sí... En oro, a cobrar en lugar seguro.

–Con el retraso acostumbrado, claro. Convite de genovés.

–Es posible.

Sonreía con sarcasmo Tronera. Al cabo se encogió de hombros.

–Dejé mi pueblo con diecisiete años, cumplo otros tantos en la milicia y sigo tan pobre como cuando me fui. Mucho soñé con volver próspero, pero nunca pude.

–No hay que despreciarse por eso.

–No lo hago... Pero se pone difícil, la verdad, en esa España donde la mayor aspiración de un hidalgo es probar que ni él, ni su padre, ni su abuelo trabajaron en toda su vida.

–No es nuestro caso.

Movía Tronera la cabeza, desalentado.

–¿Sabéis?... No puedo sino acordarme de lo que escribió un paisano mío... Un llamado Juan Rufo, que con ese nombre no podía ser sino soldado:

El espantoso oficio de la guerra,
la incertidumbre de tan largos años,
los peligros del mar y de la tierra,
el rigor mismo de los graves daños.

–Es natural –prosiguió– aspirar a algo más que el trabajo y la fama de servir a las banderas. Porque siega el labrador, martillea el herrero, y luego se van a sus casas a descansar y holgarse con su hembra, si la tienen. Pero nosotros pasamos la vida caminando a pie y armados, cocidos con el sol o helados de nieves, vientos y aguas, con fango hasta la rodilla. Y además, nos estropean, nos mutilan y nos matan.

Lo consideró brevemente Alatriste.

–A mí –dijo tras un momento– no me parece una vida peor que otras, en las que con más humillación se gana el sustento.

–Tiene razón voacé, y tampoco lo mío es una queja... Con una espada en la mano, ni el rey nos sobrepasa en honra. Pero de esa honra no se viste ni se come, y la adquirimos a costa del alma, pues se nos hace costumbre matar, robar, renegar, jurar, violar mujeres y templos –se giró a mirarlo con súbita curiosidad–. ¿Creéis en el alma?

–Lo que yo crea o deje de creer me incumbe a mí.

Movía Tronera despacio la cabeza, afirmando algo que le bullera en los adentros. Se miró la mano derecha cual si allí tuviera impreso un recuerdo.

–Una vez maté a un hombre por la espalda –dijo con sencillez.

Tras confesar eso mantuvo silencio. Aguardaba Alatriste.

–Desde que me hice soldado –prosiguió al fin el cordobés– vendimié a unos cuantos: moros, turcos, herejes o católicos, a nada hice ascos... Lo mismo que voacé, claro. Pero por la espalda, sólo a ése.

–Si ocurrió en combate, tiene un pasar.

–Ah, no fue así... Ocurrió hace mucho, en Hoogstraten. Teníamos orden del maestre de campo que nadie saliese a saquear, porque no nos asesinaran dispersos por los casares. Había un sargento que se apostaba en el camino, y cuando volvías con una presa te la quitaba en nombre del rey. Hasta a los enfermos que iban a curarse al hospital los desvalijaba.

Concordó el capitán, plático en la materia.

–Conocí a algunos así, y no sólo eran sargentos.

–Pues al mío, un día que llovía como si fuera a hundirse el mundo, mientras andaba nuestra compañía a la deshilada y nos íbamos quedando retrasados en las casas y resguardos, lo topé solo, caminando por un dique delante de mí.

Sonrió Alatriste.

–No me digáis más.

–Ni lo pensé, siquiera.

–Comprendo.

–Lo apuñalé sin dar ocasión a volverse ni decir Jesús, y lo eché al canal.

–¿Y no hubo consecuencias?

–Ninguna... Cuando dieron con él, creyeron que lo habían asesinado los campesinos de allí. O les convino creerlo.

El sol, que las nubes habían ocultado un momento, asomó de nuevo. No calentaba demasiado, comprobó Alatriste, aunque su presencia era grata y levantaba el ánimo. Alzó el rostro para disfrutarlo, cerrados los ojos, seguro de que no iba a durar.

–¿Por qué me cuenta eso vuestra merced?

–Pues no sé... Quizá porque me place vuestra manera de estar callado, o porque lo que nos espera no será fácil y no tengo un sacerdote a mano.

Se detuvo Tronera un momento, reflexivo, mesándose la rala barbita rubia.

–Todos tenemos algo atravesado en el gaznate de la memoria –añadió.

–Unos más que otros.

Estiró las piernas el cordobés, cruzándolas, y se recostó más en la pared.

–Lo que vamos a osar es una enormidad. Me refiero a...

–Sé a qué os referís –lo interrumpió Alatriste.

–¿Cree voacé que podemos hacerlo?

–Creo que podemos intentarlo.

–Será un lindo golpe, si cuaja... No conocía de antes a vuestro amigo aragonés, pero salta a la vista que es de los crudos.

–Mucho.

–Basta con mirarle el sobrescrito y el talante. ¿Se tratan de largo?

–De toda la vida.

–Queda claro en la confianza. Y ese mozo, Íñigo, es alentado y valiente.

–Lo es... Pero no vendrá esa noche con nosotros.

Se sorprendió Tronera.

–¿Y tal?

–Hay otros planes para él.

No preguntó el cordobés qué planes eran. Permanecieron callados y quietos hasta que el cielo se cerró otra vez y las nubes ocultaron por completo el sol. Tras desperezarse estirando los brazos, Tronera se puso en pie.

–¿Estamos en paz entonces, señor Alatriste?

Alzó éste el rostro.

–Nunca dejamos de estarlo.

–Ya sé... Pero quiero las cosas claras antes de que ocurra lo que deba ocurrir. Cuando tocan a degüello, alivia estar seguro de quién tienes al lado, o a la espalda.

–Os agradezco la intención, señor Tronera.

–Y yo os agradezco la paciencia... Lo pasado es lo pasado, y tomemos otra vereda.

–Amén.

Vestía el conde de Guadalmedina de gamuza y paño pardo, con montera y polainas de campo, pues regresaba de una partida de caza con la que Luis XIII despedía a don Ambrosio Spínola. Estaba de buen humor porque había matado un jabalí, ganándose un elogio del rey por su destreza y buena mano. Tal vez por eso el tono de Álvaro de la Marca era benévolo, mitigada su irritación por los sucesos de los que yo había sido protagonista. Se iba de La Rochela al día siguiente con el séquito del general, y aquélla era la última reunión que manteníamos. Para las postreras prevenciones nos convocaba en su cuarto de la posada, donde sobre la cama tenía la maleta de viaje a medio hacer y las armas en el respaldo de una silla. Habíamos escuchado con la natural atención, bebiendo el vino que nos ofreció mientras

–¿Cree voacé que podemos hacerlo?

ultimaba los pormenores del asunto; y al cabo, tras despedir a Tronera y Copons, pidió a Alatriste y a mí que aguardásemos allí. Apenas salieron los otros, entró directamente en materia.

–¿Ya sabe este mozo que no va con vosotros? –preguntó al capitán.

–Esperaba que vuestra excelencia tocara el asunto –respondió mi antiguo amo.

Yo miraba a uno y otro, confuso.

–¿De qué hablan?

Me estudiaba Guadalmedina con más detenimiento que antes. Indicó mi hombro, vendado bajo la camisa y el jubón.

–¿Cómo va tu herida?

–Bien –moví el brazo para demostrarlo–. Cierra y no sangra.

–¿Duele?

–Sólo escuece un poco al cambiar la cura.

–¿Podrás montar a caballo?

–Sin duda, pero... ¿Por qué dice vuestra excelencia que no iré con mis camaradas?

Cambió Guadalmedina una mirada silenciosa con Alatriste. Después él mismo vertió vino en las copas que teníamos delante y se llevó la suya a los labios.

–No estás aquí para eso –dijo tras un momento.

Me humilló comprobar que mi antiguo amo sabía algo que yo ignoraba. Volvime a él con sorprendido reproche, pero sólo hallé su rostro impasible.

–¿Para qué estoy, entonces?

–¿Conoces la ruta de La Rochela a Burdeos? –inquirió Guadalmedina–. ¿La has cabalgado alguna vez?

–No desde aquí, pero sí el camino de rueda desde Angulema, que está a veinte leguas.

–¿Y cuánto hay desde allí?

–Otras veinticinco hasta Burdeos.

–¿Puedes hacer esas cuarenta y cinco leguas en dos días?

–Y hasta en menos tiempo, si hay buenos caballos de refresco en las postas.

Hacía cálculos mentales Guadalmedina. O más bien lo aparentaba, pues supuse que los había hecho antes por su cuenta.

–Eso quiere decir que si sales de aquí en plena noche...

–Puedo estar al amanecer de la noche siguiente en Burdeos –confirmé.

–¿Y tu herida?

Volví a mover el brazo, quitándole importancia.

–Lo más que puede pasar es que moleste un poco. Nada serio.

Asintió satisfecho el conde.

–Llegaré a Burdeos dentro de cuatro días, con el marqués de los Balbases. Está previsto que nos detengamos allí antes de seguir viaje a España. Tu misión será alcanzarnos en esa ciudad y darme el parte de lo que haya ocurrido. Es necesario que me informes puntualmente, con todo detalle.

Abrí la boca para protestar, pues mi confusión aumentaba. Mal podía saber qué iba a ocurrir ni contarlo a nadie si no estaba presente en la encamisada. Pero Guadalmedina me atajó alzando una mano.

–Si todo sale como tenemos previsto, Europa quedará conmocionada. Arderán las cancillerías y Francia va a estar patas arriba. Por eso en Madrid deben conocer el resultado cuanto antes... Y eso quiere decir antes que nadie.

Había recalcado, casi amenazador, las tres últimas palabras: *antes que nadie*. Entonces intervino el capitán.

–No sé si Íñigo podrá ir más allá de Burdeos, después de semejante cabalgada.

–Tengo previsto otro correo, que con los relevos adecuados llevará los despachos que quiero enviar. Si todo va bien, el conde-duque y el rey nuestro señor estarán al corriente sólo cinco días después, que es casi lo nunca visto... Eso dará a España tiempo para actuar en consecuencia, madrugándoles a todos.

Seguía yo sin saber cómo iba a informar de algo en lo que no participaba. Así que lo pregunté. Hizo Guadalmedina un gesto desdeñoso, cual si donde me iba a encontrar fuese lo de menos.

–No estarás en el golpe, pero sí atento a cómo transcurre.

–¿Estar sin estar?

–Mirar, y luego informarme de ello.

Vacilé, picado en la honra.

–¿Cómo voy a mirar mientras mis amigos se baten?

–Cumpliendo órdenes. Y son las que te doy.

–Pero yo querría...

–Nadie te ha preguntado lo que tú quieres.

Apelé con una ojeada de desesperación al capitán Alatriste, mas éste se limitaba a escuchar, mojando de vez en cuando el mostacho en su copa de vino.

–¿Y qué haré cuando haya entregado mi informe a vuestra excelencia? –pregunté al fin.

–Eso ya no me importa: regresar a Madrid por tus medios, reintegrarte al servicio ordinario... –extrajo de un cofrecillo herrado una bolsa, contó unas monedas y las puso ante mí–. Ahí tienes cinco pistolas como ayuda de costa para el viaje.

–Muy generoso veo a vuestra excelencia –comentó burlón el capitán.

Sonrió Álvaro de la Marca, resbalándole la ironía.

–El lance lo merece.

–Sin duda, visto el desembolso.

–Pues no os acostumbréis.

Juntaba el capitán su sonrisa a la del conde: cínica ésta, insolente aquélla.

–Imposible acostumbrarse a lo que nunca ocurre.

–Ya basta, Alatriste.

Miraba yo las monedas: doradas, relucientes, con las lises de Francia en una cara y una cristianísima cruz en la otra. Al menos, comprobé, los cantos estaban casi intactos, sin apenas limaduras. Sacó Guadalmedina mientras tanto dos despachos lacrados del mismo cofrecillo.

–Por eso no puedes participar en el asalto, ¿comprendes?... Tienes que mantenerte al margen, bien oculto, previsto tu caballo y estos despachos que defenderás con la vida y destruirás si arriesgas que te capturen –me los mostró, manteniéndolos en alto, uno en cada mano–. Uno, el del lacre rojo, si todo sale bien. Otro, el del lacre verde, si las cosas se tuercen.

Empezaba yo a entender.

–¿Y cómo sabré cuál debo entregar, ya que no voy a estar en ello?

–Si la incursión es afortunada, te harán una señal desde la casa: una luz encendida y apagada cinco veces. Apenas la veas, saltas a caballo, picas espuelas y te lanzas al camino como si te persiguiera el diablo.

–¿Y si algo sale mal?

–La luz se encenderá sólo tres veces.

–O no habrá luz –precisó Alatriste, realista.

–Sí, claro. Eso depende... En todo caso, una vez te asegures de lo que ocurra, sea bueno o malo, cabalgarás hasta encontrarme en Burdeos.

Asentí. Por fin me hacía plena idea del asunto. Aunque desolado porque me dejaban fuera del golpe principal, quise consolarme pensando que por esos días también Angélica de Alquézar viajaba con su tío camino de Madrid, que a partir de Angulema la ruta desde París y La Rochela era la misma, y que en Burdeos yo quedaría en libertad.

–¿En qué lugar encontraré a vuestra excelencia?

–Nos alojamos en el palacio del duque de Vabres. Irás directamente allí, sin detenerte ni a coger aliento.

–Entendido.

–Lo que has de tener presente es que bajo ningún concepto puedes mezclarte en la encamisada de aquí, que no es asunto tuyo –se dirigió al capitán–. ¿Crees que se lo he dejado claro?

–Muy claro, excelencia.

Nos miraba severo Guadalmedina.

–Cualquier falta, cualquier incumplimiento, cualquier retraso tiene pena de vida, tanto para vosotros como para vuestros camaradas... Es mucho y demasiado importante lo que España se juega en esto.

–Traducido a limpia parla de Castilla –dijo el capitán sin inmutarse–, eso significa que si no nos ahorcan los franceses, tal vez nos ahorquen los españoles.

Sonrió el conde al oírlo. Inclinándose sobre la mesa, sirvió vino en las copas ya vacías y nos pasó una a cada uno.

–Me place tu simpleza soldadesca, Alatriste... Yo no lo habría sabido exponer con tanta exactitud.

No era ya que el capitán Alatriste, Sebastián Copons y Juan Tronera supieran mirar la guerra; es que sus ojos eran la guerra. Lo advertí una vez más cuando salimos los cuatro a reconocer el terreno como batidores de nosotros mismos, bajo la apariencia de un paseo a caballo. Llevábamos, por si aparecía alguna patrulla francesa inoportuna, nuestras bandas blancas al brazo y sólo las espadas y las dagas. Había nubes cerradas, con el sol apareciendo de raro en raro; pero la luz era buena y la temperatura, tolerable. Además, el suelo estaba casi seco. Fuimos primero en dirección sudoeste hasta las dunas de la playa y recorrimos después, cabalgando despacio, el camino hacia los pantanos situados a levante de La Rochela.

–No es mal lugar –comentó Tronera, que observaba a uno y otro lado–. Permite que nos movamos sin ser vistos... Y más, de noche.

Aparte comentarios escuetos como ése, mi antiguo amo y sus camaradas se mantenían silenciosos, sin distraerse por nada, registrando con su mirada de soldados viejos los pormenores del terreno, los pros y los contras que, como muchas veces antes de ésa, para el cumplimiento de la misión les revelaba el paisaje. Y yo, que pese a no ser tan veterano como ellos era mozo acuchillado, hacía lo mismo, aunque mi atención se dirigía sobre todo al capitán, cuyos ojos tranquilos interrogaban cada accidente del terreno, cada claridad y cada sombra, cada espesura, cada protección que, según la altura del sol o las horas sin luz, podían ofrecer las dunas, las colinas y los árboles.

–Hay setos espinosos, Diego –dijo Copons.

–Ya los veo.

–Habrá que tener cuidado a oscuras, si vamos con prisas.

–Sí.

Seguimos camino, tras rodear los últimos fuertes y bastiones, hasta alcanzar la ribera de la zona pantanosa. Era éste un lugar de tierra y agua inciertas, sometido al flujo y reflujo del mar cercano; y eso hacía que el cerco de las tropas del rey francés a la ciudad no fuese completo, pues dejaba un trecho sin cubrir. Cuando llegamos allí, la marea decreciente empezaba a desnudar la amplia zona de marjales y lagunas, así como los fangosos diques salineros. Nos detuvimos a observarlo todo, los grandes cañaverales y también las arboledas que verdeaban en las márgenes.

–No me digáis –dijo sombrío Copons– que éste es el lugar por donde huiremos con nuestro prisionero, si conseguimos echarle el guante.

–Me temo que lo es –dijo Alatriste.

–¿De noche?

–Sí.

–Cagüendiós... Al menos tendremos marea baja, espero.

–Esperas bien.

–Sudores me vienen, imaginándome aquí de noche y con el agua hasta el pescuezo.

También a Juan Tronera le preocupaba cómo se orientarían sin luz en aquel laberinto de agua y barro; y si el cielo seguía nublado, sin estrellas que los guiaran.

–Tal vez –concluyó– con una jauría de franceses detrás.

–Tampoco el cardenal pondrá las cosas fáciles –opinó Copons.

–Tendremos quien nos guíe –replicó el capitán–. Gente nacida aquí.

–Pues más vale... ¿Con cuántos contamos, al fin?

–Me han prometido al menos ocho. Los que ya conozco y seis más.

–¿Todos fiables?

–Confío en que lo sean. Más cuenta les trae a ellos que a nosotros.

Chascó la lengua Tronera, poco optimista.

–Once seremos, según voacé.

–Eso parece.

–Pues no es mucha tropa, señor camarada.

–¿A mí me lo dice vuestra merced?... Pero es lo que hay.

Refunfuñaba amoscado el cordobés.

–Me gustaría saber quién ingenió este disparatado plan. Y dónde.

–El quién no es asunto nuestro –replicó Alatriste, inmutable–. El dónde, en un despacho de Madrid.

–No me digáis más... Por la hostia que vi alzar, que eso lo explica todo.

Dejando atrás los pantanos seguimos explorando el terreno, ahora vueltos hacia el sur. Llegados por fin al cruce de caminos de Le Pont de Pierre, muy cerca del lugar donde, justo al comienzo de las dunas, se alzaba la casa señorial que el ministro de Francia había convertido en su residencia –un edificio de aspecto rural y algo tosco, cual correspondía al paraje–, dimos con una loma desde la que se abarcaba todo. Para no llamar la atención dejamos los caballos y remontamos a pie hasta la cima, tan llena de hayas y otros árboles que ofrecía un observatorio seguro. Desde allí podíamos ver la playa y el mar; y a cosa de un cuarto de milla, la casa de Richelieu: un cuerpo principal de piedra gris con torreón medieval de cubierta cónica de pizarra, junto a un pequeño parque de apariencia descuidada: todo como nos había descrito el conde de Guadalmedina. En lo que se refiere al camino entre la casa y las marismas, quedaba oculto por un bosque; pero no había pérdida posible porque media legua al norte divisábamos La Rochela entre una tenue bruma gris. Era fácil orientarse.

–Buen sitio para ti –me dijo el capitán–. Desde aquí se ve la casa, y el puente de piedra que conduce al camino de Angulema lo tienes cerca... Deja tu caballo al pie de la loma para que no lo oigan si relincha.

–¿Cuándo será? –quise saber.

–Pasado mañana por la noche, si todo va bien.

–Ojalá fuera ésta –dijo Copons–. Lo peor es la espera.

Miraba Alatriste en torno, apreciando la situación.

–También es buen lugar para reunirnos con los que vienen de La Rochela –determinó–. Podemos bajar desde aquí para atacar la casa.

Lo estudiaba todo Tronera con ojo crítico.

–Habrá que entrar de romanía, matando mucho y rápido...

–A oscuras –insistió preocupado Copons.

Torcía Alatriste el mostacho en una mueca sarcástica.

–En cualquier caso, procuremos no matar a quien no debamos matar.

–Rediós, Diego... De noche todos los gatos son pardos.

–Por eso lo digo. También los cardenales.

Miraba Alatriste el paisaje, y por un momento sus ojos se detuvieron en mí.

–No tengo que decirte nada, ¿verdad?

–No, capitán.

Yo lo conocía hasta por las tapas. Lo había visto en coyunturas extremas, desesperadas muchas, y era capaz de interpretar miradas y silencios, incluso sus frases lacónicas, cuando el peligro rondaba cerca. El principio natural de un jefe –él siempre lo fue de algún modo, aunque no ostentase el mando principal– consiste en no traslucir inquietud o miedo: tanto el valor como el desfallecimiento son contagiosos, y cuando pintan espadas todos miran por instinto a quien muestra firmeza y resolución. El capitán sabía eso; y en los años que pasé a su lado, cada vez que pusimos la vida al tablero, jamás vi en él sombra de vacilación o duda. Y era tanta su impasibilidad, su discreta entereza, su estoico mutismo, que avergonzaba no estar a su altura. Yo sabía sin embargo que por dentro, ocultas en su corazón y su cabeza, esa apariencia de hierro albergaba las zozobras e incertidumbres de todo ser humano. Pero así era aquel hombre singular, y no de otra manera. Por eso, durante mucho tiempo y en diferentes lugares, tantos hombres bravos estuvieron resueltos a poner por él las vidas y las honras, siguiéndolo hasta la boca misma del infierno. También por eso era llamado *capitán* sin serlo, porque en realidad lo era y lo fue hasta el final, en el postrer cuadro de infantería en Rocroi: cuando, destrozado el tercio de Cartagena –yo mismo, alférez Balboa, sostuve en alto la última bandera–, muertos o heridos nuestros jefes y oficiales pero arrogantes y temidos incluso en la derrota, al acercarse los parlamentarios franceses para garantizar nuestras vidas si rendíamos las armas, respondió Diego Alatriste en nombre de los que todavía quedábamos en pie: «Decid al señor duque de Enghien que agradecemos su oferta, pero que éste es un tercio español».

IX. EL ATAQUE

Era noche cerrada, de boca de lobo. Sólo de vez en cuando se abría un poco el cielo encapotado, que había anochecido muy bajo y gris, y la claridad pálida de un momento de luna dibujaba siluetas y sombras antes de que la oscuridad lo recobrase todo. En esa tiniebla casi absoluta, medio a tientas, amarré la brida de mi caballo al tronco de un árbol –ya estaba equipado para el viaje, con la capa enrollada, mi portamanteo a la grupa y dos pistolas en el arzón– y fui detrás de los bultos que me precedían ladera arriba, cautelosos, procurando no pisar ramas caídas ni hacer ruido que delatase nuestra presencia.

Nos detuvimos en la cima, bajo las hayas que nos disimulaban entre sus trazos negros y sombras. Agrupados unos con otros, casi tocándonos, nos tendimos sobre las hojas húmedas que cubrían el suelo y permanecimos en silencio, observando la casa que de vez en cuando era descubierta por los intervalos de claridad lunar. De cualquier modo no habría sido difícil localizarla, pues una ventana de la torre estaba iluminada y un farol encendido en la puerta permitía ver a dos centinelas que unas veces se movían para desentumecerse, entrando y saliendo del semicírculo de luz, y otras estaban quietos, cual si dormitaran, apoyados en sus alabardas.

–También hay dos detrás –dijo Juan Tronera en voz muy baja–. Los vi antes de que anocheciera.

Le sonaban fatigadas las palabras porque llevaba allí desde media tarde, al acecho de la casa. El acecho se lo habían jugado a los dados Copons y él, tocándole el punto más bajo.

–Y dentro –confirmó–, hay otros seis, amén de los criados y el secretario.

–¿Número seguro? –preguntó el capitán Alatriste.

–Según lo que alcancé a ver, más o menos... La escolta duerme en el ala norte, aunque es de esperar que uno o dos monten guardia en la subida a la torre, ante las habitaciones del cardenal.

Siguió un silencio. Supuse que el capitán repasaba mentalmente el dibujo interior de la casa que, proporcionado por el conde de Guadalmedina, habíamos consultado el día anterior.

–¿Dónde están los malditos herejes? –preguntó Copons–. Ya tendrían que estar aquí.

Como si hubiesen esperado a que el aragonés pronunciara esas palabras, un rumor de pasos disimulados empezó a acercarse ladera arriba, por nuestra derecha. Oí a mis camaradas desnudar espadas e hice lo mismo, pero una consigna dicha en voz baja nos tranquilizó a todos.

–Olorón –susurró alguien, ya cercano.

–Borgoña –respondió el capitán.

Cuatro sombras se sumaron a las nuestras mientras envainábamos los aceros.

–Cagüentodo –gruñó Copons al contarlas–. ¿Sólo cuatro?

–Peor sería ninguno –dijo Alatriste.

–Joder.

Siguió una breve conversación entre el capitán y los recién llegados. Uno de ellos, jefe del grupo rochelés y de quien nos habían hablado antes –La Flèche era el nombre–, se excusó por no haber podido traer más gente. El camino por los pantanos era difícil, dijo, y había perdido a cuatro hombres en la oscuridad, de los que no sabía nada: quizá se toparon con una patrulla del ejército real o regresado a La Rochela. Pero los que venían con él, detalló, eran gente de armas, muy bregada. A uno, Malestrat, ya lo conocía el señor Diego. A los otros –de los que no percibíamos sino dos bultos oscuros y callados–, los calificó de jóvenes, fuertes y de fiar, presentándolos como Pommeyrac y Mazieu.

–Lo haremos según lo previsto, sin variaciones –dijo Alatriste después de escucharlo . Vuestra gente atacará la parte de atrás y la mía la puerta principal, para encontrarnos dentro. Todo será entrar rápido, matar cuanto se pueda y subir a la torre.

–¿Qué significa cuanto se pueda? –quiso precisar el hugonote, dudando de la parla francesa de Alatriste.

–Significa a todos menos a uno.

Pareció pensarlo un momento el otro.

–Creo que también hay un criado y una sirvienta –dijo.

–Da igual quienes sean. No hay que dejar a nadie atrás, hombre o mujer. Nadie que estorbe ni dé la alerta... Y, por supuesto, ni un disparo nuestro ni de ellos. Aunque llevemos pistolas, todo debe ser al arma blanca, en corto y a la sorda. Dagas mejor que espadas.

Asintió el hugonote tras un silencio.

–De acuerdo, monsieur Diego. Es Dios quien nos guía entre los filisteos, y en todo se cumple su voluntad.

–De momento, confiemos más en la nuestra... Una vez tengamos al prisionero, os cederé el mando. Corresponderá entonces a su merced, señor La Flèche, llevarnos a todos a La Rochela.

–Ésa es la idea, y espero poder hacerlo.

–Adelante, entonces... Metámonos en faena.

Vi que todos y también los hugonotes, prevenidos de antemano, sacaban camisas y empezaban a ponérselas por encima para reconocerse en la oscuridad y no matarse entre ellos.

–Buena costumbre española –comentó uno de los rocheleses.

–Encamisada, la llamamos –repuso Tronera.

–Lindo nombre, ¿no?

–Lo es.

Pronunció el mío Alatriste y me acerqué a él, arrastrándome sobre los codos. Me puso una mano en un hombro.

–Aquí nos separamos –dijo–. ¿Tienes los despachos del conde?

Me toqué el pecho, bajo la casaca.

–Ahí los llevo.

–No te muevas hasta ver la señal o tener clara la situación. Después montas a caballo, metes espuelas y cabalgas como alma que lleva el diablo.

–Así lo haré, capitán.

Se quedó callado un momento, todavía con la mano apoyada en mí. De pronto se acercó más, hasta rozarme con el mostacho. A tan corta distancia, la claridad de sus ojos los hacía visibles en la oscuridad.

–Ten mucho cuidado, hijo mío –susurró en mi oído, con voz tan baja que sólo yo pude escuchar.

No dije nada, por vergüenza, temiendo que la emoción quebrara la mía. De repente, y no era miedo en absoluto, sentí un hueco indefinible en el estómago y los párpados anegados de lágrimas. Sorbí por la nariz, tomé la mano que tenía en mi hombro y la besé. El capitán retiró la mano casi con brusquedad; luego se incorporó a medias, dio una orden, y las tenues manchas blancas de las camisas empezaron a moverse con rapidez ladera abajo. Lo último que oí de ellas, mientras se alejaban sus pasos amortiguados por las hojas húmedas que cubrían el suelo, fue el rumor de los aceros que desenvainaban y un «buena suerte, chico», susurrado por Sebastián Copons.

Ya lo había hecho otras veces: moverse de noche con presteza y acero en mano, sin capa ni sombrero, ni otro pensamiento que acuchillar rápido y bien, tan coordinado con los compañeros como si se tratase de una danza de salón harto ensayada. Cada paso, cada ademán, cada mirada respondían a una liturgia letal, antigua como el mundo mismo. Los seres humanos llevaban oficiándola desde hacía miles de años en procura de comida, dinero, satisfacción, poder o supervivencia, y Diego Alatriste se limitaba a repetir los viejos gestos. La simple tarea de matar y evitar que te maten.

El terreno era blando, sin piedras, y los arbustos estaban mojados. Eso facilitó una aproximación silenciosa hasta pocos pasos de la casa. Desde ese momento, sin necesidad de palabras, cada cual por instinto y oficio, el grupo se fue separando, vagos trazos claros de camisas en la oscuridad. Rodearon unos el edificio y se dirigieron otros a la entrada principal, donde el farol iluminaba a un centinela que parecía dormitar apoyado en su alabarda y dejaba entrever otra sombra moviéndose más allá del semicírculo de claridad amarillenta. Alzó el primero el rostro, alarmado, al sentir rumor de pasos cercanos, abierta la boca para gritar; pero el único sonido que salió de su garganta, mientras Copons la cortaba con un tajo profesional, fue el gorgoteo de quien se ahoga en su propia sangre. Alcanzó Tronera al otro casi al mismo tiempo, en el límite de la luz y la sombra; y mientras Alatriste abría la puerta y penetraba en el interior tuvo tiempo de ver cómo el cordobés degollaba al centinela y éste caía como un fardo, en completo silencio.

Se mantenía la sorpresa, y eso era bueno para los que atacaban y malo para los que estaban dentro. Tampoco en la parte de atrás de la casa debían de haber ido mal las cosas, pues al adentrarse en un pasillo en tinieblas con la vizcaína en la diestra y la zurda tanteando la pared, Alatriste vislumbró trazos claros en movimiento: La Flèche y sus tres hugonotes parecían haber hecho también su trabajo carnicero. Aun así quiso asegurarse, por si las camisas eran de alguien arrebatado al sueño.

–¡Olorón! –susurró.

–¡Borgoña!

Hasta ahí llegó el sigilo, porque en ese momento alguien tropezó con un mueble, haciendo un ruido que resonó en el silencio de la casa. Y ya no fue necesario ir con cuidado y hablar en voz baja, porque Alatriste llegaba por fin a donde le habían dicho dormía el resto de los guardias del cardenal. De modo que abrió la puerta de un empujón y se metió dentro seguido por Tronera, Copons y los rocheleses, y como quien siega trigo fue de cama en cama asestando golpes a cuanto bulto encontraba en ellas, apuñalando cuerpos inmóviles que pasaban sin transición del sueño a la muerte o se incorporaban despiertos de pronto, sofocados sus gritos por las cuchilladas. Así cama tras cama, hombre tras hombre, vida tras vida, hasta que calculando la faena hecha o casi rematada, Alatriste confió el resto a los otros y fue en busca de la escalera que conducía a la torre. Frotaba en la camisa el mango de la daga manchada de sangre, para que no le resbalara de la mano: temblorosa, fatigada del vigor y la fuerza con que había apuñalado una y otra vez.

Había un grueso velón encendido en la pared, sobre el rellano de la escalera, y con esa luz vio a un hombre que, armado de un estoque, bajaba los peldaños de tres en tres: jubón mal puesto sobre la camisa, piernas desnudas, descalzo. Parecía un criado o alguien de confianza, pero eso no tenía la menor importancia. Esquivó el capitán la torpe cuchillada que con más miedo que resolución le tiró el otro de arriba abajo, se agachó bajo el acero enemigo y, apartándolo de un manotazo, le hundió al francés la daga en el vientre, haciendo con ella un movimiento circular de muñeca, instintivo, antes de sacarla. Aulló el otro al sentir desgarradas las entrañas, soltó el estoque, que resonó en la escalera, y cayó desplomado sobre Alatriste, quien se lo quitó de encima empujándolo a un lado; de manera que Copons, que subía detrás, tuvo que pasar por encima del cuerpo ya inerte.

Llegó el capitán al piso superior, donde alcanzaba algo de luz de la escalera, y vio abrirse dos puertas al mismo tiempo: en una apareció una mujer gritando espantada –la sirvienta, sin duda– y en otra un hombre vestido con ropa negra, eclesiástica, que se quedó inmóvil, paralizado de estupor al ver las siluetas criminales que se movían en la penumbra. A la mujer la apartó Alatriste de un puñetazo que la hizo caer, y oyó sus chillidos de terror mientras Copons la degollaba en el suelo. En cuanto al hombre, dudó el capitán temiendo matar a quien no debía; pero tras asegurarse con un vistazo rápido –mediana edad, rostro afeitado, complexión gruesa– lo agarró reciamente por la nuca y, sintiendo muy cerca su respiración sofocada y sus gemidos de angustia, le clavó tres veces la daga en el corazón.

Cruzó la habitación de la que había salido el de negro. Había una puerta al otro lado, fue hacia ella y la abrió con violencia. Era una habitación dormitorio en cuyo interior, a la luz de dos candelabros con velas encendidas, tras una mesa cubierta de papeles, despierto a esa extraña hora de la noche, había un hombre pálido y anguloso, vestido con una bata de seda roja, que miraba con sorpresa, asombrado pero sin aparentar temor, al intruso que irrumpía en su cuarto fríos los ojos, desencajado el rostro tan salpicado de sangre como la camisa que llevaba sobre la ropa y la daga que empuñaba goteándole hasta el codo.

–*Arrêtez-vous là!* –exclamó el hombre vestido de rojo. Alzaba, como por hábito, la mano imperiosa de quien solía hacerse obedecer.

Se detuvo Alatriste. Lo hizo fatigado, casi con respeto, mientras abatía la daga y recobraba el aliento. Que me lleven los diablos, pensó.

Había reconocido al cardenal Richelieu.

Seguía yo tumbado sobre las hojas húmedas, entre los árboles de la loma, sin apartar los ojos de la casa. Todo desde mi puesto de observación parecía en silencio, sin que nada rompiese la quietud de la noche: ni ruidos ni movimiento, excepto que los dos centinelas a los que antes se veía en la puerta ya no estaban allí, y en su lugar había dos bultos inmóviles en el suelo, donde el semicírculo de luz del farol lindaba con la oscuridad.

Me removía inquieto, intentando imaginar. Temblaba de impaciencia todo mi cuerpo, tanto a causa del suelo húmedo que ya me calaba la ropa como por los bríos de la juventud y la ignorancia de lo que pasaba allí abajo. Si algo había salido mal, discurrí, habría señales de ello: gritos, pistoletazos, sonidos de lucha. Pero la calma era absoluta. Acabé por incorporarme un poco, de rodillas junto al tronco de un árbol que me disimulaba entre las sombras, sin quitar ojo de la ventana que se mantenía iluminada en la torre del edificio.

Además del farol de la puerta, aquella ventana seguía siendo la única luz. Nada vislumbré de la señal prometida, aunque habían pasado de diez a quince credos desde el comienzo del ataque; espacio de sobra para que el éxito o el fracaso fuesen patentes. Por eso empezaba a sentirme desconcertado en mi acecho, sin saber exactamente qué hacer. Barajé por un momento descender de la loma y acercarme a la casa en demanda de lo sucedido, pero me contuve. Habría sido faltar a mis órdenes, y los años junto al capitán Alatriste me acostumbraban a obedecer siempre, como buen hombre de armas, tanto en la certeza como en la incertidumbre, lo mismo en la victoria que en el desastre. Así que la vieja disciplina de los tercios españoles acabó imponiéndose a mi destemplanza. Y permanecí de rodillas entre los árboles, temblando de frío y desasosiego.

Diego Alatriste no anduvo con miramientos: en tales circunstancias eran peligrosos ciertos lujos. No le ocurría nunca –y había pasado malos trances en su azarosa vida–, pero en aquel momento sentía, pegada al cuerpo, la ropa mojada de sudor frío. Era consciente de la desmesura de su propia osadía, y el tiempo corría en contra. Le picaba el pescuezo de presentir la soga, pero no había forma de deshacer lo ya hecho.

–Las manos quietas, monseñor... Sobre la mesa, donde las vea.

Lo dijo con tono educado, en el mejor francés de que era capaz, cuidando que la amenaza fuera de oficio. Mientras hablaba rodeó el escritorio –era de ébano y marfil y había sobre él un reloj, papeles, tintero y plumas– y se situó a espaldas de Richelieu. Éste, quieto e inexpresivo, había seguido su movimiento con la mirada, de soslayo y sin pestañear, hasta perderlo de vista cuando lo tuvo detrás. Inclinado Alatriste sobre su hombro, manteniendo la daga en una mano, alargó la otra para abrir los cajones de la mesa. En uno había un pistolete de chispa con apariencia de estar cebado, que cogió e introdujo en su cinto, junto a las otras dos pistolas que allí llevaba. También había una pequeña bolsa con luises de oro, que se metió en la faltriquera.

–Levántese vuestra eminencia –rozó, casi con delicadeza, la punta de la daga en la seda roja de la espalda del cardenal–. Nos vamos.

Sin ponerse en pie, las manos todavía en la mesa –en la izquierda brillaba la esmeralda de un anillo cardenalicio–, Richelieu se volvió a mirarlo con sobrecogedora calma. Era la primera vez que Alatriste alcanzaba a verlo tan próximo. Lo impresionó la cercanía del rostro enjuto y altivo, de frente despejada, que el bigote y la barba recortada en perilla enflaquecían más, dándole una apariencia ascética que se tornaba perturbadora a causa de los ojos vivos y penetrantes que el ministro de Francia clavaba en el hombre que acababa de apresarlo. Una mirada, aquélla, que no mostraba temor sino arrogancia –su propietario parecía sentirse por encima de toda amenaza terrenal–, y pronosticaba duras consecuencias para quien de tan insolente manera se atrevía a rozarlo con la daga: cumplida satisfacción, o venganza cuando llegase el momento oportuno.

–De pie, he dicho.

Esta vez la punta de acero no se limitó a rozar la seda, pues apretó un poco en ella. Captado el mensaje, Richelieu se levantó despacio, renuente, con desgana. La luz que ardía en los candelabros resaltaba su palidez.

–Esto os costará la cabeza –dijo en español.

Lo hizo con un acento tan fluido y limpio que Alatriste hubo de esforzarse por disimular su sorpresa; no por el idioma, sino porque el cardenal lo identificara a él, pese a haberlo visto sólo de lejos en el campamento real. Poco escapaba, concluyó con asombro, a la mirada con que el hombre más poderoso de Francia, todavía más que el rey Luis, recorría de arriba abajo al hombre que lo apresaba.

–Esto os costará la cabeza.

No respondió, limitándose a señalar la puerta. Hizo Richelieu, con resignación, un gesto referido al resto de la casa.

–¿Queda alguien vivo?

Había vuelto a la parla francesa. Negó Alatriste con la cabeza, menos por responder que por quitarle al cardenal toda esperanza de socorro; pero éste no se delató afectado, pues se mantuvo tan impasible como si la suerte de su servidumbre y sus guardias no lo conmoviera en lo más mínimo.

–Comprendo –se limitó a decir, neutro.

Entraron en la habitación La Flèche y Malestrat, sin aliento, manchadas las camisas de sangre ajena y todavía con las dagas en las manos. El segundo venía descubierto; pero el primero, tocado con un sombrero de ala corta, se lo quitó al ver a Richelieu.

–Vuestra eminencia es nuestro prisionero –dijo.

–Ya lo era hace un momento –indicó el cardenal a Alatriste con delicado movimiento de la mano donde lucía la esmeralda–. De este señor español.

Le dedicó el hugonote una mueca feroz.

–Pues ahora lo es de los ciudadanos libres de La Rochela y de la inquebrantable voluntad de Dios... Así se aplasta a los impíos que cercan las murallas de Jerusalén.

Al escuchar eso Richelieu frunció las cejas, inmutándose por primera vez. Pero duró sólo un instante. Después dirigió a Alatriste una mirada desdeñosa y hostil, como si lo hiciera responsable de toda aquella retórica.

Una ventana se iluminó en la torre cinco veces, apagándose otras tantas. Las conté con avidez; y cuando se extinguió la última, un estallido de gozo me agitó el corazón. Era tanta mi alegría que habría gritado de entusiasmo. Pero me contuve, cabal, como correspondía a la situación. Inspiré hondo varias veces para serenarme el seso, antes de ponerme en pie mientras sacudía las hojas adheridas a la ropa. Tras ajustar las espuelas bajé por la falda de la loma con la ligereza propia de mi edad, hasta donde tenía atado el caballo; que relinchó de placer al sentirme aparecer y pasarle una mano afectuosa por el cuello.

Tenía por delante un largo viaje. Y mi pensamiento, por hábito adquirido en los correos reales, ya era un vaivén de cálculos, distancias, millas a recorrer al paso y al trote, evitando galopes que en tan largo recorrido, de posta a posta –llevaba las patentes adecuadas para facilitarme los relevos–, pudieran fatigar demasiado a los caballos. Que si harto razonable, dentro de mi deber, era sacarle el máximo esfuerzo a un animal, cosa bellaca era reventarlo sin necesidad, pues nada hay más triste que un noble bruto vomitando sangre por culpa de un mal jinete.

La hora, calculé, no era mala. Supuse que el amanecer me alumbraría a tres o cuatro leguas de allí, si la oscuridad no entorpecía el camino. En previsión de eso, para orientarme en plena noche bajo un cielo sin estrellas en las que confiar, había explorado antes los alrededores muy a conciencia.

Me sentía seguro, en fin. Casi optimista. Aquellos cinco golpes de luz en la ventana iluminaban mi alma. Pensé en

Angélica de Alquézar, estremecido de orgullo al imaginar que pudiera verme en ese momento, después de la enormidad realizada; y me deleitó la posibilidad de que la cabalgada que emprendía acabase por llevarme otra vez a ella. A tientas, con movimientos rutinarios, me cercioré de que el portamanteo con mi escueto equipaje seguía bien sujeto en sus correas detrás de la silla de montar, el capote encerado hecho un rollo en su sitio –estaba seguro de que llovería antes del amanecer– y las dos pistolas en las fundas del arzón. Comprobé después la tensión de la cincha, tomé la rienda, puse pie en el estribo y me icé a lomos de la montura, que era un excelente castaño de ollares anchos y cascos duros bien herrados, cuidadosamente elegido para empezar ese viaje. Y así, agachando la cabeza para no darme con las ramas bajas de los árboles, rodeé la loma y fui en busca del sendero que partiendo de la casa y pasado el puente de piedra se dividía en dos caminos: al campamento real y La Rochela llevaba uno de ellos, y al camino de rueda de Angulema y Burdeos, el de la dirección opuesta.

Había muertos y sangre por todas partes: en la escalera, en los corredores. A la luz de algunas velas encendidas en la planta baja, la casa parecía el mostrador de un carnicero. Descendió Alatriste en primer lugar, para asegurarse de que todo estaba en orden. Copons, Tronera y los otros dos hugonotes arrastraban los últimos cadáveres, metiéndolos todos en la habitación de los guardias asesinados, y el suelo de baldosas se veía surcado de rastros rojos que se entrecruzaban, frescos todavía, reflejando la trémula luz de cera.

–¿Alguno más, arriba? –se interesó Copons.

–Los dos que viste, incluida la mujer.

La palabra *mujer* resbaló por el rostro impasible del aragonés. Tras secarse las manos en la camisa ensangrentada, contaba con los dedos.

–Diez aquí abajo, sumando los centinelas de afuera, y el de la escalera... Trece en total.

–Sí.

–No ha sido mala vendimia.

Miró Alatriste en torno.

–¿Qué hay de los nuestros?

Señaló Copons a los llamados Pommeyrac y Mazieu, que como Tronera se habían puesto a abrir cofres y registrar armarios en busca de botín.

–Todos bien. Ni un rasguño.

–Ya veo.

Movía la cabeza el aragonés.

–Hemos hecho cosas más limpias, Diego.

Asintió Alatriste, el aire fatigado.

–Sí que las hemos hecho.

–¿Cómo ha ido lo vuestro?... ¿Cayó el pájaro en la red?

En ese momento apareció Richelieu bajando flanqueado por La Flèche y Malestrat.

–Ahí lo tienes.

–Cagüendiós –golpeó Copons el puño de una mano en la palma de la otra–. Lo hemos conseguido, camarada.

–De momento.

–El peor enemigo de España, ¿te das cuenta?... Más aún que los cabrones luteranos, los perros ingleses y los turcos.

–Me doy.

–Y lo hemos trincado nosotros. A puro huevo, pese a tal. Y con dos cojones.

Miró Alatriste al veterano soldado con un íntimo sentimiento de admiración y afecto. Algún día, pensó fugazmente, ya no quedarán hombres como éste.

–Con seis –sonrió–, sumando los del cordobés.

Copons contemplaba al cardenal con ojos muy abiertos, cual si no acabara de creer lo que veía. También Tronera y los otros habían interrumpido el saqueo para quedarse quietos mirando al ministro de Francia.

–Cagüendiós –repitió Copons, rascándose la cabeza.

Observaba Richelieu la sangre del suelo pero se mantenía inexpresivo, digno, prietos los labios finos y pálidos. Los rocheleses le habían permitido aderezarse para el viaje, y ahora vestía una ropilla de terciopelo negro, calzón y botas altas de gamuza. Venía sin sombrero, con los guantes al cinto, y los únicos signos cardenalicios eran la capa roja que llevaba sobre los hombros y el anillo que conservaba en la mano izquierda.

–Hay que irse ya –dijo Alatriste.

Asintió La Flèche.

–Las marismas están cerca... Si le parece bien, monsieur Diego, iremos en dos grupos. Uno, el nuestro, con monseñor. En el otro, algo adelantado y como a treinta pasos, irá vuestra merced con sus dos camaradas, batiendo el camino hasta reunirnos en el primer dique. Para no extraviaros, Pommeyrac hará de guía... ¿Algo que objetar?

–Nada en absoluto. Según lo convenido, a partir de ahora el mando es vuestro.

–Si todo va bien y el Señor no nos deja caer de su mano estaremos en La Rochela antes de que amanezca, para confusión de los filisteos.

–Más nos vale... Deberíamos irnos ya.

Puso Malestrat una mano en un hombro del cardenal, empujándolo hacia adelante. Le dirigió éste una fría mirada, sin moverse, antes de recorrer uno por uno los rostros que lo contemplaban expectantes, cual si pretendiera grabarlos todos en su memoria. Hizo Malestrat ademán impaciente de ir a empujarlo otra vez, pero se contuvo al ver cómo lo miraba Alatriste.

–Es un cardenal católico –protestó el hugonote.

Se pasó Alatriste dos dedos por el mostacho.

–Yo también soy católico... Y dejando eso aparte, él es un ministro de Francia.

–¿Y qué?

–Pues que a hombres de esa calidad se les mata, pero no se les humilla.

Escuchaba Richelieu sin perder una sílaba. Su imperturbabilidad tenía ahora visos sombríos.

–Esto os costará la cabeza –repitió con arrogante desdén–. A todos.

En realidad se había dirigido a Alatriste, como si continuara considerándolo responsable de cuanto sucedía aquella noche. Intervino entonces La Flèche.

–Nadie, ni siquiera vuestra eminencia, conoce los designios de Dios... Pero como además de ministro de Francia sois hombre de iglesia, rezad al Creador para que no haya tropiezos en el camino.

Se irguió Richelieu igual que si hubiera recibido un insulto.

–¿Y qué, si los hubiera?

–Llegados a cierto extremo, tanto daría un cardenal vivo como un cardenal muerto. Se cumplirá entonces la voluntad de Dios, que da el poder y lo arrebata, pues suya es la espada.

–¿Os atrevéis a insinuar...?

–No insinúo nada. Os digo sin rodeos que hoy al amanecer estaréis en La Rochela o ya no estaréis en este mundo.

Paseó de nuevo el cardenal sus ojos penetrantes por el grupo.

–¿También estos españoles concuerdan en eso?

–Estos españoles son soldados, monseñor –replicó Alatriste con suavidad–. Cumplimos órdenes, y ahora las órdenes las dan esos otros caballeros.

–Semejante felonía os costará...

–La cabeza, sí. Lo ha dicho antes vuestra eminencia.

–Hay que irse ya –dijo La Flèche.

Comprobaban todos sus armas, equipándose como refuerzo con las de fuego que tenían los guardias: dos arcabuces y algunas pistolas. Se hizo cargo Tronera de un arcabuz con sus doce apóstoles de pólvora y balas.

–Fuera camisas –dijo Alatriste.

Obedecieron todos, incluidos los rocheleses. Se ajustó Alatriste el coleto, hizo una señal a Copons y Tronera, y ambos salieron con él, acompañados por el guía hugonote. La noche era silenciosa, turbada sólo por el aleteo de una lechuza que se alejó cuando los cuatro hombres aparecieron en la puerta. Las nubes dejaban ver un poco de luna entre sus negros desgarros, pero caían algunas primeras gotas de lluvia, gruesas como monedas. De una patada, el capitán apagó el farol.

–Andando –dijo.

En ese momento sonó un disparo lejano, hacia el puente de piedra.

Había cabalgado en busca del camino, y tras encontrarlo sin mucha dificultad lo recorría ahora al trote, alejándome de la loma con cuidado de no extraviarme. A uno y otro lado de lo que más era sendero que otra cosa, los árboles parecían muros espesos y negros. A ratos el cielo se abría para deslizar algo de claridad lunar que silueteaba contraluces a mi alrededor; pero la mayor parte del tiempo era tanta la oscuridad que me obligaba a confiar más en el instinto de mi caballo que en los propios sentidos. Empezaban a caer las gotas que preceden a un aguacero, mas no quise detenerme para recurrir al capote que llevaba detrás de la silla. Mi urgencia era alejarme de allí, de manera que arrimaba piernas a los flancos del caballo y al mismo tiempo atendía cauto la rienda, a fin de que el animal fuese lo bastante rápido, aunque no tanto que tropezásemos con un árbol, una zanja o una roca.

Me hallaba cerca del puente de piedra cuando escuché cascos de caballos delante. Se me heló el alma, por decirlo en corto. Suspendidos aliento y ánimo detuve mi montura, prestando oídos a los que se acercaban. Eran herraduras resonando despacio, al paso, en las piedras del puente. En seguida comprendí que se trataba de gente que venía en dirección opuesta, directamente hacia mí. La inesperada certeza me sacudió de estupor y miedo, nublándome la voluntad, tan desconcertado que vacilé rienda en mano buscando cómo zafarme de aquello. Retroceder por el mismo camino me pareció expuesto: despacio, arriesgaba que me alcanzaran; rápido, al trote o galope, podía delatarme el ruido de los cascos de mi montura. No di con más recurso que llevar el caballo a la derecha para salir del camino, internándome en la arboleda, y mantenerme allí oculto y quieto, dejándolos pasar.

Apenas lo hice, comprendí mi error. El ruido de cascos se hallaba cada vez más próximo a este lado del puente, y caí en lo que mi atolondramiento me había impedido reparar: el camino del que yo venía, y que ellos recorrían en dirección contraria, llevaba a la casa de Richelieu. Parecía obvio a dónde iban. No era yo capaz de adivinar la razón de que lo hiciesen a semejante hora de la noche, pero eso daba igual. Eran varios jinetes, estaban a punto de pasar por delante e iban adonde aún podían estar mis camaradas. Esos temores me descompusieron tanto que fui incapaz de reaccionar ni de otra cosa que, agachado sobre el cuello de mi caballo para hacer menos bulto, arrimar una mano a su hocico para mantenerlo silencioso y tranquilo.

Pasaban ahora frente a mí. Yo permanecía muy quieto mordiéndome los labios, contenido el aliento, pendiente de los jinetes desconocidos mientras escuchaba el ruido de sus monturas y el leve sonido de las sueltas gotas de lluvia en las hojas de los árboles. Con mucho cuidado me puse la rienda entre los dientes, extraje una pistola del arzón y, sofocando el sonido bajo mi casaca, monté el perrillo para empuñarla en la mano derecha. Otro clarear momentáneo del cielo convirtió brevemente las tinieblas en penumbra, y entre los árboles y ramas bajas que nos separaban alcancé a ver los bultos de media docena de hombres a caballo, cubiertos con sombreros y capas. Nada en ellos denotaba prevención o alerta: cabalgaban relajados, sin prisa, y hasta mí llegaron voces de su conversación, aunque estaba lejos para entender lo que decían.

En ese momento, quizá debido a la cercanía de otros animales, mi caballo piafó nervioso, alzándose de manos con un ruido que sonó como un trueno en mis oídos espantados. Intenté atajarlo con tirones de la rienda; pero ya era inútil, pues los jinetes lo habían oído.

–*Qui est là?* –gritó uno de ellos.

Más vale salto de mata que ruego de hombres buenos, reza el dicho soldadesco. Así que lo desesperado de mi situación, la certeza súbita del peligro, hicieron reaccionar lo que tantos años de azares y guerras me habían impreso en el instinto. Sin pensarlo, de manera mecánica, piqué espuelas y con una violenta arrancada salí de entre los árboles al camino. Mi brusca aparición desconcertó a jinetes y caballos, pues advertí que desordenaban el grupo, encabritándose algún animal. Tiré con la mano izquierda de la rienda para embocar el camino, pero mi mala suerte hizo que ya hubiese un jinete adelantado, ante mí; su sombra interpuesta me cortaba el paso y en ella vi el reflejo de una espada desnuda. Así que, sin dudarlo, le pegué un pistoletazo a bocajarro, casi tocando su pecho con el cañón, clavé más las espuelas, agaché la cabeza y me lancé a oscuras en una ciega galopada.

Sonaban detrás gritos y cascos de caballos lanzados en mi persecución, y yo acicateaba a mi castaño con despiadada violencia, haciéndolo correr de tal manera que, si hubiéramos topado con un obstáculo, él se habría roto las patas y yo la cabeza. Al cabo distinguí en la oscuridad la forma negra de la casa, cada vez más cercana, y eso me dio ánimos. Pero en ese momento sonaron pistoletazos a la grupa, el caballo se abatió entre mis piernas y yo caí de cabeza, rodando por el suelo.

X. LA TREGUA

ambién están en ese lado –dijo Copons–. Tienen gente por la parte de la playa... Nos han tirado un mosquetazo.

Diego Alatriste escuchaba con atención. Estaba en el rellano de la escalera, apoyado en la pared, y el velón encendido lo iluminaba, ahondando sombras en su rostro preocupado. Llevaba al cinto las armas habituales, espada y daga, además de las pistolas que acababa de recargar. Ya las había disparado dos veces.

–¿Cuántos calculas ahí?

Se rascó la barba el aragonés. Estaba mojado de lluvia y sucio de arena después de arrastrarse hasta las dunas.

–Imposible decirlo. Cuatro o cinco, al menos... Me acerqué cuanto pude con el llamado Mazieu, que conoce el lugar y es un mozo ligero de pies, pero tampoco hay manera de pasar. Y oímos voces lejos, por detrás, así que supongo que esos gabachos habrán dado la alerta y les llegan refuerzos.

–Eso me temo.

–Mala suerte, Diego. Casi lo habíamos conseguido.

–Casi.

–Menudo desastre.

–Sí.

–Que me vea tajado y enemigo del tocino si no lo tenemos bien crudo... Mucho trabajo vamos a tener el día del juicio final para juntar nuestros pedazos.

–Todavía estamos enteros.

–De momento.

Había una ventana cubierta con vidrio emplomado y Alatriste se acercó a echar un vistazo: el parque a oscuras, sombras de árboles y silencio tras el estrépito del último tiroteo. Ninguna claridad anunciaba todavía el amanecer. Un poco antes había mirado el reloj que estaba sobre la mesa de Richelieu: hasta que transcurriese un par de horas no empezaría a quebrar el alba.

–¿Cómo se encuentra Íñigo?

–Mejor –lo tranquilizó Copons–. Más aliviado del costalazo que se dio... Y menos mal que pudo correr y avisarnos después que le mataran el caballo. De no ser por él, nos habrían pillado en el introito.

Asintió Alatriste. Todo había ocurrido cuando ya se encontraban fuera de la casa, conduciendo al cardenal; y el aviso les dio tiempo de retroceder y abroquelarse en el edificio.

Un par de avemarías más tarde se habrían dado de boca con los franceses.

–Vete abajo, anda. ¿Tronera sigue firme?

–Mucho. Es marrajo bragado, ya sabes. Y los hugonotes aguantan gracias a ese Malestrat, que los lleva derechos... Pero hasta al águila más valiente, pluma a pluma la dejan en cueros –señaló hacia lo alto de la escalera–. ¿Qué tal las cosas con su ilustrísima?

–Su eminencia.

–Bueno, como se diga. ¿Cómo está el caimán?

–Tranquilo y hablando poco. Es hombre templado.

–Ya debe de serlo para llegar siendo cura tan arriba como llegó, que otros no pasan de párroco... ¿Confía en que lo liberen los suyos?

–No se pronuncia al respecto.

Rascose otra vez la barba el aragonés.

–Es el único naipe que tenemos para salvar el pescuezo, ¿me equivoco?... Su cuello o el nuestro.

No respondió a eso Alatriste. Seguía mirando por la ventana.

–Vete abajo –repitió–. No dejéis que se acerque nadie.

–Tú mandas.

–No, Sebastián. Mandan los rocheleses.

–Pero yo te obedezco a ti... A los herejes que les den por el buz.

–Vete de una vez.

Se fue Copons escalera abajo. Tras un momento, Alatriste se apartó de la ventana y remontó los peldaños evitando pisar el reguero de sangre, casi coagulada, del hombre al que había matado en ella.

La habitación de Richelieu seguía alumbrada por los mismos candelabros, aunque las velas estaban medio consumidas. La luz de cera, amarillenta e indecisa, iluminaba al cardenal sentado en la cama, puesta la misma ropa de viaje excepto la capa, doblada sobre una silla, pero le dejaba las facciones en penumbra. Sobre la alfombra, a sus pies, había una botella de vino, un plato con restos de comida y una copa vacía. Sentado enfrente y sin quitarle ojo, fatigado el rostro con cercos que le abolsaban los párpados, La Flèche tenía una pistola en una mano y otra al cinto. En el tejado, sobre las vigas oscuras que cruzaban el techo, se oía repiquetear la lluvia.

Cuando entró Alatriste, el hugonote se volvió a mirarlo.

–¿Alguna novedad? –preguntó.

No dijo nada el capitán, interrogándolo con la mirada respecto a que los escuchase Richelieu. Se encogió de hombros el otro.

–Da igual –señaló con la pistola al prisionero, que se mantenía callado e impasible–. Monseñor es lo bastante inteligente para percibir nuestros apuros.

Le acomodaba a Alatriste la calma del rochelés, el talante tranquilo con que asumía lo áspero de la situación o aparentaba hacerlo. El de abajo, el llamado Malestrat, de origen claramente rudo, era más elemental y violento; pero a La Flèche se le traslucía otro talante: hugonote o no, era un gentilhombre al que la fe religiosa, tener a Dios de su parte, confería sosiego y entereza. Además, entre la gente de buena familia, fuese francesa, española o de la China, importaba menos lo que en realidad eras que lo que, en opinión de otros, convenía ser. En su bronca vida, el capitán había visto a más de uno y más de dos, inseguros y pusilánimes de carácter, hacerse matar como bravos llegado el momento, sin serlo, por puntillo de reputación o punto de catecismo.

–Estamos cercados –dijo al fin– y cada vez llegan más.

–¿No hay forma de salir?

–Ninguna. Hasta nos han tomado las dunas.

Suspiró el hugonote, resignado.

–Lástima... El Señor no lo quiso, y somete a prueba nuestras culpas. Pero hemos estado a punto de conseguirlo.

Fue entonces cuando habló Richelieu. Había callado, escuchando inmóvil. Al cabo adelantó un poco el rostro y la luz recorrió sus facciones duras e inflexibles.

–Acaben de una vez con esto –dijo–. No tienen ninguna esperanza.

Le admiró Alatriste el tono: sereno, seguro de sí, cual si el cardenal fuese el captor y ellos, los prisioneros. Pero La Flèche no pareció inmutarse.

–Siempre queda el recurso de morir todos juntos –respondió sombrío–. Incluida vuestra eminencia.

Richelieu no respondió a eso. Alzó la barbilla con arrogancia limitándose a mirar detenidamente al hugonote y al español, como si buscara establecer los límites entre una fanfarronada y una amenaza. El resultado no debió de serle grato.

–¿Puede arreglarse con dinero? –inquirió tras un momento.

El tono había cambiado. Era ahora persuasivo, casi felino. Lo miró severo La Flèche, hosco el gesto.

–¿Dinero?... Soy rochelés, monseñor. Allí la gente muere de hambre; y cuando hacemos salir de la ciudad las bocas inútiles que no podemos mantener, vuestra eminencia los hace ahorcar ante las murallas. Así que le ruego no insulte al brazo de Josué, que mueve la espada de Dios.

Volviose el cardenal hacia Alatriste.

–Quizás este español piense de otra manera.

–Este brazo de Josué no piensa –replicó el capitán.

Lo contemplaba reflexivo Richelieu, con renovada curiosidad.

–Nunca imaginé –acabó por decir– que el conde-duque de Olivares pudiera mezclarse en una intriga tan sucia como ésta, en connivencia con los ingleses. Que son enemigos naturales de ambas naciones.

Flemático, Alatriste le sostenía la mirada.

–No sé de quién habla vuestra eminencia. Yo cazo solo.

–Pues esta presa se os puede atragantar.

Encogió los hombros el capitán. Sonreía distraído, como si escuchara una broma lejana.

–Es la historia de mi vida, monseñor. Presas que se me atragantan... En eso tengo cierta costumbre.

Guardó silencio una vez dicho eso. Algún día, pensaba de nuevo, en Europa y el mundo ya no habría hombres como el que tenía delante, ni tampoco como él mismo y sus camaradas. El viento del siglo iba a acabar por llevárselo todo. Entonces pasaría el tiempo de los leones y llegaría el de las hienas y los chacales.

Mientras todo aquello ocurría en la habitación de la torre, yo estaba abajo, reponiéndome de la caída. Lo cierto es que no me había hecho mucho daño, aparte una contusión en el costado izquierdo y un golpe en la cabeza que aún me aturdía, y cuyo dolor intentaba calmar con paños mojados en vinagre que Sebastián Copons trajo de la cocina con unos trozos de jamón, lengua de buey y una botella de sidra. También la herida del duelo de unos días atrás se había abierto, haciéndome sangrar un poco. Pero nada de eso, después que me mataran el caballo y diese con mis huesos en el suelo, me había impedido salvar, más cojeando que corriendo, los cuarenta o cincuenta pasos que me separaban de la casa y alertar a mis camaradas. Merced a esa diligencia, los franceses que venían a mis alcances habían sido recibidos con una gentil rociada de mosquetería que los puso en respeto, haciéndolos desmontar y ponerse a cubierto.

La situación, sin embargo, era comprometida. Los recién llegados sumaban al menos una docena, parecían conocer su oficio y traían armas de fuego. Era el caso que, entre el ruido del tiroteo y el hecho de que seguramente enviaron a alguien en busca de refuerzos, en poco rato habían reunido gente de sobra para cortarnos el camino, además de apostarse en las dunas de la playa y tras los muretes del pequeño parque que circundaba la casa. La noche y la lluvia daban a ellos más facilidad que a nosotros, estábamos cercados en todas direcciones, y era de suponer que la conciencia de que teníamos a Richelieu como rehén era lo único que los disuadía de darnos un asalto en regla.

Juan Tronera estaba a mi lado, junto a una ventana por la que vigilábamos el frente de la casa y el arranque del camino, a oscuras, atentos al exterior, por si los franceses aprovechaban el rumor de la lluvia para acercarse más. Copons y los otros rocheleses se ocupaban de los flancos y la parte de atrás.

–Una vez estuve en una situación parecida a ésta –comentó el cordobés.

No lo dijo con aprensión ni inquietud. Se limitaba, en tono tranquilo, a mencionar un recuerdo. Una forma como cualquier otra de llenar el tedio de la espera.

–¿En dónde? –pregunté.

–Un castillete turco, en la costa de Mayna.

–¿Y salió vuestra merced de ello?

Le oí la risa entre dientes.

–Si estoy aquí, es que pude salir.

Nunca habíamos estado tan cerca y a solas, así que seguimos conversando en voz baja sin distraernos ni perder de vista lo de afuera; que de momento no era más que agua y tinieblas. Pregunté a Tronera por su ciudad natal, de la que yo tenía más ruido que sustancia por haber ciudades famosas de España que aún no conocía, como ésa y Valencia o Lisboa. Me interesé también por la vida militar que lo había sacado de allí; y aunque no parecía Tronera hombre de excesivos verbos, contó lo suficiente para que me hiciera mejor idea del personaje; que podía ser biografía de cualquier soldado español, incluido yo mismo. De Córdoba habló con aprecio, diciéndola muy visitada por gente que la adornaba y enriquecía, unos que iban de Madrid a Sevilla y se cansaban, y otros que salían de Sevilla para Madrid, y a las veinte leguas se arrepentían. Ponderó luego lo ilustre del lugar, el humor de sus naturales, la belleza de sus mujeres y el célebre barrio del Potro, lugar de lances, trapazas, juego y casas de conversación, cátedra de valientes, espejo de todo lo malo y lo bueno de España, de donde él mismo procedía por nacimiento.

–¿Y qué llevó a vuestra merced a las banderas del rey?

Se quedó pensando un buen rato antes de responder. Yo contemplaba su sombra apoyada en el caño del arcabuz.

–No hay soldado español que no se sienta hidalgo y no aspire a capitán –dijo al fin.

–Lo comprendo.

–Desde que Dios me echó al mundo sentí ansias de verlo –continuó Tronera–. En materia de padres y abuelos no tengo que bajar la cabeza, pues sangre son de los godos; pero mucha honra y poca hacienda hacen mala pareja. Así que quise surcar mares, descubrir Indias, tremolar banderas, correr campos y gozar de los despojos bárbaros... Creía que con una espada en la mano podría considerarme parejo a quienes están arriba por nacimiento y familia. Que el valor sería recompensado y mis fatigas, pagadas.

Sonreí en la oscuridad. Yo conocía esa música.

–Y no lo fueron.

–No demasiado, pero no me quejo... No había en mi casa con qué pagar una loba de estudiante. Como mucho habría sido paje, lacayo, aprendiz, escudero, cochero, mancebo de botica o mozo de caballos, a menos que tener buena mano con la bayosa, como tenía, me hubiese hecho rufián de mujeres o bravonel de a tanto la estocada. Así que un día oí el tambor y me fui detrás.

–La guerra como solución –dije.

–Creer que en el mundo no ha de haberlas es no entender a los hombres, porque los pobres medran en ellas y los poderosos se enriquecen con revolverlas...

Nos pareció oír algo afuera, entre la lluvia, y nos quedamos callados, al acecho. Pero nada inusual ocurrió.

–Además –prosiguió Tronera–, la vida militar tiene sus buenos ratos. Tengo treinta y cuatro años y he gozado a hembras hermosas, conocido Italia, Flandes, las islas de Levante y tierra de moros... No es mala ejecutoria.

–No lo es –concedí–. Ni tampoco la mía junto al capitán Alatriste. Aunque ahora nos veamos en este lugar, del que tal vez no nos dejen salir vivos.

Lo oí reír de nuevo.

–¿Y qué más da mascar barro aquí que en otra parte?... La vida la quitan igual un médico que un balazo o una hidropesía. ¿Acaso es mejor acabar de viejo con más cicatrices que ochavos en la bolsa, en cueros, medio inválido, arrastrado por posadas y hospitales, cortada la cara y tan estropeado que apenas te conozca quien te engendró, que menos costaría hacerte nuevo que reparar las costuras?

–Tiene razón vuestra merced –admití de nuevo.

–Apuesta lo que quieras, chico. Pregunta a tu amigo Alatriste si la tengo.

Un recuerdo repentino nubló mi talante.

–Lo del capitán en Nápoles... –empecé a decir.

–Qué importa lo de Nápoles –atajó Tronera–. Sólo es la vida, que no tiene enmienda. Al infierno o al purgatorio iremos todos.

Iba el cordobés a decir algo más, o así me lo pareció, pero no lo hizo. Calló de repente y vi cómo la sombra de su arcabuz se movía hacia la ventana, apoyándose en ella. Me asomé un poco más a mirar. Afuera había aflojado la lluvia, y eso permitía ver con claridad una pequeña luz que se acercaba a la casa: era una linterna llevada en alto, colgada de un palo, iluminando otro palo del que pendía una bandera blanca.

–Avisa a Alatriste y a La Flèche –dijo Tronera–. Los franceses quieren parlamentar.

No era amenazador el tono. Ni siquiera hostil. El recién llegado hablaba con firmeza mesurada, seguro de sí aunque desnudo de arrogancia, igual que si la situación fuese lo más natural del mundo. Su apariencia de hombre de armas no ocultaba al gentilhombre educado que había debajo. Eso ya había tenido ocasión de comprobarlo Alatriste –el mundo daba esa clase de sorpresas, hasta el punto de que acababan por no serlo–, pues el azar convertía al francés y a él en viejos conocidos: la primera vez en París, en casa del señor de Tréville; la segunda en el foso de la torre de Nesle y la tercera junto al fortín de Coureille, cuando el cruce de palabras –que luego llevó a otros hechos– entre los españoles y el grupo de mosqueteros.

–No tienen vuestras mercedes ninguna salida... Su empeño es una locura.

El llamado Athos mantenía idéntico continente que las otras veces. En el porche donde se guarecían, la débil luz de la linterna, que otro francés sostenía en alto, permitía verlo bien: mojado de lluvia, con las alas del sombrero vencidas de agua y las gotas salpicándole la cara, sin más armas que la espada al cinto, en cuyo pomo apoyaba, como al descuido, una mano fuerte pero delicada, de fina casta. En contraste, su compañero, el que sostenía la linterna, era grande, rudo, corpulento y como de seis pies de estatura. También Alatriste lo recordaba.

–La decisión no me corresponde a mí –respondió.

Se volvía a medias para indicar a La Flèche, que estaba a su lado y guardaba silencio –Malestrat se había hecho cargo del prisionero en la torre–. Le daba fastidio que el tal Athos se dirigiese todo el tiempo a él, cual si fuera jefe del grupo, ignorando deliberadamente al hugonote. Pero éste se mantenía al margen, sin decir nada. Limitándose a escuchar.

–Corresponda a quien toque –dijo el mosquetero–, he venido a proponer un acuerdo. Si se entregan...

Movió la cabeza Alatriste para ahorrarle retórica. La idea de dejarse torturar y hacer cuartos por un verdugo ni le pasaba por el pensamiento.

–Olvídelo vuestra merced.

–Comprendo –asintió el francés, que parecía esperar esa respuesta–. Tal vez haría lo mismo de encontrarme en su lugar, pero no es el caso.

–No hay más que hablar, entonces –apuntó Alatriste.

Lo dijo e hizo ademán de retirarse, tan sólo un amago. Era una forma de negociar como otra cualquiera, y el francés le siguió el juego.

–Hay otra posibilidad.

–¿Cuál?

–Nos entregan a su eminencia y les damos una tregua.

Aquello no sonaba mal, pensó el capitán. Se miraron La Flèche y él, pero el hugonote seguía sin decir nada.

–¿Qué clase de tregua?

–Imagino que buscaban llevar a monseñor a La Rochela.

–Quizás.

–Les propongo algo, en tal caso. Nos lo entregan, salen sin él y les damos alguna ventaja antes de irles detrás.

Volvió a intercambiar el capitán una ojeada con La Flèche, que también ahora se mantuvo callado.

–En cuanto lo entreguemos nos caerán encima. El señor cardenal es nuestra única seguridad.

–Tienen nuestra palabra de honor.

Reflexionó un momento Alatriste.

–No se ofenda vuestra merced, pero en estas circunstancias eso es poca garantía, incluso entre hombres de calidad. Sobre todo, porque imagino que las decisiones no son sólo vuestras... Al menos tendréis treinta hombres ahí afuera.

Sonrió el francés.

–Más.

–¿Y entonces?

Intervino La Flèche por primera vez.

–Entonces, mataremos a Richelieu y pondremos nuestras vidas en manos de Dios.

Aunque brutal, era una manera de resumirlo, y Alatriste no encontró nada objetable en ella. El mosquetero seguía mirándolo a él como si no echara cuenta de la presencia del hugonote. Estuvo pensativo un momento, miró a su compañero y al cabo se pasó una mano por el rostro mojado de lluvia. También parecía cansado.

–Imagino que piensan escapar por las marismas –dijo.

Ni Alatriste ni La Flèche dijeron nada. Tras un momento, el mosquetero habló de nuevo.

–Podemos hacer una cosa... Salen con su eminencia y les damos paso franco hasta el primer dique. Allí lo liberan y se van.

–¿Tan lindamente? –se sorprendió el capitán–. ¿Sin que nadie nos persiga?

–No perseguirlos es imposible. Pero les concederemos un cuarto de hora de ventaja.

–Media hora, mejor.

–No, sólo eso. Un cuarto.

–¿Con qué garantía?

–Otra vez debo recurrir a mi palabra, y espero que esta vez baste con ella.

Intervino de nuevo La Flèche. Alzaba un dedo señalando la noche o a su tan sobado Dios.

–Las palabras se las llevan el viento y la lluvia.

Por fin el mosquetero pareció reparar en su presencia. Se había vuelto lentamente a mirarlo.

–En otro momento, señor –dijo con mucha frialdad–, habríamos discutido ese punto con una espada en la mano... Por desgracia, no es oportuno.

–Cuando queráis –replicó el hugonote, picado.

–Por el nombre de Cristo, no seáis absurdo.

Aquello debió de sonarle a La Flèche a juramento poco piadoso, pues un relámpago fanático cruzó sus ojos y llevó una mano a la empuñadura de su espada. Eso hizo que el mosquetero corpulento, que con aire obtuso había estado escuchando la conversación, hiciese lo mismo sin dejar de sostener en alto la linterna. Pero Alatriste se interpuso.

–Podemos considerarlo –dijo–. Me refiero a la tregua.

Siguió un silencio. Sólo se oían caer al suelo las últimas gotas desprendidas del alero del porche. Después habló el llamado Athos.

–Hay una condición... Exijo ver a su eminencia antes de seguir adelante.

Se volvió Alatriste a La Flèche, que se mordía los labios. Asintió el rochelés al fin.

–Es justo –dijo con sequedad.

Señaló Alatriste al mosquetero corpulento y después se dirigió al otro.

–Que ese caballero se quede aquí. Entréguele su espada y acompáñenos vuestra merced.

Se agitó el segundo, receloso.

–¿Vas a ir solo y desarmado, Athos?

Sonreía el aludido sin decir nada: una mueca indiferente, segura de sí. Miró Alatriste al que había hablado.

–Mírenme vuestras mercedes la cara... ¿Tengo aspecto de ir por ahí asesinando a hombres a los que he dado mi palabra?

Titubeó el alto, confuso, y ensanchó la sonrisa su compañero.

–No, desde luego –dijo éste–. La verdad es que no lo tiene.

La escena era de lo más singular: un cardenal ministro de Francia sentado en la cama, vigilado por un rochelés armado con una pistola y otro de pie a su lado. Y frente a ellos, solitario y sin armas, el mosquetero llamado Athos, sombrero en mano –se había descubierto respetuosamente al entrar–, con la ropa mojada y goteando agua bajo las botas. Asistía a todo Alatriste, cruzados los brazos, un poco aparte esta vez. Entre hugonotes y católicos andaba el asunto; pero franceses unos y otros, al fin y al cabo. Cosa de ellos y de lo que cada uno lavase en su colada. A tales alturas de la noche y de la aventura que hasta allí los había llevado –malhaya fueran el conde de Guadalmedina, Francisco de Quevedo, el conde-duque de Olivares y quien los engendró– él sólo aspiraba a que un concierto razonable le permitiese, junto a sus camaradas, salir del embrollo con la piel intacta.

–Y ése es el acuerdo –terminaba de contar el mosquetero– que, si nada tiene que objetar vuestra eminencia, hemos concertado con estos señores.

Mirando atrás, dirigí un último vistazo a Richelieu.

Asintió Richelieu, que había escuchado en un silencio imperturbable.

–Me parece bien –dijo.

–Pues a mí no me lo parece –intervino Malestrat.

A diferencia de La Flèche, él no estaba satisfecho con el arreglo. Seguía sin moverse de la silla desde la que vigilaba a Richelieu pistola en mano, sin apuntar a nadie pero dando a entender que la utilizaría al menor indicio sospechoso.

–Nuestros compatriotas llevan meses muriendo en La Rochela, así que no me importa morir también –indicó al cardenal con el cañón del arma–. Llevárnoslo por delante justifica nuestra existencia.

–No estamos sólo tú y yo –replicó La Flèche señalando a Alatriste–. Hay otras vidas en juego.

Torció el hugonote la boca, tozudo.

–Cada uno sabía en dónde se metía.

–Es un buen arreglo el que nos proponen –insistió su compañero.

–No hay arreglo que valga... O el cardenal viene con nosotros a la ciudad o es hombre muerto.

–Nunca nos dejarán irnos con él.

Apuntó Malestrat la pistola al pecho de Richelieu.

–Pues entonces, que le vayan preparando honras fúnebres de Estado.

Carraspeó el cardenal, pidiendo venia para intervenir en la conversación. Lo miraron todos. Se contemplaba el anillo que lucía en la mano izquierda; y tras un momento, pensativo, acabó por quitárselo.

–Voy a daros una orden directa, señor Athos... ¿Puedo contar con vos?

–Por supuesto, monseñor.

–¿Sin discusión?

Inclinó la frente el otro con nobleza.

–Ni la más mínima.

–Acercaos.

Obedeció el mosquetero y Richelieu le entregó el anillo.

–Vais a salir de esta habitación –le dijo con helada calma– y a volver con los vuestros, dando espacio a estos señores para que cumplan con la tregua acordada. Pasado ese tiempo, siga yo vivo o me hayan asesinado, comunicaréis a su majestad el rey y al mariscal Schomberg la orden irrevocable, avalada por mi sello cardenalicio, de un asalto general a La Rochela, caiga quien caiga, nos cueste lo que nos cueste... Y una vez en la ciudad, incendiar casa por casa y pasar a cuchillo a todo ser viviente, sea combatiente o no. Eso incluye a mujeres, niños y ancianos... ¿Está clara esa orden?

Había palidecido el mosquetero.

–*Ma foi.* Perfectamente clara, monseñor.

–Id, pues, y ejecutad lo que os he dicho.

–¿Está seguro vuestra eminencia?

–Lo estoy.

Con aire de llevar la muerte en el alma hizo el llamado Athos ademán de saludar y retirarse, mas Alatriste lo retuvo por un brazo. Quedose indeciso el francés. Pedía explicaciones con la mirada, pero el capitán estaba más pendiente de Malestrat y La Flèche que de él.

–¿Cuántas personas quedan vivas en La Rochela? –preguntó a éstos.

–Unas siete mil –repuso La Flèche.

–¿Qué número de mujeres, niños y ancianos supone eso?

–Cosa de la mitad.

–¿Unos tres mil y pico inocentes?

–Algunos más.

Oído eso, se dirigió Alatriste a Malestrat.

–¿Cree vuestra merced que en semejante matanza Dios reconocería a los suyos?

Siguió un silencio. Todos miraban al hugonote, cuyo rudo rostro parecía sometido a una violenta lucha interior. Por fin, despacio, con notoria desgana, bajó la pistola.

–Condenada sea mi alma –dijo.

Vi bajar de la torre al capitán y al mosquetero, y detenerse en los últimos peldaños iluminados por el velón que ardía en la escalera. Mientras Juan Tronera vigilaba al francés corpulento que seguía en el porche, yo había ido a la cocina para beber agua, cambiarme las compresas de la frente y quemar los despachos de Guadalmedina, que a nadie aprovechaban ya.

–¿Todo bien? –me atreví a preguntar.

Ninguno de los dos respondió. Hablaban gravemente en voz baja. Al fin parecieron reparar en mí. Observó el francés el vendaje de mi cabeza y me señaló con un movimiento del mentón.

–¿Es el que nos encontramos en el camino? –quiso saber.

Yo no dije nada. Fue Alatriste quien asintió confirmándolo.

–¿El que se batió con mi camarada Artagnan –insistió el otro– cuando se les calentó la boca?

–El mismo.

Aún mostró el mosquetero curiosidad por saber qué hacía yo a caballo en el puente de piedra; pero a eso no obtuvo respuesta. Seguía mirándome de arriba abajo.

–Nos mató a un hombre –dijo al fin.

Me alegró mucho saber aquello. Un francés menos, me dije. Y por mi mano. Al menos, el capitán se enteraba así de que no me había dejado sorprender como un palomo.

–¿Venían vuestras mercedes prevenidas? –se interesó Alatriste.

–Oh, no, en absoluto. Habrían ido las cosas de otra manera... Tenía orden, con mis hombres, de presentarme aquí para recibir instrucciones de su eminencia.

–¿A estas horas?

–Antes del alba, por eso veníamos sin prisa. El cardenal trabaja lo mismo de día que de noche, pues duerme poco y mal... De aquí salen y entran de continuo mensajeros, militares, frailes capuchinos y gente de toda clase.

–Y ahora –bromeó Alatriste–, hugonotes, españoles y también mosqueteros del rey Luis.

Alzó el francés con elegancia una mano hasta su frente, como para quitarse el sombrero que llevaba en la otra mano.

–Mucha gente para tan poco espacio –apuntó.

–Por supuesto, no me diréis qué clase de misión se os iba a encomendar.

–No alcancé a saberla, debido a vuestra inoportuna presencia. Pero, por supuesto, nunca os la revelaría.

–Es natural.

Hizo el mosquetero una pausa distinguida, cortés.

–Debo agradeceros vuestra mediación de ahí arriba... Muy de hidalgo español.

–No hubo nada de hidalguía en ello. Me limité a salvaguardar mi pellejo.

–Habría sido una enormidad lo que ese hugonote...

–Lo hubiera sido o no –lo atajó Alatriste–, no parecéis hombre a quien sorprendan las enormidades.

Me dirigió el mosquetero una ojeada reflexiva. Estuvo un momento callado y después se volvió de nuevo al capitán.

–Vuestra merced y yo seguimos teniendo una cuenta sin resolver –dijo.

Acogió Alatriste el comentario sin inmutarse.

–No lo olvido. Pero me temo que las circunstancias lo aplazan *sine die*.

–Quizá pronto, en un campo de batalla.

–Tal como anda Europa, todo puede ser.

Suspiró el francés, encogiéndose de hombros.

–Hay campos de batalla más limpios que lo que ocurre en ciertas retaguardias –volvió a mirarme un momento–. Imagino que este joven ya lo sabe.

–De sobra –repuse, fiero.

–O al menos –admitió el capitán– todo parece más claro en ellos.

–En cualquier caso, no hemos terminado aún. Me refiero a esta noche... La tregua establecida es corta.

–Lo sé.

–Tenedlo presente, señor español. Sólo un cuarto de hora desde que lleguéis al dique.

–Y liberemos al cardenal.

–Sí, eso es... Y a fe mía que más os vale correr a partir de ese momento.

Hizo el capitán un gesto ambiguo.

–Es posible que corra y es posible que no. Quizás esté demasiado cansado para apresurarme –se pasó dos dedos por el mostacho, mirando con intención al francés–. Sobre todo si es vuestra merced quien me pisa los talones.

Vi cómo se estudiaban uno a otro con mucha sangre fría, reconociéndose los adentros; pero tras un instante en suspenso ambos se relajaron con una sonrisa leve, casi cómplice. El primero en sonreír había sido el mosquetero. Alzó un dedo en ademán que me incluía.

–Os felicito por este joven, tiene buena rienda y buena mano... Se parece un poco a ese amigo mío con el que se acuchilló.

Tras decir eso, poniendo fin a la conversación, pasó por mi lado camino de la puerta. Lo seguimos el capitán y yo. Salimos así al porche bajo la luz de la linterna, donde el mosquetero corpulento, que aguardaba escoltado por Juan Tronera, le devolvió la espada.

–Creo que me habría gustado conoceros en otras circunstancias, señor español –dijo el llamado Athos calándose el chapeo, con la espada aún bajo el brazo.

–¿Para matarnos como Dios manda, señor francés? –preguntó el capitán con zumba.

Le dirigió el mosquetero una mirada melancólica.

–Para conversar un poco antes de matarnos.

Tras decir eso se ciñó la espada, antes de volverse a mirarnos por última vez.

–Disculpadme –añadió– si no os deseo suerte en los pantanos.

Vi que asentía Alatriste.

–Disculpad si tampoco yo la deseo a vuestra merced.

Aún no había amanecido Dios. El cielo continuaba cerrado y negro, todavía sin trazas del alba, mientras recorríamos el camino escalonados en buena guerra. Alumbrados por una linterna abrían la marcha Juan Tronera y uno de los hugonotes, el llamado Pommeyrac, y la cerraban Sebastián Copons y el que respondía al nombre de Mazieu. Todos íbamos armados, muy atentos para madrugar cualquier sorpresa, y en la penumbra podían verse los puntos rojos de las cuerdas encendidas de los dos arcabuces de que disponíamos, uno en manos de Tronera y otro en las de Copons.

Richelieu iba en el centro. Lo flaqueaban La Flèche y Malestrat llevándolo uno asido de cada brazo, con el capitán

Alatriste delante y yo detrás. Y para más precaución, cada uno de los dos hugonotes apuntaba al cardenal con un arma: con la pistola Malestrat y con la daga desenvainada La Flèche. Ante cualquier imprevisto, y tal era la consigna, podíamos matarlo rápidamente, en un Jesús, antes de intentar ponernos en cobro o vender caras nuestras vidas.

Ya habíamos dejado atrás el cuerpo de mi caballo muerto, atravesado en el camino, de cuya silla pude recuperar una de las pistolas. Nos movíamos en silencio, con el único ruido de nuestro andar en el suelo embarrado por la reciente lluvia; que en ese momento no caía, aunque algunas gotas sueltas anunciaban otro inminente aguacero. En torno a nosotros se alzaba un muro de árboles y vegetación que nuestra linterna iluminaba en penumbra dándole formas fantasmagóricas; entre las que advertíamos sonido de pasos y voces, o vislumbrábamos el brillo de armas y corazas que se movían a uno y otro lado, siguiendo de cerca nuestro recorrido.

Nos estábamos jugando la vida –yo era consciente de ello– a la primera quínola, sin descartar naipes y con muy mala mano. Eso me hizo pensar en aquellos guerreros griegos cuyas aventuras me había contado y hecho copiar años atrás don Francisco de Quevedo en la taberna del Turco para mejorar mi caligrafía, cuando lejos de imaginar que abrazaría el oficio de las armas todos se esmeraban en darme una educación. Me acordé, como digo, de los diez mil mercenarios que, muerto el príncipe persa que los empleó, intentaban regresar al mar –*talassa*, *talassa*– y a sus hogares a través de un territorio infestado de enemigos, donde derrota equivalía a aniquilación. Así me sentía yo en ese momento, caminando pistola al cinto y acero desnudo en la mano, apretados los dientes mientras escudriñaba la oscuridad que nos envolvía de modo semejante a otro pasaje, este del romano Virgilio, que el dómine Pérez –¡cuánto tiempo transcurrido desde entonces!– me había hecho traducir palabra por palabra: *Nox atra cava circumvolat umbra*. La noche negra nos envuelve con su cóncava sombra.

Hacía frío, como suele ocurrir en el momento justo del alba. La humedad calaba hasta los huesos, bajo la casaca, haciéndome estremecer. Nadie en nuestro grupo pronunciaba una palabra. Caminaba Richelieu sin despegar los labios, estrechado por los dos hugonotes, envuelto en una capa y tocado con un sombrero que oscurecía más sus facciones. Habíamos pasado el puente de piedra con el cruce de caminos, tomando un sendero estrecho, y llegábamos al primer dique cuando el horizonte oriental empezó a teñirse con una sucia claridad de tonos plomizos: oscuras nubes grises muy bajas hacían allí el relevo de la noche; y aunque el cielo seguía cerrado sobre nuestras cabezas y las tinieblas aún lo velaban todo, el paisaje adquirió formas propias.

–Aquí es –dijo La Flèche.

Nos detuvimos sobre el dique porque allí terminaba el sendero. Más allá, los pantanos se extendían ante nosotros como una superficie plana y negra; y a cosa de una milla al noroeste, la ciudad de La Rochela empezaba a insinuarse como una línea lejana más oscura, donde no brillaba ni una pequeña luz.

Miré en torno con aprensión. Formábamos círculo alrededor del cardenal. Al encontrarnos ya al descubierto, en la negrura circundante adiviné más que vi las sombras y reflejos de los franceses que nos rodeaban, aunque procurasen mantenerse, de momento, a prudente distancia.

Todo estaba hablado y planeado desde antes, de modo que apenas hubo necesidad de pocas palabras dichas en voz baja. Sentí una mano del capitán Alatriste en mi hombro.

–Vete, anda... Buena suerte.

No dije nada, pues nada había que decir. Le toqué el brazo y fui a unirme a Juan Tronera, Copons, Pommeyrac y Mazieu, que formaban el primer grupo. La idea era adelantarnos y ganar terreno, a cosa de doscientos pasos entre unos y otros, poniéndonos en cobro antes de que el capitán y los otros hugonotes liberasen al cardenal y vinieran detrás. Los de mi grupo llevábamos los arcabuces, a los que apagamos las cuerdas para que sus puntos rojos no nos delatasen en lo oscuro, aunque la humedad habría acabado por matarlas igual. Ahora, todo era cuestión de moverse rápido, sobre todo el capitán y sus hugonotes cuando les llegase el turno; pues, salvo que hubieran dispuesto los franceses alguna treta sucia o celada en el camino, ellos tendrían a los perseguidores mucho más cerca que nosotros.

–Hay marea baja –comentó uno de los rocheleses–. Eso es bueno.

Mirando atrás, dirigí un último vistazo a Richelieu. Estaba de pie, inmóvil entre Alatriste y los otros dos, iluminado desde abajo por la linterna que habían depositado a sus pies, y eso me permitía ahora verle bien el rostro. Hierático, impasible, el cardenal clavó en mí por un momento sus ojos penetrantes, cuajados de fría cólera. Eso me hizo comprender que, acabara como acabase aquello, el ministro de Francia jamás olvidaría la humillación que unos pocos españoles, sin más recursos que su acero y sus agallas, le habían infligido aquella noche. Y que si el destino nos ponía alguna vez en sus manos, la venganza sería terrible.

Por mi parte no hubo nada más. Sostuve en alto con una mano el arnés con mi espada y mi daga, para que no me estorbase las piernas, y después de santiguarme dos veces me metí en el agua negra hasta la cintura.

XI. EL VALLE DE LAS SOMBRAS

Dios todopoderoso confundirá a los filisteos –dijo La Flèche– y conducirá a salvo a su pueblo. Que los malvados teman su cólera.

Diego Alatriste miró inquieto en torno. Las nubes se agrisaban por el este, pero en el pantano todavía no aclaraban las sombras. Había sacado del cinto una de las pistolas, y culata en mano estaba atcnto a cualquier indicio de peligro. Si los franceses cumplían con lo pactado, desde el momento en que estuviera libre Richelieu los dos hugonotes y él dispondrían de un cuarto de hora antes de que los perseguidores –que emprenderían la caza, de ello no albergaba la menor duda– pisaran su huella. Eso, naturalmente, en el mejor de los casos. En el peor, les caerían encima apenas vieran a salvo al cardenal. El talante del mosquetero llamado Athos, con sus visos de gentilhombre, daba esperanza de que se respetarían las reglas; pero lo cierto, y la experiencia del capitán lo avalaba, era que en situaciones extremas no podía uno fiarse ni de su sombra. No recordaba qué general griego o romano había dicho que, en asuntos de guerra, vergonzoso era acabar diciendo «no lo había pensado».

–No queda en desamparo el justo, pues la piedad es más fuerte que el mal –seguía predicando La Flèche.

Era increíble, comprobó Alatriste con fastidio. El hugonote aprovechaba los últimos momentos para sermonear al cardenal; que por su parte permanecía mudo, oyéndolo como si nada. Tampoco era cosa de ponerse a discutir pasajes bíblicos a esas horas.

–Y la noche abrió camino al pueblo de Dios a través del mar Rojo, pues sumergió a sus enemigos en las aguas que se habían...

–Hay que irse –lo interrumpió Alatriste–. Y debemos hacerlo ya.

–El español tiene razón –gruñó Malestrat.

No se mostraba tan apresurado La Flèche. Se resistía a terminar.

–Quiero que su eminencia comprenda la situación.

–La comprende perfectamente –zanjó con impaciencia el capitán–. Vámonos de una maldita vez.

Había empezado a llover de nuevo, primero en gotas sueltas y al cabo en ráfagas más recias que a la luz de la linterna parecían rayar el aire. Se apartó al fin La Flèche del impasible cardenal, que lo miró alejarse sin mover un músculo ni decir nada, y le fue detrás Malestrat. Los siguió Alatriste, no sin antes dirigirse por última vez a Richelieu.

–Quedaos ahí, monseñor, junto a la linterna, para que os vea... Si os movéis mientras os tenga a tiro de pistola, os vuelo la cabeza.

Eso eran treinta pasos, y con tan poca luz apenas veinte; además, tal vez la lluvia estuviera humedeciendo la pólvora de la cazoleta. Pero no iba de sobra asegurar un poco más de tiempo con esa fanfarronada antes de que se desatara el infierno. Si los franceses respetaban la tregua, pensó mientras entraba en el agua oscura y fangosa tras los hugonotes que chapoteaban en ella, esperarían un cuarto de hora antes de emprender la persecución. Eso podía calcularse, sin reloj a mano, en la duración de unos diez credos. De manera que, aunque dudaba que alguien en aquel siniestro cielo negro fuera capaz de escuchar una maldita palabra terrenal, empezó a musitar el primero para sí mismo, sin apenas mover los labios: *Credo in unum Deum, Patrem omnipotentem, factorem caeli et terrae...*

No es fácil correr bajo la lluvia que desgajan los cielos, con el agua estorbándote los ojos y el barro hasta la cintura. Aun así nos dábamos prisa, abriéndonos camino por la inmensa laguna negra, tropezando con arbustos, cañizales y terraplenes de diques cuyas sombras nos cortaban el paso.

Guiaban Pommeyrac y Mazieu, que como rocheleses sabían moverse por el paraje, e íbamos a la zaga, procurando no quedarnos atrás, Tronera, Copons y yo. Nos movíamos con urgencia desesperada, y la única referencia para orientarnos era la grisura que por el este definía el cielo, trocando la oscuridad por un horizonte lúgubre.

–Cuidado ahí, a la derecha –nos advirtió Pommeyrac–. Son arenas movedizas, capaces de tragarse un caballo con su jinete.

Sentí verdadero terror, no me importa confesarlo, mientras procuraba como los otros evitar el lugar indicado. Que una cosa es terminar armas en mano, peleando contra hombres a los que es posible matar o que te maten, y otra verse engullido por una masa de fango que te atrapa y sepulta en ella, ahogando tu respiración y tus gritos de angustia como una serpiente que te devore.

–Ya habrán soltado a Richelieu –dijo Copons, detenido a recobrar el aliento.

Como para confirmarlo, un disparo sonó a nuestras espaldas, lejano. Y lo siguieron otros dos. Eran tiros de pistola.

–Ha empezado la caza –comentó el aragonés–. El consejo ido, el conejo venido.

Dicho lo cual siguió adelante. Yo me había vuelto a mirar, sin ver nada en lo oscuro; y cuando quise continuar, todos habían desaparecido de mi vista, ocultos por un cañizal que se alzaba en el agua cada vez más plomiza y menos negra. Temiendo extraviarme, grité que aguardasen mientras rodeaba angustiado la barrera de cañas, y por fortuna los vi al otro lado, cuatro bultos cada vez más reconocibles en la entreluz que lo agrisaba todo. Me esperaban encima del dique de una salina, y Copons alargó una mano para ayudarme a subir. Nos agrupamos unos con otros, mojados y temblando de frío.

–La Rochela –dijo alguien.

Se veía desde allí, en efecto, a pesar de la lluvia: los muros circundados de bastiones parecían no estar demasiado lejos, a menos de quinientas toesas. No había entre la ciudad y nosotros fortificaciones del ejército real, pues el flujo y reflujo de las mareas hacía imposible asentarlas en ese lugar; pero a nuestra izquierda alcanzábamos a ver un pequeño baluarte con troneras por las que asomaban las bocas de dos cañones.

–Es el bastión pequeño de Tadon –explicó Pommeyrac–. El más avanzado que tienen por esta parte.

Me gustaba ese rochelés. Todo el tiempo se conducía valiente, muy sereno; y cuando los negocios se tuercen y las cosas vienen mal dadas, conforta tener cerca a gente así. Pese a lo apurado de nuestra situación, en ningún momento lo había visto perder la calma. A diferencia de su compañero Mazieu, que era más apocado, Pommeyrac resultaba activo y vivaz: en torno a los treinta, ojos azules, barbita rubia. Como todos sus conciudadanos, muy enflaquecido a causa del hambre. Se movía por las marismas con la soltura del cazador de patos que había sido antes del asedio de la ciudad.

–¿Tenemos que pasar cerca? –le pregunté.

–A un centenar de toesas. Podíamos dar un rodeo metiéndonos más en el pantano, pero va a subir la marea y allí el agua se hace más profunda. Nos estorbaría demasiado... De noche habríamos pasado inadvertidos, pero el retraso nos pone en mala situación.

–¿Nos verán?

–Es probable, cuando crucemos el último dique... Aunque tal vez estén distraídos o nos disimule la lluvia.

–Dudo que se distraigan, después de cómo les hemos desgarrado el rancho –dijo Tronera–. Con su cardenal de por medio, toda la línea francesa estará sobre las armas.

–¿Qué pueden hacernos desde el bastión? –quise saber.

Hizo Pommeyrac un ademán fatalista.

–Pues tirar o no tirar, y quizá salirnos al paso. Así que habrá que moverse rápido.

Emitió Tronera un juramento. Comprobaba su arcabuz, tan mojada la cuerda como la pólvora.

–No sirve de nada y es absurdo cargar con este peso inútil... Al diablo con él.

Lo tiró al agua, y Copons hizo igual. Consideré hacer lo mismo con mi pistola para ir más desembarazado, pero decidí conservarla. Aun así, quise protegerla lo mejor posible bajo la casaca.

–Vámonos –dijo Mazieu.

Pommeyrac y él bajaban ya del dique, metiéndose otra vez en el agua, y los tres españoles les fuimos detrás. Una bandada de aves remontó el vuelo al advertir nuestra presencia, aleteando hacia el este. Parecíamos fantasmas fatigados, sucios de barro, moviéndonos bajo la luz incierta del lluvioso día. Y mientras avanzaba siguiendo a mis compañeros, pensé en Diego Alatriste. No habíamos vuelto a oír disparos a nuestra espalda, y eso significaba que el capitán estaba muerto o que huía como nosotros por los pantanos. Sólo cabían esas dos posibilidades; conociéndolo como lo conocía, la idea de que se dejara apresar vivo, sabiendo la suerte que en tal caso le esperaba, ni me pasó por la cabeza.

Et ascendit in caelum, sedet ad dexteram Patris...

No habían aguardado los franceses más allá del sexto credo; lo que, vistas las circunstancias, le parecía a Diego Alatriste harto razonable. Tampoco era cuestión de echárselo en cara, pues imaginó que el propio Richelieu tenía que ver con lo de abreviar la tregua. Después de todo, la palabra dada sobre el cuarto de hora antes de emprender la persecución pertenecía al llamado Athos, no al cardenal. Y cada uno era cada cual. Generoso plazo resultaba, al fin y al cabo, si se veía con frialdad el asunto.

Chapoteaba el capitán en el agua fangosa, apresurándose cuanto podía. Llevaba el arnés con la espada y la daga colgado del cuello, para que no le estorbase las piernas, y las dos pistolas en el pecho, metidas bajo el coleto de piel de búfalo. Iba detrás de Malestrat y precedía en pocos pasos a La Flèche.

–Apresuraos –oía urgirlos al primero–. Por amor de Dios, apresuraos.

Ignoraba Alatriste a cuántos llevaban detrás, pero podía oír sus voces orientándose unos a otros en la persecución. Los franceses les habían tirado tres pistoletazos sueltos apenas empezada la caza; y barruntaba, aunque sin certeza ninguna, que habían sido disparados por el mosquetero y su gente, menos para acertar en alguno de los fugitivos –se hallaban demasiado lejos– que para avisarlos con hidalguía, sin faltar del todo a la palabra y al mismo tiempo sin contravenir la orden recibida, de que el plazo terminaba cuatro credos antes de lo previsto.

Al remontar un dique, dispuesto a bajar por el terraplén y meterse en el agua al otro lado, volvió la vista atrás. Ya había luz suficiente y vio a los perseguidores entre la lluvia que filtraba la claridad del amanecer: una veintena de hombres más o menos dispersos, siguiéndoles la huella, y otros tantos por la derecha, intentando atajarles el camino. Demasiados si llegaban a las manos, concluyó. Así que más valía que no llegaran.

–Los veo –comentó La Flèche sin necesidad de que le dijera nada.

Se demoraba el rochelés arriba del dique, las manos apoyadas en los muslos, entrecortado el aliento. Sucio de barro y chorreando agua. Pese a sus arrestos y voluntad no era hombre de brega, y se le notaba el punto a diferencia de Malestrat, que abría camino seguro de sí, brioso como un toro jarameño, cada vez más adelantado. El propio Alatriste, pese a que aún tenía buenas piernas y mejor fuelle, sentíase flaquear a ratos, pues sus cuarenta y cinco bizcochos sufrían poco tal suerte de fatigas; y apresurarse con la ropa mojada en semejante lugar, o más bien intentarlo, resultaba agotador.

Bajó el capitán por el terraplén, otra vez con el pantano a media pierna, y oyó detrás el salpicar de La Flèche. Pardiez, se dijo. Qué endiabladamente fría estaba el agua, estaba el fango, estaba la lluvia y estaba la perra que lo parió todo. Cada vez más seguro de que no acabarían de ponerse a salvo ni esquivar a los franceses, deseó que el otro grupo lo hubiera conseguido. Palpó las pistolas que llevaba bajo el coleto, sin demasiada esperanza de que la pólvora permaneciese seca. Como hubiera encuentro, concluyó ecuánime, habría que reñirlo en corto y al arma blanca, con tal desproporción de gente que era fácil prever el resultado: cuestión de venderse lo más caro posible, en plan hasta aquí hemos llegado. No sería la primera vez, pero quizá la última. Observó la inhóspita desolación de las marismas, el horizonte brumoso, los cañaverales y arbustos que emergían siniestros del agua, concluyendo con melancolía que no era el paraje más simpático que uno podía imaginar para despedirse de este mundo.

Otra vez había dejado de llover. Agrupados en el terraplén, todavía al amparo del dique, recobramos fuerzas mientras discutíamos sobre el modo de pasar al otro lado. Eso significaba recorrer unos treinta pasos al descubierto, demasiado cerca del bastión francés. Dudaban Pommeyrac y Mazieu sobre la conveniencia de arriesgarse por allí o rodear adentrándonos en el pantano; pero la marea empezaba a subir y eso iba a acabar por retrasarnos mucho, así que nos decidimos por el dique. La cuestión, ahora, era establecer si cruzaríamos todos juntos, los cinco de antuvión, o uno por uno y a la deshilada. Pues, como señaló oportuno Sebastián Copons, lo que es bueno para el hígado no siempre lo es para el bazo. Así que tras breve conciliábulo acordamos hacerlo juntos, en un solo golpe aunque no muy apretados unos con otros, por no dar espacio a que los del bastión reaccionasen y se cebaran en los últimos.

–Pues vamos, ridiela –urgió el aragonés–. No vaya a descuajársenos el requesón.

Respiramos hondo, nos miramos unos a otros y remontamos corriendo el dique, los cinco a la vez. Pero aquélla fue una mala decisión, porque los franceses nos habían visto venir y nos esperaban. Estábamos en la cortina de sus mosquetes y arcabuces –que tirando en blanco alcanzaban ciento cincuenta o doscientos pasos–; de manera que, al vernos aparecer, desde el bastión nos dispararon a bulto siete u ocho mosquetazos favorecidos por la relativa altura de la fortificación; y para ponerlo aún más zaíno, se acompañaron con un cañonazo bien salpimentado de metralla, que junto al otro plomo suelto pasó por el dique pillándonos a medio cruzarlo, con la mala intención de una nube de abejorros furiosos. Yo oí los estampidos, sentí venir el enjambre, y con el instinto de los muchos años de cargar mochila me tiré al suelo sin dudarlo, rodando después por el barro lo más aprisa que supe y dispuso Dios. Aunque no todos tuvieron la misma presteza o la misma suerte, porque al hugonote Mazieu una pelota de plomo le dio en el pecho y otra le llevó la quijada y la lengua, dejándolo en el sitio sin tiempo a decir madre mía. Y cuando Juan Tronera llegó a mi lado, arrojándose por el terraplén para ponerse en cobro, traía la cara pálida y un brazo feamente tronchado de un metrallazo.

–Me cago en las espinas de Cristo –se limitó a decir, sujetándoselo con la otra mano.

No había tiempo para gentilezas. Con rudo hábito profesional, mientras el cordobés rechinaba los dientes de dolor y blasfemaba de Dios y de quien lo engendró, Copons le puso un pañizuelo en torno a la herida, que era bien bellaca y entre el barro y la sangre asomaba el hueso roto, y luego le fijó el brazo al torso para que no se le moviera mucho.

–¿Puedes andar?

–Puedo intentarlo, maldita sea mi casta.

–Venga, pues inténtalo.

Lo levantamos entre ambos y eso le arrancó un quejido.

–Joder... Se está enfriando y duele de mil diablos.

–Cómo carajo no te va a doler.

Tiramos de él hacia la orilla fangosa de la marisma para meternos de nuevo en ella –Pommeyrac ya chapoteaba diez o doce pasos por delante– mientras los últimos mosquetazos franceses, que unos llegaban altos y otros sin fuerza, pasaban sobre nuestras cabezas o salpicaban el agua al caer en ella.

A Diego Alatriste y los dos hugonotes los alcanzaron en la linde de un cañaveral espeso, con el agua a media pierna. Por suerte los primeros que llegaban no eran muchos, sólo media docena, aunque gritando para avisar a los demás y que acudieran presto. Venían los perseguidores tan sucios de fango como los perseguidos, a los que se acercaron chapoteando y dando voces. Mojada la pólvora de unos y otros, ningún arma de fuego funcionaba; así que no iba a haber disparos, sino cuchilladas. Alatriste, después de apuntar sus pistolas y apretar uno tras otro ambos gatillos sin otro resultado que débiles chispas del pedernal, las dejó caer, sacó la espada y la daga y se metió en faena.

Quienes les habían dado caza, comprobó en seguida con alivio, no eran rayos de la guerra. Uno parecía llevar casaca de mosquetero, aunque demasiado sucia para estar seguro de eso, y los otros cinco tenían aspecto de soldados comunes. Se armaban con espadas y alabardas y titubeaban amenazantes, dando voces pero sin decidirse del todo, como si esperasen la llegada de sus camaradas para aplicarse a fondo. Y eso, comprendió rápidamente, dejaba margen razonable para madrugarles el lance.

–A por ellos, ahora –dijo.

–A por ellos, ahora.

Sin comprobar si lo secundaban fue al encuentro de los perseguidores, decidido y mortal; y los dos hugonotes, comprendiendo que ahí estaba la única salvación, lo imitaron. Cuanto siguió fue tan rápido, violento y letal como la guadaña segadora de la Cierta. Malestrat se revolvió con la ferocidad de un jabalí acosado que se defendiera de una jauría, dando estocadas y tajos. Mientras procuraba hacer lo mismo, Alatriste vio que La Flèche, con decisión suicida y sin cuidar en absoluto de su persona, entraba a saco entre los adversarios al grito de «Dios me guía», acuchillando a mansalva como si no hubiera un mañana –en realidad parecía no haberlo– y al fin todo fue una sarracina de gritos, golpes, puñetazos, batir de aceros, chasquidos de ropa y carne al ser tajadas. Un momento después, el de la casaca de mosquetero y un soldado volvían las espaldas, tomando calzas de Villadiego, y los otros cuatro boqueaban agonizantes en el agua fangosa, ensangrentados como atunes en almadraba.

No hubo necesidad de palabras. Sin pararse a considerar el espectáculo, el capitán se metió en el cañaveral, seguido por los otros. Corrían cuanto era posible apartando la vegetación. Se adelantó Malestrat, más plático en el camino. En ese momento comprobó Alatriste que La Flèche se quedaba atrás.

–¿Qué ocurre? –preguntó, volviéndose.

Bastó un vistazo para comprender. El hugonote venía amarillo de color, caminando con torpeza. Desencajado el rostro.

–¿Dónde ha sido? –lo interrogó Alatriste.

–No lo sé –repuso el otro, con voz vacilante–. En el vientre, me parece.

Mal sitio ése, pensó el capitán. Muy malo. De tanto confiar en Dios, éste suele cansarse. Se acercó a La Flèche mientras echaba una ojeada inquieta detrás de él. No había herida aparente, pues estaba todo cubierto de barro y agua; pero al palparle el abdomen sintió el desgarro en la ropa y el tajo en la carne. Le cabían tres dedos dentro.

–Mala cosa –dijo.

–Lo creo –repuso débilmente el otro.

Malestrat también se había detenido y vino hasta ellos.

–No puede seguir –resumió Alatriste.

En la distancia se oían de nuevo voces, cada vez más numerosas y cercanas. Hasta ladridos de perros sonaban ahora.

–No puede –insistió.

Se miraron los dos rocheleses sin palabras. Al cabo, La Flèche forzó una mueca dolorida y resignada que se pretendía sonrisa.

–Contendré a los filisteos cuanto pueda.

–No podrás –dijo su compañero.

–Cuanto pueda, he dicho... Marchaos, rápido. Que al menos sirva de algo.

Lo abrazó Malestrat.

–Nos veremos a la derecha de Dios, hermano.

Afirmó el otro con la cabeza.

–Sí, allí nos veremos... Aunque sea a la izquierda.

Después dio media vuelta y se enfrentó erguido, espada en mano, al sendero que habían dejado atrás. Malestrat ya avanzaba otra vez a través del cañaveral. Sin dirigir a La Flèche una palabra ni un gesto, Alatriste hizo lo mismo; y mientras corría oyó a su espalda, cada vez más lejos, la voz del hugonote: «Aunque camine por el valle de las sombras no temeré ningún mal, porque Tú vas conmigo».

–Lo hemos conseguido –dijo Pommeyrac–. Ya casi estamos.

Alcé la vista y a unos trescientos pasos, sobre una vaga bruma que apenas alcanzaba la altura de un hombre, vi las fortificaciones exteriores de la ciudad: mampuestos bajos y pardos, trincheras protegidas con cestones y, un poco más atrás, las murallas del recinto principal. Seguía sin llover, aunque gravitaba sobre nosotros un cielo pesado y oscuro.

–Es la que llamamos puerta del Burgo Nuevo –añadió el rochelés.

Agachados para no hacer bulto, reclinamos a Tronera sobre un pequeño islote que aún no cubría la marea creciente. Sufriendo mucho, aturdido por la herida del brazo, éste se dejaba hacer con mirada turbia, apretando los labios para contener los accesos de dolor. En nuestra fuga, aparte no abandonarlo y darle sostén, Copons y yo lo habíamos tratado con poco miramiento al tirar de él lo mejor que podíamos, arrastrando su peso por el agua y el fango. Ahora estábamos exhaustos y necesitábamos un respiro.

–Tendría su puerca gracia –masculló Copons, mirando inquieto la ciudad– que ahora nos maten los de ahí.

–Están avisados –lo tranquilizó Pommeyrac–. Sabían que vendríamos por este lado, con Richelieu o sin él.

–Aun así, no me fío.

–Nos esperan, os digo. Creedme.

Gruñó el aragonés.

–Yo no creo más que lo que veo, excepto en Dios... Y eso, según el día.

Terminaba yo de comprobar el vendaje de Tronera, que me miraba con ojos vidriosos. Tras un momento torció la boca débilmente, casi inaudible, y pidió agua. Había un charco de lluvia en el islote, así que hice un cuenco con la mano y dejé caer unas gotas en su boca entreabierta. Luego, tumbado boca abajo, bebí yo con avidez. Copons y Pommeyrac hicieron lo mismo. Me había incorporado y miraba los pantanos y cañaverales que dejábamos atrás.

–No creo que nos persigan hasta aquí –quiso tranquilizarme Copons.

–No es lo que me preocupa.

Se pasó el aragonés una mano por la cara sucia de barro.

–¿Diego? –comprendió.

–Pues claro.

Lo vi mover la cabeza con el fatalismo del soldado viejo que, a lo largo de su vida, tuvo que dejar atrás a muchos camaradas. Aquello iba de oficio, daba a entender.

–Saldrá de ésta. Él siempre sale.

–Se quedó atrás para darnos un margen... De justicia es que ahora se lo demos a él.

Se acercaba Pommeyrac después de echar un vistazo, inclinado el cuerpo para no destacarse contra el cielo.

–Hay que seguir –urgió.

Negué con un gesto sin apartar los ojos del camino recorrido.

–El capitán –respondí.

Me miraba el hugonote con sorpresa.

–¿Qué pasa con él?

–Debemos esperarlo.

–No está solo... Vienen con él Malestrat y La Flèche.

–Pues tenemos que esperarlos a los tres.

Seguía dudando Pommeyrac.

–Puede que no vengan. Quizás...

–Es pronto para saberlo –atajé con sequedad.

–¿Y si en vez de ellos aparecen los filisteos?

Encogí los hombros. Flemático, pétreo como los mallos de Riglos de su Huesca natal, Copons escuchaba la conversación. Entre el barro de la cara le vislumbré al fin un gesto de aprobación, aunque permaneció callado, sin decir nada.

–En tal caso, pelearemos –sostuve.

–¿Con qué?

Indiqué el arnés con la espada y la daga que llevaba colgado del cuello.

–Con esto.

Habló al fin el aragonés.

–Tiene razón el chico.

La mirada de Pommeyrac iba del uno al otro, cual si no diera crédito.

–Puedo adelantarme –acabó resolviendo–. A pedir ayuda.

Indiferente, Copons se frotó la barba y escupió barro.

–Haz lo que te parezca. Nosotros nos quedamos aquí.

Señalaba el rochelés al herido.

–¿Y vuestro camarada?

–Él también se queda –repuse.

–Locos españoles –se admiró Pommeyrac tocándose una sien–. Los de vuestra nación estáis mal de la cabeza.

Rompió Copons a reír, satisfecho de oír aquello.

–Sí... Por eso tenemos agarrado por las pelotas a medio mundo y nos batimos con el otro medio –se volvió a mí–. ¿Cómo se dice reputación en parla gabacha?

–*Réputation* –respondí.

–Vaya... Lo dicen casi igual.

–Sí.

–Pues eso. Aquí fue ello.

–Fanfarrones y locos de atar –insistía el hugonote.

Asentí por mi parte, mientras me descolgaba del cuello el arnés para ceñirlo en torno a mi cintura. Después comprobé que la pistola, que había logrado conservar hasta entonces, seguía tan mojada que era inservible. De todas formas, la enganché en el cinturón.

–Probablemente sí –me limité a decir–. Probablemente.

–*Réputation* –repetía Copons en francés, encantado con la palabra.

La pequeña embarcación de fondo plano, donde apenas cabían dos personas, se deslizaba entre los diques y cañaverales. Remaba Malestrat delante y Diego Alatriste detrás, esforzándose en superar el flujo contrario de la marea. Habían encontrado el bote junto a la cabaña desierta de un pescador, apropiándoselo en el acto. Eso les había permitido alejarse del bastión francés próximo al fuerte de Tadon –que según Malestrat era de paso obligado y peligroso a la luz del día– y dar un rodeo recorriendo la marisma hacia poniente. Por fortuna el remar daba algo de calor, engañando al frío que los hacía tiritar bajo las ropas mojadas. A intervalos se volvía el capitán a mirar atrás, el oído atento. Aunque llevaban un buen rato sin tener noticia de sus perseguidores, nada estaba garantizado todavía. Aquel lugar de las marismas era tierra de nadie, y no era descartable que una patrulla del ejército real, alertada del zafarrancho de Le Pont de Pierre, merodease por la zona.

–Ya veo la ciudad –dijo el hugonote sin volverse.

También Alatriste la veía: línea oscura, compacta, detrás de una ligera bruma baja que agrisaba el horizonte casi a ras del suelo, del agua turbia y de los pequeños islotes que la marea dejaba al descubierto. Entre remada y remada, una a cada lado para mantener la dirección del bote, se preguntó si el grupo que los precedía estaba a salvo. Pensó en La Flèche, en el fracaso de la misión, en las responsabilidades que caerían sobre él y sus camaradas si lograban conservar la piel intacta, en la cólera de los poderosos que los habían enviado, en cómo los recibirían en La Rochela, y no intuyó un futuro halagüeño. Aunque de momento, asumió fatalista, todavía era necesario salir de allí en razonable estado de salud. Ya habría ocasión de danzar cuando sonase la música, aunque el baile fuese al extremo de una soga.

–Hay que abandonar el bote –dijo Malestrat.

La embarcación había varado en un banco de arena que afloraba en pendiente algo más lejos, donde se alzaba una pequeña cresta de arbustos desvaídos en la bruma. Resignado a mojarse otra vez, pasó Alatriste las piernas sobre la borda y entró en el agua, que le cubría hasta las rodillas. Dejando el bote a la deriva tras empujarlo para que se alejara con la marea, los dos hombres remontaron el banco arenoso hasta salir del agua, y allí se agruparon agachados, hombro con hombro, observando el paisaje por encima de los arbustos y la bruma baja. Entre ellos y la ciudad mediaban un pequeño cañaveral, un brazo de agua de cincuenta pasos de anchura y otro islote salpicado de arbustos.

–Es el último lugar donde podrían emboscarnos –susurró Malestrat.

–No veo a nadie –respondió Alatriste.

–Yo tampoco... Pero seamos cautos.

Estaba todo demasiado húmedo para esperar un mosquetazo, concluyó el capitán; y en cualquier caso el aire, que venía suave y de cara, habría traído el olor de cuerdas encendidas, si las hubiese cerca. Aun así, cuando el hugonote y él se incorporaron, sin necesidad de palabras lo hicieron ambos espada en mano y alejados uno de otro, para no ofrecer un bulto fácil si alguien les tiraba. Vadearon de ese modo el brazo pantanoso, que no era profundo. Al llegar al lado opuesto se detuvieron antes de salir del agua, agachándose hasta que ésta y la neblina baja les alcanzaron el pecho. Y así, muy quietos y callados, observaron detenidamente el lugar.

En ese momento, entre los arbustos que punteaban el islote apareció el rostro barbudo, embarrado y sonriente de Sebastián Copons.

–Cagüentodo, Diego... Por los clavos de Cristo que te has hecho esperar.

XII. VIEJAS CARTAS Y ANTIGUAS AMISTADES

Habíamos visto, como hombres de armas que éramos, otras ciudades sometidas al hambre y las miserias de la guerra, pero nunca como La Rochela cuando entramos en ella. El largo asedio la había minado de manera espantosa. Mientras nos adentrábamos en sus calles, escoltados por buena copia de hugonotes que se mostraban más recelosos que hospitalarios –nuevas bocas donde no hay comida, parecían pensar con fastidio–, nos asombraba el triste espectáculo con que topábamos a cada paso. Había casas, cercanas a las murallas, arruinadas por los cañones y morteros del ejército real. Ante la imposibilidad de enterrar extramuros o en los llenos cementerios de las iglesias, ardían pilas donde se quemaban malamente cadáveres de fallecidos por enfermedad o inanición. Ya no había animales vivos en la ciudad, pues todo era devorado por la gente hambrienta; hasta el punto de que, según averiguamos, por la libra de carne de caballo se pagaban diez escudos de oro y cinco por la de perro, quien tenía la ventura de alcanzarlas; y lo común era comer paja amasada a modo de pan, y cuero de zapatos y cinturones cocido con sebo de velas. Siendo de manera que de las veintiocho mil almas que tenía la ciudad al empezar el asedio, sólo iba quedando viva la quinta parte.

Agotados, sucios y cubiertos de barro, con Malestrat y Pommeyrac abriéndonos paso entre quienes se acercaban a contemplarnos, los cuatro españoles habíamos franqueado el foso exterior por la puerta de la esclusa y caminado doscientas toesas a lo largo del canal hasta entrar en la ciudad vieja. Avanzábamos así –Tronera necesitaba nuestra ayuda para tenerse en pie– entre aquellos escuálidos fantasmas que nos miraban como salidos de un Más Allá al que parecían a punto de regresar. Debilitados por el ayuno y las penurias, los rocheleses languidecían tumbados en los umbrales de las iglesias y las lonjas vacías, entre la basura amontonada por todas partes y el hedor insoportable de suciedad, cadáveres quemados y carne corrupta que ofendía lo mismo el olfato que la conciencia.

–Ingleses –dijo Malestrat, señalando a un grupo que nos observaba desde la puerta de una caserna.

Se notaba que lo eran. No sólo por su aspecto –tez pálida o rubicunda, pelo pajizo, ojos claros– sino por su actitud arrogante, sus armas y el que no parecieran tan demacrados y hambrientos como el común de los rocheleses. Aquellos súbditos de Carlos I Estuardo llevaban en la ciudad tres semanas, nos informó Malestrat; y pertenecían al cuerpo expedicionario que el duque de Buckingham había traído de Portsmouth, haciéndolos desembarcar tras romper el bloqueo con mucha audacia, franqueado el dique merced a una noche de mal tiempo y sin luna.

–Esperaban que nuestra misión saliera adelante –añadió el hugonote, desalentado–. Pero sepa Dios lo que harán ahora.

–Irse, imagino –dije yo.

Intervino Malestrat moviendo hoscamente la cabeza.

–Salir de aquí es todavía más difícil que entrar.

Llegamos así al Ayuntamiento, el reloj de cuya torre estaba parado. Montaban guardia hugonotes con partesanas, y nos quedamos delante de ellos mientras Malestrat entraba a informar. Salió al poco un cirujano para atender a Tronera, al que habíamos acostado en un banco de la plaza, y tras excusarse por no disponer de otros remedios se limitó a lavar el brazo roto, a recomponerlo con tirones de algebrista que hicieron aullar de dolor al herido y a vendarlo después. Por piadosa suerte para nuestro camarada, éste se desmayó a media faena.

–Es muy posible que deban amputarlo –comentó el cirujano– si no puede pararse la infección.

Apareció Malestrat al fin, diciendo al capitán Alatriste que entrara y que los demás esperásemos afuera; así que nos quedamos Pommeyrac, Copons y yo abrigando a Tronera lo mejor que podíamos con nuestras ropas. Continuaba gris el cielo aunque afortunadamente no había vuelto a llover, y seguía inconsciente nuestro camarada mientras tiritábamos de frío, fatiga e incertidumbre, derrotados y sin amparo, como perros abandonados que se apretaran uno contra otro para darse calor y seguridad. Rodeados de rocheleses que nos miraban cada vez con menos simpatía pues empezaban a conocer, corriéndose la voz, el objeto de la misión y el triste resultado de ésta.

Al menos, pensé, conservábamos nuestras armas.

Jean Guiton, alcalde de La Rochela y alma de la resistencia hugonote, estaba sentado en un sillón de la sala capitular. Tendría, estimó Alatriste mientras lo despojaban de espada y daga, entre cuarenta y cuarenta y cinco años: pelo ondulado tirando a bermejo, barba atrevida y bigote muy enhiesto de guías. Vestía una sobria ropilla negra y no llevaba más arma que un puñal en el cinturón; aunque el ojo avezado del capitán no pasó por alto la pulgada de jaco de acero, la fina cota de malla que asomaba bajo el cuello abierto de la valona blanca. Aparte esa cautela, lo flanqueaba media docena de guardias armados hasta los dientes con espadas, dagas, partesanas y pistolas. Más precauciones –decidió sarcástico en sus adentros– que Richelieu en la casa de Le Pont de Pierre.

–Ha sido un desastre –dijo agriamente Guiton.

Las palabras parecían destinadas a Malestrat, que en ese momento concluía su narración de los hechos; pero el alcalde miraba a Alatriste como si le atribuyera la responsabilidad de lo ocurrido.

–Los españoles se portaron bien –apuntó con nobleza Malestrat–. Hicieron su deber y pelearon como se espera de ellos.

–Pero fracasaron.

Se encogió de hombros el rochelés. Sus rasgos duros, marcados de fatiga, no traslucían contrición ni pesadumbre.

–Fracasamos todos, señor alcalde.

–La pérdida de La Flèche es irreparable.

–Sin duda... Pero son los azares de la guerra.

–Será un triste golpe para su madre y su esposa.

Volvía Guiton a mirar a Alatriste cual si también la culpa de ese golpe la tuviera él. Terció de nuevo Malestrat, ecuánime.

–Lo es para todos... Pero harta fortuna fue escapar, quienes lo hicimos.

–¿Cómo se comportó Richelieu?

–Con mucha flema. Impasible hasta en sus peores momentos.

Ofuscaba Guiton el ceño con severidad.

–Debisteis matarlo en vez de dejarlo atrás –dijo fríamente.

–Se debatió eso, señor alcalde. Pero eran varias opiniones incluida la de La Flèche, opuesto a ello. De manera que acabamos por establecer un acuerdo.

–¿Y de qué fuisteis vos partidario?

–Propuse matarlo –repuso Malestrat con ruda sencillez–. Estaba decidido a hacerlo de un pistoletazo, incluso contra el parecer de La Flèche... Pero el cardenal amenazó con represalias terribles para la ciudad, lo que acabó por convencerlos a todos y por disuadirme a mí.

Clavó el alcalde en Alatriste otra mirada poco simpática.

–¿Presenciasteis todo eso?

–Lo presencié –dijo éste.

–¿Y tenéis algo que añadir?

–Nada en absoluto –indicó de soslayo a Malestrat–. El señor lo ha explicado muy bien.

–Dejasteis viva a la bestia triunfante, al infame duque rojo –Guiton volvía a dirigirse al rochelés–. Al peor enemigo de la religión reformada, aún más nefasto que el rey de España o el emperador de Austria.

–Así lo quiso Dios –repuso con calma Malestrat.

–Dios, y también la incompetencia de los hombres.

Siguió un silencio incómodo. Al cabo, Guiton juntó las yemas de los dedos de ambas manos, inclinando el rostro, y cerró los ojos como si orase.

–Podéis retiraros –dijo.

Hizo el otro rochelés ademán de obedecer, pero Alatriste no se movió del sitio.

–¿Qué va a ser de nosotros? –quiso saber–. Me refiero a mí y mis tres camaradas.

Abrió los ojos el alcalde sin cambiar de postura. Parecía sorprendido de que Alatriste continuara allí.

–Tengo otras cosas de que ocuparme –dijo con mucha sequedad–. El señor Malestrat se encargará de adjudicaros un lugar en la defensa de las murallas.

Movió Alatriste la cabeza, seguro de sí. O al menos, de lo que no quería.

–No nos enviaron aquí para eso.

La forma en que Guiton lo miraba era tan sombría como severa.

–Habéis fracasado en aquello para lo que os enviaron –dijo, ácido.

A Alatriste le resbaló el tono. Recordaba la mirada de Richelieu preso y humillado, preñada de promesas siniestras, y era consciente de lo que él y los suyos se jugaban en todo aquello. Si los dados rodaban mal no habría futuro: cuando tarde o temprano capitulase La Rochela y cayesen en manos de las tropas reales, el verdugo los haría cuartos sin piedad alguna.

–Quisiéramos irnos, señor alcalde.

–¿Iros? –parpadeó éste, sorprendido–. ¿A dónde?

–A España, o camino de ella.

Una mueca desabrida asomó bajo el bigote de Guiton.

–¿Debo recordaros que La Rochela está cercada?... Salir de aquí es difícil, y España queda lejos –la mueca se transformó en sonrisa cruel–. A no ser que prefiráis que os entreguemos a los soldados del rey Luis, y que ellos se encarguen de conduciros a España o al infierno.

Permanecía Alatriste impasible. Lo habían amenazado muchas veces en su vida y era plático en sufrirlo. Tenía costumbre.

–Creo –dijo con sangre fría– que en ocasiones, de noche y con viento y marea favorables, es posible cruzar el dique.

–Para eso, además de mucha suerte, hace falta una embarcación. ¿Acaso disponéis de una?

–Los ingleses van y vienen a veces... Me han dicho que el duque de Buckingham está en la ciudad con algunas tropas suyas.

–¿Os han dicho?

–Sí.

Ensombrecía Guiton el gesto.

–Dónde esté el duque no os concierne. No es asunto vuestro.

–¿Podría comunicarme con él?

–Por mi fe que sois atrevido... No digáis estupideces.

Y con ademán desdeñoso, desairando la conversación, el alcalde de La Rochela señaló la puerta de la calle.

–Lo siento –dijo Malestrat.

Vi cómo se miraban el capitán Alatriste y él delante del Ayuntamiento. Pese a su natural huraño, el rochelés se mostraba incómodo, casi avergonzado. Era evidente que le habría gustado que tuviésemos mejor acogida por parte de sus conciudadanos, y le remordían los adentros. No se vive con otros hombres lo que él había vivido con nosotros para que, al poco trecho, esos hombres te den igual.

–Quisiera hacer algo más, pero no puedo –añadió.

Realmente me pareció sincero. Hizo el capitán Alatriste un ademán de indiferencia.

–No importa –le oí decir con calma–. Es lo que hay.

Miraba los edificios de la plaza, los guardias de la puerta y la poca gente que aún nos observaba de lejos: pasada la curiosidad inicial casi todos habían dejado de prestarnos atención. Al cabo señaló a Juan Tronera, que seguía tumbado en el banco. Antes de irse, el médico lo había abrigado con una manta raída y sucia, pero el cordobés temblaba de frío.

–¿Pueden llevarlo bajo cubierto, al menos?

–Por supuesto –se apresuró a decir Malestrat.

Dio una orden, trajeron una camilla para el herido, se ocuparon de él Copons y Pommeyrac, y una mujer los acompañó hasta una iglesia cercana convertida en hospital. El capitán, Malestrat y yo nos quedamos solos en la plaza.

–Querrán descansar –dijo el rochelés–. Apenas hay comida en la ciudad, pero veré de conseguirles algo –hizo una pausa embarazosa–. Y después...

–¿Dónde está Buckingham? –lo interrumpió Alatriste.

Se lo quedó mirando el otro, incierto.

–Ya ha oído a Guiton vuestra merced.

–Sí, lo he oído.

Reflexionaba Malestrat.

–En su residencia, supongo –repuso al fin–. Junto al cuartel de los ingleses.

–¿Podéis guiarnos hasta allí?

Vacilaba el otro, repentinamente suspicaz. Lento en comprender.

–¿Qué se os da con esa gente?

–Simple curiosidad.

Seguía mirándolo confuso el rochelés, fruncido el ceño.

–Nada hay de malo en ello, me parece –concluyó tras pensarlo mucho.

–Eso opino yo.

–¿Queréis que os acompañe?

–Por favor.

Caminaron calle abajo y sin que nadie me invitase les fui detrás. Seguía gris el cielo, con sucias nubes bajas, y eso daba a la ciudad asediada un aspecto inhóspito y triste, acentuado por las desdichas humanas que veíamos por todas partes. El silencio era ominoso, siniestro. El aire olía a basura y carne podrida: todo apestaba a guerra.

Llegamos así al puerto, donde estaba amarrada o fondeada una veintena de embarcaciones con las antenas desnudas, constreñidas allí por el bloqueo de la marina y el ejército real. Desde una pequeña playa arenosa alcanzaba a verse la bocana, flanqueada por la torre grande y la torre chica que la protegían; y a cosa de un millar de toesas, en la distancia, la línea difuminada y lejana del dique que cerraba la bahía.

Había una suerte de isla situada entre el puerto, la muralla vieja y un hondo foso defensivo. Malestrat nos hizo cruzar un puente guarnecido por centinelas armados con mosquetes, y tras conducirnos a lo largo de un bastión por cuyas troneras asomaban cañones se detuvo ante un edificio con columnas en la fachada, de mejor fábrica que los circundantes. El edificio estaba rodeado por una valla de maderos cruzados, con garitas en las esquinas, y custodiaban la entrada soldados ingleses bien armados, cubiertos con capotes, sombreros y morriones. De un balcón, mojada y fláccida, colgaba una bandera con la cruz de San Jorge.

–La antigua aduana –dijo Malestrat.

Después se quedó callado, a la espera de alguna explicación. Observaba Alatriste el lugar, los soldados y la bandera. Iba descubierto y sin capa, pues lo había dejado todo en el campo francés antes del ataque a la casa de Richelieu. Tenía cercos de fatiga bajo los ojos, y las botas, el calzón y el coleto estaban húmedos y manchados de barro. Tras un momento inmóvil, pensativo, volviose al fin al rochelés, tendiéndole una mano.

–Gracias, señor Malestrat. Fue un honor pelear a vuestro lado.

Estrechó el otro, aún confuso, la mano que le ofrecía.

–¿Hay algo más que pueda hacer? –inquirió.

–Nada por ahora. Buscaré a vuestra merced si tengo necesidad... Sólo os ruego que atiendan lo mejor posible a nuestro camarada Tronera.

–Haré por él cuanto debo.

Alertado por los centinelas, un hosco sargento inglés se acercaba curioso, el aire suspicaz. Era ancho de hombros y brazos, tocado con una gorra de paño. Llevaba peto de acero y del tahalí pendía una espada ancha, medio curva, que más parecía alfanje sarraceno que acero de cristiano.

–No son simpáticos –nos advirtió Malestrat.

–Ya.

El sargento se llegó a nosotros, tan brutal de lengua y maneras como todos los de su nación, preguntándonos medio en su parla y medio en francés qué diablos hacíamos allí.

–Vostedes irse –dijo–. *Stay away.*

En ese momento, ante mi sorpresa, Alatriste se desabrochó el coleto para meter una mano dentro, buscando algo.

–Espérame aquí, Íñigo.

Obedecí, tan sorprendido como Malestrat. Y mientras el capitán se adelantaba hacia el inglés, lo vi sacar del seno un apóstol de arcabuz: uno de esos pequeños estuches cilíndricos de madera forrada de cuero donde los soldados llevaban la carga de pólvora justa calculada para cada disparo. Éste venía envuelto en un trapo encerado y sellado con lacre, y en los años que mi antiguo amo y yo llevábamos juntos lo había visto alguna vez entre sus pertenencias, casi siempre colgado al cuello mediante un cordón, aunque ignoraba lo que tenía dentro. Ahora lo vi arrimarse al sargento con él en la mano y en voz baja deslizar algo en su oído. Se trocó la expresión del otro de severa en recelosa y luego en sorprendida. Lo miró de pies a cabeza, y tras un corto titubeo hizo un movimiento afirmativo, franqueándole el paso.

Jorge Villiers, duque de Buckingham, había cambiado poco en su aspecto físico. Eso comprobó Alatriste cuando después de retirarle las armas y registrar sus ropas –hasta la cuchilla de matarife que solía llevar en una bota le habían quitado– lo hicieron pasar a una estancia donde se hallaba el que fue favorito del rey Jacobo de Inglaterra y ahora lo era de su hijo Carlos I. A los treinta y cinco años, Buckingham seguía siendo apuesto y de facciones refinadas, con hermosos ojos azules y una barbita y bigote rubios tan cuidados y elegantes como si en vez de en La Rochela asediada se encontrase en el conspicuo salón de una corte europea. Aunque vestía de corto con calzón y coleto, muy a lo soldado, su ropa era de una calidad exquisita. Se encontraba de pie, apoyado en una mesa de escritorio cubierta de mapas y documentos, cerca de una chimenea en la que ardía un fuego más que razonable, dada la escasez de leña en la ciudad.

–Alatriste –dijo pensativo, mirando el papel que tenía en las manos.

Quizás, observó el capitán, aunque su aspecto era el mismo que cinco años atrás en Madrid, se le advertía crecido en altivez. Cosa natural, pues Buckingham ya no era el tercero en una secreta aventura amorosa del príncipe de Gales, sino todopoderoso ministro de Inglaterra, amo del Parlamento, enriquecido gracias a los monopolios reales, impulsor de las piraterías navales contra España y de la guerra con Francia, en la que había hecho del socorro a La Rochela una empresa de empeño y vanidad personal.

–¿Qué diablos estáis haciendo aquí?

Su parla castellana había mejorado desde Madrid. La hablaba ahora más suelto, aunque con fuerte acento británico, y parecía complacerse en usar esa lengua para impresionar a los testigos de la escena; que, aparte seis guardias armados como relojes que no quitaban ojo al visitante, eran un individuo con aspecto de secretario y otro con gola de acero, espada al cinto, cabello escaso y cara barbuda, cruzada de cicatrices que a tiro de pistola delataban al soldado profesional.

–Richelieu –se limitó a responder Alatriste.

Enarcó Buckingham las cejas con asombro.

–¿Estabais en ello?... ¿En el golpe de anoche?

–Estaba.

Cambió el duque un vistazo con el militar, volvió a mirar el papel que tenía en las manos y se lo pasó a éste. Lo leyó el inglés y lo devolvió sin hacer comentarios. Buckingham seguía estudiando a Alatriste con atención extrema.

–Contadme lo que ocurrió.

Lo hizo éste con las menos palabras posibles, sin circunloquios ni adornos: el ataque a la casa, la intervención imprevista de los franceses, el acuerdo y la fuga por los pantanos. El duque escuchaba muy atento, fruncido el ceño.

–¿Cómo se comportó Richelieu?

–Con entereza. Es hombre templado.

–¿Y por qué no lo matasteis?

–Yo no era el jefe de la incursión. Estábamos cercados, el cardenal amenazó con terribles represalias en la ciudad y los rocheleses decidieron dejarlo ir.

Crispaba Buckingham los puños, colérico.

–Malditos sean sus ojos y su sangre... Esos imbéciles debieron degollarlo.

Hizo Alatriste un ademán fatalista que abarcaba la estancia.

–El mundo se ve distinto desde un salón que desde un campo de batalla.

Lo miró el duque con reservada atención, arrugado el rubio entrecejo, cual si aquellas palabras pusieran a prueba su conocimiento de la parla española.

–Veo que seguís siendo un hombre insolente –concluyó.

–Demasiado viejo para cambiar, excelencia.

Aún siguió observándolo Buckingham de un modo grave, como si dudase entre pasar aquello por alto o hacer ahorcar al español erguido e impávido ante él, sucio del barro que se le secaba en la ropa. De pronto, vuelto el rostro a un lado, le habló en inglés al militar de la gola de acero; que al principio puso cara de asombro y luego estudió a Alatriste con renovada atención.

–Le he contado al coronel Sutton –dijo Buckingham– que una noche, en Madrid, estuvo mi vida y la del entonces príncipe de Gales en vuestras manos... Y que tuvisteis la decencia de darnos cuartel cuando os lo pedí.

Se mantuvo impasible Alatriste.

–Tiene vuestra excelencia mejor memoria que yo.

Sonreía ahora el duque. Un gesto pálido, irónico.

–También le he dicho que nos batimos a vuestro lado en un corral de comedias español, con lo que la deuda quedó saldada... ¿No os parece?

La cara de Alatriste parecía una máscara de piedra.

–Sigo sin recordar nada de eso.

–Lo que os honra, sin duda –Buckingham levantó el papel, mostrándolo–. Sin embargo, habéis conservado esto.

Dicho lo cual, leyó en voz alta:

Charles, Prince of Wales, hereby binds subject of His Majesty to render assistance to the Spanish Captain Diego Alatriste in all places and circumstances, should he require or need it. Certified with my seal.

–Y creo recordar –añadió en español– que esta carta, que quedó en manos del conde-duque de Olivares, el príncipe de Gales la acompañó de un anillo con su sello.

–El anillo lo vendí.

Se echó a reír Buckingham.

–Lástima, porque era bueno. Tasado al menos en un millar de escudos.

–Es posible... Lo vendí por la mitad.

Golpeteaba el duque con un dedo sobre el papel.

–Obligo por esta carta a todo súbdito de Su Majestad a prestar ayuda al capitán español Diego Alatriste, en todo lugar y circunstancia, si éste la requiere o necesita... –en ese punto emitió un suspiro resignado–. Lo que mi príncipe y amigo escribió hace cinco años sigue teniendo el valor de una ley. Así que decidme qué puedo hacer por vos.

–Quiero salir de La Rochela. Regresar a España.

Suspiró otra vez Buckingham, cambiando una mirada con el militar inglés.

–Eso no es fácil... Estamos asediados, como sabéis.

–A veces los barcos de vuestra nación rompen el bloqueo –replicó Alatriste con mucha calma–. Vuestra excelencia misma ha ido y venido un par de veces, y dudo que se quede a vivir aquí.

–¿Tan mal veis el futuro?

–He visto lo que hay afuera y ahora veo lo que hay dentro. Imagino que el intento contra Richelieu era la última baza.

Ensombreció el gesto Buckingham.

–¿Os atrevéis a decir que los ingleses nos iremos pronto?

–¿Qué diablos estáis haciendo aquí?

–Yo no me atrevo a nada, excelencia. Pero si se van, quisiera irme con ellos; y si no se van, quisiera irme también, pues nada tengo que hacer aquí. Y no sólo yo... Tengo a tres camaradas españoles conmigo, uno de ellos feamente herido.

–¿También estaban anoche en el golpe?

–Estaban, y se batieron el cobre como los buenos.

–Esta carta sólo se refiere a vos.

–La carta habla de prestarme ayuda, y esa ayuda es la que pido –hizo una deliberada pausa–. Cuartel para mis compañeros.

Una sonrisa vaga, casi contrariada, cruzó los finos labios de Buckingham. Aquellas palabras, «cuartel para mi compañero», las había gritado él tres veces durante la emboscada en Madrid, mientras se batía con Alatriste y Gualterio Malatesta estaba a pique de rematar al príncipe Carlos.

–Esa noche –dijo pensativo–, después de intentar asesinarnos, vi que os enfrentabais a vuestro compañero... Incluso parasteis con mucha destreza la última estocada que éste dirigió al príncipe de Gales.

–Repito que no sé de qué noche ni de quién habla su excelencia. Pero de ser como decís que ocurrió, será que yo no lo veía claro.

–Claro o turbio, el hoy rey de Inglaterra y yo os debemos la vida.

–Pues vuestra excelencia, señor duque, sabrá qué hace con sus deudas. Si las paga o no.

Siguió un silencio prolongado. Buckingham clavaba los ojos en Alatriste, que soportó impasible el examen aunque la procesión le iba por dentro. De pronto su corazón pareció detenerse un instante: el duque rompía la carta y arrojaba los trozos a la chimenea.

–Las pago, capitán Alatriste... Pago mis deudas y las de mi rey.

Ocho días después, en una noche sin luna y favorecidas por un viento del nordeste que refrescó al salir del puerto, cinco naves inglesas de pequeño porte, que llevaban a bordo a trescientos soldados ingleses, forzaron el bloqueo y escaparon de La Rochela aprovechando la marea alta. Una de ellas, incendiada por el fuego de la batería de Coureille, quedó atrás como una antorcha que se consumiera en la oscuridad, iluminando las aguas de la bahía; pero las otras siguieron adelante, y en peritísima maniobra de sus capitanes, tras abrirse camino a cañonazos por el hueco del dique todavía inacabado, pasaron entre los escollos de Lavardin y la isla de Ré con todo el trapo arriba, para salir a mar abierto.

A bordo de una de esas naves, urca de ocho cañones y aparejo redondo, íbamos el capitán Alatriste, Sebastián Copons, el maltrecho Juan Tronera –a quien el cirujano personal del duque de Buckingham había amputado el brazo herido– y yo mismo. Después de las naturales zozobras de la noche, la primera claridad del alba, que dibujaba cada vez más lejana la costa de Francia, nos alumbró sentados en el combés, mojados de relente nocturno, con mantas sobre los hombros. Tronera se encontraba acostado en un catre bajo cubierta con otros heridos y enfermos, mientras nosotros nos pasábamos un pichel con ron aguado y masticábamos una áspera galleta de barco, único yantar de que disponíamos a bordo. Estábamos cansados, ojerosos y sucios, lo mismo que los ingleses que nos rodeaban; pero el viento propicio y el día que se alzaba despacio por nuestra popa nos despejaban el ánimo. Si todo iba bien, el tiempo se mantenía favorable y no topábamos con una escuadra francesa, en dos semanas fondearíamos en la rada de Portsmouth.

A dos cables de nuestra amura de estribor, por barlovento y con todas las velas izadas, macheteaba el oleaje otra embarcación a la que la luz creciente aclaraba las velas, con la cruz de San Jorge flameando en la popa y en el palo mayor un gallardete con las armas del duque de Buckingham; pues también éste dejaba La Rochela desistiendo de la empresa. Me pareció ver al propio duque entre varias personas principales de pie junto al pasamanos del Alcázar, y se lo señalé al capitán Alatriste. Miró éste en la dirección, acompasado al balanceo del barco, y al cabo asintió sin mucho interés.

–Es posible que sea él –dijo.

–Con el rabo entre las piernas –apostilló Copons.

–Todos nos vamos así.

–Pero unos más que otros, ¿no crees?... Sin los ingleses, La Rochela está perdida.

–Quizá no merecen conservarla quienes la tienen.

–A nosotros nada nos va en eso. Herejes son, a fin de cuentas, de la secta de Calvino... Que se jodan.

Asentía Copons con la cabeza, vigoroso, muy de acuerdo con su propio razonamiento. Contempló un poco más la otra nave y luego desvió la vista hacia la costa francesa.

–Que me tuesten por el nefando –añadió– si alcanzo a comprender cómo has conseguido meternos en este barco.

Sonrió distraído el capitán.

–Un golpe de suerte.

–Pues no ha sido poca, rediós.

–Aún no hemos llegado a Inglaterra –dije yo.

–Me da el barrunto de que llegaremos.

Volví a observar la nave vecina y al que parecía el duque de Buckingham, y lo hice considerando cómo para los grandes de la tierra, fuesen ingleses, franceses, españoles o de quien los engendró, siempre pintaban favorables los oros, las copas, las espadas y los bastos; y que éramos los de abajo, soldados y pueblo llano, quienes dábamos vidas y haciendas en su provecho. No podía yo imaginar en ese momento que el martillo de la fortuna, que da cientos de veces en la herradura pero en ocasiones acierta en el clavo, golpea también a los poderosos; y que el mismo Buckingham, estando en la cumbre de su privanza, fama y arrogancia, sería asesinado semanas más tarde en el puerto inglés al que ahora nos dirigíamos, apuñalado en una taberna por un oficial del ejército al que había negado un ascenso.

De pronto, tras recorrer el horizonte y las naves que nos acompañaban, mi mirada encontró la del capitán Alatriste: serena como siempre, sosegada, afectuosa cuando se cruzaba con la mía. Quizá yo tuviese a sus ojos un aspecto abatido, con la fatiga de los días pasados y el insomnio de la última noche pintados en el rostro; pues, cual si buscara confortar mi melancolía, me puso una mano en el hombro.

–Lo hiciste bien, Íñigo –dijo–. Todos lo hicimos.

Moví la cabeza, dubitativo.

–No estoy seguro de eso, capitán.

–Pescamos a un cardenal... ¿Te parece poco?

–Y lo devolvimos al río –respondí contrito, como si yo fuera el culpable.

–Quizás era un pez demasiado grande.

Intervino Copons, rascándose la barba.

–Me temo que nadie va a pagarnos esta aventura... Por el siglo de mis abuelos, apuesto a que no tocaremos un maravedí.

–Pero seguimos vivos –repuso el capitán–. Y eso ya vale algo.

–Cagüentodo, Diego.

–Sí.

Yo volvía a contemplar el mar. Las nubes quedaban atrás, pegadas a la tierra francesa, y un bostezo de ese celaje abrió paso a un rayo de sol que iluminó las velas de la embarcación y entibió nuestros cuerpos ateridos: tres pobres soldados en un barco inglés, arrimados unos a otros para templar el frío del amanecer y de la vida. Con aquella nueva luz, el mar y el cielo se volvieron azules ante la proa, del color de los ojos de Angélica de Alquézar. Suspiré al pensarlo, consolado. De alguna forma, ese mar y ese cielo me conducían de nuevo hacia sus brazos. Y eso, a mi edad, era una victoria.

–¿Y ahora? –pregunté en voz alta–. ¿Qué nos espera en España, o fuera de ella?

Soltó Copons una carcajada entre amarga y altanera.

–Pues lo acostumbrado –dijo–. Atrasos en pagas, guerras, lances y estocadas, como siempre. Vivir a salto de mata, con la muerte en los ojos y el Cristo en la boca. Y como españoles que somos, quebrarle de pavor el sueño al mundo.

El capitán Alatriste encogió los hombros con tranquila resignación. Después se pasó dos dedos por el mostacho, señalando con el mentón el hato donde estaban envueltas nuestras armas.

–Espadas y dagas tenemos, ¿no?... Lo demás, Dios lo remedie.

Las Rozas, mayo de 2025

EXTRACTOS DE LAS

FLORES DE POESÍA
DE VARIOS INGENIOS DE ESTA CORTE

Impreso del siglo XVII sin pie de imprenta

conservado en la Sección «Condado de Guadalmedina» del Archivo y

Biblioteca de los Duques del Nuevo Extremo (Sevilla).

☛ DE DON CRISTÓBAL DE VIRUÉS

Capitán de los tercios

ALEGATO DE UN MILITAR ESPAÑOL

OH, miserable suerte de soldados
de todo el universo aborrecidos,
por desgracia y miseria de él temidos
y con mil nombres impropios denostados.

Quién nos llama caballos desbocados,
quién lobos carniceros y atrevidos,
quién toros acosados y afligidos,
quién leones sangrientos y aquejados.

¿A quién llamáis así, gente plebea?
¿A los que os damos tierras y coronas
por vuestras ambiciones perseguidas?

¿A quién así llamáis? ¿A quien se emplea
en guardaros haciendas y personas
con nuestra propia sangre y nuestras vidas?

☛ DEL ILUSTRE POETA ANTONIO LUCAS,

natural de esta corte

AL REGRESO DEL CAPITÁN ALATRISTE

HONOR hallaste en alquilar la espada,
acero arrebatado, rota Flandes,
soldado fuiste frente a empresas grandes,
y vives sin jubón, sin Dios, sin nada.

Treinta años de bregar, fama templada,
ira, lealtad, valor, igual los blandes.
Menos desfallecer, a lo que mandes.
Tu fuerza es la tu sangre aventurada.

La pólvora se alzó con la victoria
de ser este Alatriste contra el todo
y el licenciado Reverte te dio historia.

Conviertes cada herida en flor de yodo,
cárcel de libertad será tu gloria.
¡Oh, viejo capitán sin acomodo!

☛ DE CYRANO DE BERGERAC

Cadete de Gascuña

AL HIDALGO ESPAÑOL DIEGO ALATRISTE

MONSIEUR le Capitaine, del francés al despecho,
cruzó los puertos de Aspa y en París se plantó.
Tenía una misión encelada en el pecho
y luego en La Rochela casi la remató.

El que hace lo que puede no está a más obligado.
Y en punto de honra bien quedará satisfecho.
Os lo dice quien nunca ha quedado ultrajado
por no haber acudido de la palabra al hecho.

Parbleu, gascon farouche bien vale hispano hidalgo,
no dilitigaremos si es podenco o si es galgo.
Así, mon Capitaine, hacéis bien en batiros.

Mejor herir de más que luego arrepentiros.
Y cuando callen lenguas y parlen los aceros,
de cuanto hemos hablado saldremos verdaderos.

Por el traslado, el Dr. Montaner,
Spatharius Scti. Georgii,
Miles Œc. Scti. Iohannis.

☛ De D. Jesús García Calero

Marqués de la Vieja Casa y consejero de Castilla

AL RECIBIR EL REGIO ENCARGO DE APROBAR LA IMRESIÓN DE ESTE LIBRO

AHORA puedo morir tranquilamente,
pues sombra soy de tinta de Alatriste;
irá tras él mi brazo, y si desiste,
mi letra insistirá cuando esté ausente.
Porque dora mi nombre y mi honra espuma
refrendar su leyenda con mi pluma.

☛ Del doctor Juan Manuel Lamet

Abogado de presos en la cárcel de Sevilla

A LOS PERSONAJES DE ESTA OBRA

En París, capital de los franceses,
se trabaron palabras y algo más
con unos mosqueteros, que al final
terciaron en aceros e intereses.

Dos leyendas así se conjugaron,
misma historia, parejos personajes,
convirtiendo la trama en homenaje
al mito que las letras les forjaron:

Athos, altivo; Aramis, taimado;
obtuso Portos y Artagnan brioso;
Íñigo, mocedad acreditada;

Copons, Tronera, crudos y alentados;
Diego Alatriste, duro, silencioso,
locuaz sólo en los filos de la espada.

☛ DEL LICENCIADO MIGUEL SERRANO,

desde Santa Fé de Bogotá

DONDE SE DICE LO QUE DEBE DECIRSE DE DON FRANCISCO DE QUEVEDO

NO queda más, bellacos, que batirse,
le escucharás decir con voz que atruena
si un "Corcovilla" o un "Góngora" resuenan
en medio del hablar y del reírse.

Si carga delantero, ahueca el ala
y evita lances que a la sangre llamen,
pues seguro serás tú quien derrame
el vino que del cuerpo se derrama.

Igual error cometerás si intentas,
ante quien no cojea en las afrentas,
en rima o en prosa tus bravuconadas.

Pues siempre son sus versos de valía
forjados en Toledo, y en sus días
no reluce ya el sol, sino la daga.

☛ DE FÉLIX LOPE DE VEGA CARPIO

Fénix de los Ingenios

A ÍÑIGO BALBOA AGUIRRE, SOLDADO DE LOS CORREOS REALES Y DEL REY NUESTRO SEÑOR

VI Madrid, Cádiz, Sevilla,
con un capitán de fama
antes que en mi rostro hubiese
bozo ni señal de barba,
y pasé a la bella Nápoles
con las galeras corsarias.
Vi al turco, Orán y Venecia,
y Roma, Milán y Mantua.
Seguí el Camino Español
hasta Flandes desde Italia,
detrás de viejas banderas
por el orbe respetadas,
viviendo las mil zozobras
de asaltos y encamisadas,
de rebatos y combates
con mis recios camaradas.
Luché en Breda y en Oudkerk
y Terheyden vio mis armas;
y aunque fui soldado pobre
rica en honra fue mi espada.

☛ Del reverendo Eduardo Galán

Confesor del convento de las Monjas Trinitarias

A LA MUERTE DE DON AMBROSIO SPÍNOLA, CONFORTADO QUE FUE POR EL FUTURO CARDENAL GIULIO MAZARINO

MURIÓ aquel Marte sin demás consuelo
que la mano extranjera de un italo
purpurado después con el capelo
que a la Francia regió, taimado y malo.

Murió Spínola, al fin, tan lastimado
y exhausto de desdenes que gemía
cuando ya por partir, sacramentado,
declaraba en su postrera agonía:

Todo me lo robaron, todo entero,
la gloria que labraron mis hazañas,
el honor y la fama y el dinero.
¡Tal fue mi pago por servir a España!

APROBACIÓN

Por mandado y comisión de V. M. he visto y leído con mucha atención y gusto el libro intitulado "Misión en París", octavo volumen de las memorias del alférez Íñigo Balboa sobre el capitán Diego Alatriste; y aparte algún atrevimiento y natural aspereza, propios de la materia soldadesca y aventurera que en él se trata, no sólo no hallo cosa de importancia contra nuestra fe y buenas costumbres, sino que antes resulta libro de mucho deleite y lícito entretenimiento que honra nuestra lengua castellana, y su lección estimo provechosa pues no carece de filosofía moral, amén que ilustra de modo conveniente la servidumbre y grandeza de las armas españolas y quienes muy esforzados las sirven. Por todo lo cual me parece que siendo V. M. servido le podrá dar a su autor la licencia que pide para imprimirlo.

En Madrid, a diez y nueve de mayo del dos mil y veinticinco año.

Jesús García Calero
Marqués de la Vieja Casa
Miembro del Consejo de Castilla

ÍNDICE

I. LA CASA DEL SEÑOR DE TRÉVILLE 11

II. UN LANCE DE ESPADA 37

III. UNA VISITA AL LOUVRE 71

IV. MUERTOS BOCA ARRIBA
Y MUERTOS BOCA ABAJO 105

V. UN CIELO EN UN INFIERNO CABE 133

VI. DE SOLDADO A SOLDADO 161

VII. LA TIERRA DE NADIE 193

VIII. EL PLAN 221

IX. EL ATAQUE 247

X. LA TREGUA 271

XI. EL VALLE DE LAS SOMBRAS 299

XII. VIEJAS CARTAS
Y ANTIGUAS AMISTADES 321

La primera edición de este libro
se terminó de imprimir en los talleres
de Gómez Aparicio, S. L.,
Casarrubuelos, Madrid,
en el mes de agosto de 2025